U0754704

放松

北方联合出版传媒(集团)股份有限公司

万卷出版公司

纸老虎

散文之我见

　　说到散文的写作，其实是有些惶惑的，之于怎样写才是散文，我终究是说不出个所以的。先前，尤是年轻的时候，是喜欢看散文的，如五四时期的鲁迅、郭沫若、郁达夫、梁实秋、胡适等人的文章。即散者也。也看过如汪曾祺等人的散文。如果说印象，无非是两点，一点是知道他们在做什么，想什么。另一点，便是先生学识的饱满了。倘若说其中有怎样锐利的见解，个中必定是有的。不过更多的则是亲切，是美，是情感的滋养。或者是慢慢渗透式的无痕迹的影响。凡此种种，使我对散文有了一种别样的喜欢。只是我从未对散文有过怎样深入的想法。一次从海南坐飞机去某地，天上要走四个多小时。为了消磨时间，我选想两件事，一个是我刚刚写过的小说，知道里面一定是有缺陷的，我在想，它的缺陷究竟在哪儿呢？怎样才能把它修补好。另一个便是散文了。因为要去参加有关散文的会，人家让我说几句，可我却不知道怎样说才好。自然要想一想，免得到时候慌乱。

　　我总觉得"散文"像人一样，人和人总是不同，所谓千人千面。有的人喜欢浓妆艳抹，有的人喜欢素面朝天，有的人喜欢幽默，有的人崇尚忠厚朴实。有的人重情义，有的人则不拘小节，有的人婆婆妈妈，有的人寄情于山水，有的人行侠仗义，有的人心系家国情怀，有的人沉醉于花花草草，有的人喜欢做白日梦，有的人讲究民以食为天，有的人乐天知命，有的人愤世嫉俗，有的人追逐享乐，有的人喜做高士状，有的人以清贫自居，有的人忧国忧民，有的人声色犬马。形形色色，不一而足。散文大抵也是这样的吧。如果散文像论文，像小说，那就有问题了。散文终究是一个人的另一类自画像，是一个人表达情感的一种方式，说散文千人千面，恐怕是最接近贴切的说法了。说到底，散文作者是在和看不见的朋友倾诉衷肠。设若这样去认识散文，可以说散文是诚实的，纯洁的，没有杂念的。然而不然，如果说诚实的、纯洁的、没有杂念的散文才是散文的话，这恐怕还不够准确，散文毕竟是文。既是文章总要有一点文字上的修养。硬作一定是不好的，文行自然才好。过多的描写，过滥的抒情，会与你的初衷相去甚远。你先前不过是为一片绿叶，一片云，一点绿，一捧雪而感动，当你过度之后，怕是连最初的那一点感动也丢掉了。这便是失败的散文。总之，匠气是散文最大的敌人。

　　不过，散文的门槛是很低的。正惟起点低，似人人都可以写了，然而把它写准，写好，写美，写得有趣儿，写得真诚，恐怕就需要一点时间，需要一定的个人修养，需要有足够的生存积累才行。就像一个人一样，从儿童到少年，到青年，到中年，才会逐渐成熟起来。

　　散文之传播是有对象的，有人喜欢鸡汤似的文意，有人喜欢那种做白日梦的散文才美，有人则喜欢尖锐睿智的散文。所谓"酸甜苦辣咸"，各有所好。而老年人则更喜欢平和的，平易的，明白如话的散文。其实所谓的"明白如话"，是经过了雕琢、经过了浮华、经过了刻意，等等之类，才从种种的诱惑当中走出来，变得宁静，变得深邃，变得平易，又那样的富有哲理，耐人寻味。所谓"明白如话"的"白"，是白得有味儿，白得美，白得滋润，来得深刻，才是真正的"白"。所以，散文难写就像人难做一样，同样要面对许多挑战。它和生活一样，都要面对许多事情，散文即如此。只是生活可能有点俗气，可散文最怕的就是俗气了。

　　备聊一格，是为序。

阿成

于秋雨中匆草

目 录

辑三

辑一

西餐之情缘

　　处第一个女朋友的时候，我只有20岁。20岁就有女朋友只能是一种缘分了。因为先前还是一个混沌未开的小伙子，在生人面前总是一副沉默寡言的样子，瘦削的脸上还挂着某种让人不解的忧郁。或许正是这张忧郁的脸才让我过早地有了女朋友的吧。

　　那个时代的女孩子为什么喜欢忧郁的脸呢？

　　在20世纪，可供年轻人幽会的去处似乎不多。即便在省城，谈情说爱的方式也比较古板，或去松花江畔散步：拨开柳枝儿，穿过花丛，畅想未来，如何做一个雷锋式的好青年，当一名5、6、7、8级技术工人，或去电影院看《英雄虎胆》《王老五添丁》《刘三姐》《冰山上的来客》之类的电影。当然，看的时候年轻人难免心猿意马，坐得不踏实。散场之后，肚子适时地饿了。记得每次都是我先说，找个地方吃点饭吧。只是彼此挣的工资都不多，敢去哪里用餐呢？怕是只能去深巷陌街找一家挂一个幌儿的小馆吧。

　　现在想，难免有些自哀自怜。那一代的爱情咋那样地尴尬。试看当代中国，肯德基、麦当劳、罗杰斯、咖啡店、酒吧、茶楼、比萨店，如天女散花无处不在，无处不让伊人消魂。一杯巴西的纯咖啡，一份法国的小牛排，一盅英伦的冰淇淋，一大杯插着寓意甜美之爱小伞的鸡尾酒，加上两份印度咖哩饭和印制精美的餐巾纸。这样的爱情哪怕只有一天的寿命也是浪漫的呀。

然而回到20世纪，怕是只有馄饨和油盐烧饼了。朴素自然朴素，纯情也固然纯情，但毕竟有一点寒酸。

我大抵因了如此的感受才破例约女朋友去了华梅西餐厅。

华梅西餐厅，是先前哈尔滨城里最富情调的一家餐馆。历史上的哈尔滨是一座被欧风熏染过的古怪城市，加上城市里的大量外侨，即南方人说的"鬼佬"，无论如何也得有西餐店啊。当然去那里就餐的毕竟洋人居多，偶或有气宇轩昂的吾国知识份子，但究竟不多，多在店门那儿倏忽一闪就不见了。我和我的女朋友去那里就餐自然是一个特例。

20世纪的华梅西餐厅，绝非今日这种非西非中的勉强样子，当时西品当然是原汁原味儿的。即使厨子是中国人，那也是俄国厨师教授的徒弟，烧出的菜相当地道，恍惚人在异邦也。

因读过几页洋书的缘故，我先要了一杯朗姆酒，一碟本店腌渍的酸黄瓜，两份基辅红菜汤，连同沙拉，法国煎蛋，奶汁肉饼，大马哈鱼子酱，半只铁扒鸡和一个罐焖羊肉及两份面包——这些差不多要我付出一个月的一半薪水啊。

　　记得当时西餐厅外正值秋季，冷雨霏霏，间或有红叶旋落下来。真是一个倾诉衷肠的氛围啊。那天我的兴致很高，痛快的超前消费使我有了一种别致的情怀。然而我的女朋友却端坐在那里一箸未动。她很紧张，似乎觉得如此奢侈有些危险。任凭我怎么劝她也不动刀叉，只是不自然地笑笑。

　　后来，我们差不多扔了一桌子的西餐，走了。

　　这个女孩子就是我现在的老伴儿。

流动的家

坡　镇

我出生在黑龙江蚂蜒河的南岸。

蚂蜒河是一条由东向西流的河。清代之前，它一直很雄悍，是一条大河，可以行驶帆船，并称"珠河县八景"之一。诗人的《蚂蜒归帆》云："隐隐归帆挂远空，溯流缓渡向郊东。长波斜衬三竿日，片影遥乘一棹风。"还有《蚂蜒河吊古》中的"蚂蜒河流数百里，淘尽英雄靡底上。白浪掀天劫火红，千古兴亡悲此水"，都可足见其河的大气派。

到了四十年代，蚂蜒河的规模与气魄毕竟弱了下来。是怎样的原因使它的气魄小了许多呢？我并不知道。然而气魄小下来的河，居然还能够行驶小船儿。真是让人泪水涟涟。

我就住在坡镇。

坡镇是张广才岭下的一个小镇子。

　　坡镇被蚂蜒河悠然分开，成为南北两片。我想，如果用国画来表现我的家乡一定会很美。有一个叫莫瀛娇的前辈，云："闲溯平生无短长，欲吟搁笔费评章。消磨岁月千杯酒，孤负韶光两鬓霜。但得栖身干净土，何须插脚利名场。满堂髫稚全安泰，亚雨欧风付耳旁。"

　　坡镇的家是一幢俄式的铁路房，住着一大家子人。爷爷、奶奶、姑姑、我的父母，及其子孙们。

　　坡镇上居住的大都是中东铁路的员工。

　　然而，我对这个家的印象并不怎样地清晰。单知道有一个阳光明媚的后院。院子里有几棵长势极好的沙果树和樱桃树。阳光照在上面，叶子亮亮的，透明的绿。其他有关家的情况，却都是听来的，或者莫名其妙想象出来的。真是控制不住的事啊。

　　入夜时，改称中长铁路的铁道线上，常响起凄厉的火车汽笛声。让坡镇辗转难眠的人们，总有一种客居他乡的悲凉感觉。

　　有一位地方的史家说，坡镇在百年之前，并无人居住。此言似是而非。单是，坡镇住着的，大多是关外和俄国的流人倒是不错的。旧地方志上说，这里是："东部线一驿，为同沿线屈指之重要驿。现人口约15,000，其内含俄人约二千余。日、鲜人约三百。市街为日、中、俄之杂居地，故此比他处而有比较宏壮之建物家屋。通四时比其他处殷盛，但此处特征为公许鸦片及吗啡等发卖及赌博，始便之繁荣……"

半夜的时候，南山南大庙还要敲响一次钟声。这也是有前人的诗为凭的："崖悬西北阻尘寰，几捧清钟俗籁删。淡月摧残沉涧底，朝辉震动出林间。"悠幽的钟声回响在群山之间，那种类似应答般的絮语，使得夜更加深邃和神秘起来。我真的不知道这个世界究竟有多大。我只知道它很深很深，我很害怕，也很好奇。你正在梦境中扶着无形的洞壁，一步一步地往里走呢……

这个家，有些类似史前神话，只有靠想象力和万能的主来帮忙了。

落马湖

五十年代初，家要搬了。搬家总会有些难言之隐。就不说它了吧。背井离乡终究是件令人伤感的事。

那次坐了多长时间的火车，完全是记不得了。只知道火车始发在一个雪的冬夜里。母亲将脸贴在车窗上，努力地往外看。她看见她死去的两个姐姐赤着脚在雪地里追赶着火车，一边摆手，一边冲着车厢里的母亲喊：回来吧，回来吧——

新家，在哈尔滨的落马湖。

那是一片杂草丛生，水蛇肆虐的沼泽地。

落马湖的"湖"边，住着不少落难、落魄的异乡客。他们在这里的住处，是一些极简陋的木板房。那地界儿的蚊子像雾一样的浓。那轮欲将沉落在沼泽地里的晚阳，常常被疯狂的蚊子们叮得鲜血淋漓。毒蛇们在夕阳将没的一刻，纷纷举起上半截身子观看瑰丽神奇的西天霞涛。蛇们的头与身，被夕照辉煌得像绿宝石一般璀璨，俨然一根根在沼泽地里舞动的魔杖。

这里也有艺术啊。

黄昏时分，那个戴着极厚眼镜的邋遢男人，坐在自家破板房的门口拉二胡。所有落魄的人都在那儿木着脸听，吸烟。"一声肠已断，能有几多肠"啊。蚊子在荒草的尖尖上，云一样地翻滚着。

————

那里最怕雨烟无涯。无涯的烟雨之下，一间间破板房湿漉漉的。连绵不绝的雨声、风声，让梦中的孩子不小心陷到沼泽地里去了。

老父亲不愿谈"落马湖"的家。老了老了，他还那样虚荣。

复华街

五十年代的哈尔滨，俨然俄国的西伯利亚。冬季的气温常常在零下四十摄氏度左右。

为抵御严寒，家从落马湖搬到了城里，住进了一个别人遗弃了的地下室里。

我还是个孩子，只是跟着父母走。冬日里，天黑很早。一家人走在很深很厚的雪里，没人想说话。我怀念落马湖的家，我喜欢落马湖的雨声、风声。还有眼镜伯伯拉的二胡——可我得走啦。

我的嘴、鼻子都被围巾捂得严严的，棉帽子下只露一双眼睛。围巾和帽子都结满了厚厚的冰霜。像一个雪人。

西北风很锋利。任意在雪地上画着它的肆意。它把地上的雪吹起来，一层层立在雪道上。行人要低着头，从这一层层透明的雪障中穿过。

地下室里的家，有一个俄式的小铸铁炉子。烧一种叫"大头"的煤。这种煤近乎于石头，只有走投无路的人家，才烧这种不起火苗的煤。

在地下室潮湿的墙上，刻着一位逃亡者写的口号。父亲没事的时候，常吸着烟卷，站在那儿看。

一次，父亲摸着我的头说，小子，就老老实实地做个小老百姓吧。

说完，竟然像小孩一样，捂着脸委屈地哭起来。

记得我出去扫封在地窗上的雪时，邻居的那个小女孩儿兴灾乐祸地告诉我说：早先住在地下室那个人被——拉——出——去，枪崩啦——哈哈。

那个小女孩儿的嘴唇异常鲜红。

至今，我也不敢回眸小女孩那张残忍的脸——

母亲告诉我，那条街叫"复华街"。说完，便别过脸去。

母亲是个女人，女人哪有不想过好一点日子的呢？

俄式小二楼

落魄的年轻父亲，终于有了一份工作。

记得很清楚，那是农历的正月十五之后。

一家人从地下室出来，外面的雪地上，仍然散落着陈旧的爆竹碎屑。你会觉得一个过大年连爆竹都买不起的孩子，很没面子，抬不起头来。

邻居的那个小女孩在后面喊：再见，再见。

我没理她，也没回头。

在我的大半生中，有许多这种"不回头"的场面。岂一个"悲"字了得？

新家是商铺街上的一幢典雅别致的俄式小二楼。我家在二楼上。

朝北，有一个雕花的铁栏杆阳台。站在阳台上，可以看见金碧辉煌的圣母报喜大教堂和她后面的那条雄浑的、土黄色的松花江。

一轮将浴，江上晚霞博大宽阔，那种瑰丽神奇的组合，让男孩子激动不已——那里定是有一个温馨的世界，你只要闭上眼睛，就可以从阳台走进千红万紫的云端。

……

楼下住着好几户人家。不知为什么，他们有些瞧不起二楼的新户。单是因为我们是从山里来的吗？

小二楼的西面，还有一个很大的木制凉台。夕照之下，我常在那里写作业："一、开学了，开学了。"凉台上的那盆结满金菇娘的花，纯甜而温柔。还有一个木搓板儿。搓板上的棱儿乎都平了，中间有一道很长的裂纹。我常常凝视着它们。

没人跟我玩。

教堂的钟声响了，从钟楼里飞出许多鸽子。于是全城数十家教堂的钟都响了起来。我赶紧扒上凉台栏杆往外看。街上的外国人在钟声中定要停下来，在胸前画十字。坡镇也有一座东正教教堂。但那儿的外国人，在钟声响起的时候，该干什么还干什么。

站在这个凉台上，还可以看见不远处的中国大街和那座模范监狱。监狱总是静悄悄的。在孩子的心里，监狱里的犯人是一个个纸人儿。一张纸可以用剪子剪出几十个这样的纸人。

母亲天天在家里给人家绣枕头。边绣边哼唱一些歌。有些歌，至今我还能唱。因为其中有一些是旧电影里的插曲——母亲也曾是一个文化人。孩子一多，便成了地道的家庭妇女。

偏脸子

一两年后，是母亲自作主张，趁父亲公出在外时，将家搬到"偏脸子"的一栋小楼上。

那儿是个平民区。离楼不远，便是一簇簇齐胸高的荒草。

新家简陋得很，也小多了。但我们和母亲都很愉快，仿佛摆脱了某种压抑——解放了。

父亲出差回来，狠狠地给了母亲一个耳光！

事后，母亲跟我说，三儿，值啊！

母亲为什么憎恨那幢洋楼呢？

这是一幢"Ｌ"形的小楼。为了躲避父亲的打，楼顶的天棚是我和二哥经常避难的地方。

我和二哥睡在铺满炉灰渣子的天棚上，依旧是一副少年人的心肠。我一遍又一遍，不厌其烦地学唱一支很流行的电影插曲，我一定要在同学的面前，唱出一种尊重来。二哥帮我纠正唱错的地方。但他示范的地方，还不如我唱得好。

深夜，从天棚瓦缝那儿吹进来的寒风寒雨，让人难以安寝。我便爬起来，咯吱，咯吱，轻轻地踩着炉灰渣子，去天窗那儿，站在那儿往外看。

我经常看见一楼 1 户的那个没儿没女的孤老太太，穿一身白衣服，鬼魂一样，在阴雨霏霏的院子里幽幽地舞。

大翻身

终于从父母的家搬出来，独自成了家。

新房在黎明公社的大翻身屯——它在城市的郊区。城市到这儿，突然出现了一个大下坡，大翻身在坡底下，再往前又是平地，是望不到边的大田。

这个屯子有百十户人家。泥房、草房和极少的砖房鳞次栉比。我半夜下夜班回家，才知道地上的月光是那样地厚。那样有情调，你对你自己说，老阿，你走在一个让人流泪的世界里了。

大道边上，扠腰站着一个光着腔的庄稼汉。他对我说，妈了个巴子的，浑身就像要着火似的，出来晾晾，没事，也就你五更半夜出来。我友好地笑了笑，过去了。

走进屯子，全屯子的狗都吠了起来。但你仍然要悄悄地推开柴门，再猫着腰悄悄地关上。院子里那条房东家的狗，幽幽地看着你。你冲它龇牙笑笑。它不满地呜咽几声，回到狗窝里去了。

你以为你的一生也就是这样了。你还是一个很不错的过日子人呢。

老老实实地做个小老百姓。好像父亲说过这样的话。

进门后，电灯突然被打开了。刺眼的灯光下，女人面目全非，正浓妆艳抹地坐在火炕上，俨然"画皮"，冲你夸张地嫣然一笑。你吓了一大跳："你干吗？""没事儿，一个人在家害怕……"女人说着，便委屈地流起泪来。

上早班，要走得很早。你大抵是全屯子最早起来上路的一个。

早晨的雾也很浓、蹚着雾走，鞋很快就湿了。小肚子有点凉丝丝的。

这时脑子里一片空白。

有一个画家，把一个农民画得跟土一个颜色。我理解他是什么意思。

我在这里住了三年，天天往来于城市和农村之间。

吊　铺

回到城里，搬进了一个八平方米的小屋。此时的一家，已成了三口。地方很狭窄，我只好睡在吊铺上。

房顶呈弓形，吊铺很低，便将一张世界地图贴在天棚上，仰面而卧，五洲四海，可以一览无余。

吊铺上有一张小炕桌。夜里写点什么，都是在小桌上进行。深更半夜，撕纸声太响，让人心惊肉跳，躺在吊铺下面床上的女人便切齿地诅咒。

诅咒之中，惶惶然逼出一个妙招，用毛笔蘸清水，先将欲撕下的稿纸顶端一线濡湿，再撕，一点不响。于是，乐不可支，在吊铺上抓耳挠腮起来。

小屋与邻家，仅隔一层薄板。一家放收音机，全楼住户都听得真切。

这个小楼，最大的官，是一名女会计。她总阴沉着脸。是个寡妇。她的母亲也是一个寡妇，是个大驼背。她总是驼着背出来拿出些什么，然后再进屋，把门关死。

她家的故事，我知道得不多，她们一家把自己严严实实地关在屋里，声音也极小。只有突然响起的油爆锅的声音，才把你吓得心扑扑跳。

我的家经年不见阳光。我买了一束塑料花，放在窗台上。女人狐疑地看着我，觉得这不是男人之所为。

郊区的空楼

郊区的工厂终于给了我一套房。但它同样在郊区。进城仍须走半天的路。

女人上下班，照顾上学的孩子，不方便。因此，只有我一个人住在那里。

那是一幢很不错的大楼。可以住七八十户人家。但却极少职工去住。他们仍然滞留在城里的小屋里。这里的房子大都空着。常常是一幢大楼，只住着我一个人。这里半夜看书时，几次听到门外有女人哭。打开门一看，什么也没有。关上门不久，那凄切的哭声便再次响起来了。

她哭得很伤心。让夜读者不觉潸然泪下。

新　家

家又搬到了江边，与松花江水只有百米之距。

坐在凉台上，看平静东去的松花江水，总有一种悲观的情绪。

叶子一落，接着就下雪了。天空上一队队的归雁，远去了。

这样住了六年。

六年后，举家迁到一处新居。很大。四室两厅。养了一屋子的花，排了一屋子的书。

依旧是一个人伏在写字台上写。

这大抵也是一个人的悲剧吧。

瑰丽的街道

　　春阳融融，似乎把人都融化掉了，便在路边坐了下来，享受一下。阳光下的残雪已经融化了，溢着清凌凌的雪水。人非常放松。旁边的那位晒太阳的老哥并不看我，指着缓缓靠站的公共汽车说（似乎我们是老相识）：虽说这人那是坐在公交车里，可我还是感觉坐的是当年的摩电车。

　　我知道老哥那个年代的人都称有轨电车为摩电车。

　　老哥说，当年5路摩电车就在这十六道街的街头。我就在那儿下车。

　　我问，老哥，当时你住在……

　　老哥说，道里呀。四十年前坐摩电车的人不多，一到站，人就四散了。

　　我轻轻地笑了起来。

　　老哥说，现在呀从道里到这儿，坐出租车要付20块钱，往返将近50块。是啊，多数我还是坐公交过来。

　　说完，老哥便沉默了。

　　我掏出了烟卷问，吸烟吗？

老哥说，哦，吸一支吧。谢了。

我们一边吸烟一边看暖阳下的街景，融化了的雪水在阳光下迸发出无数个闪烁的小精灵，炫得可真漂亮。

老哥说，年岁大喽，下了车，总要先在路边选个阳光好的地儿坐一会儿，喘口气儿，我今年六十多岁啦。

我说，多晒晒太阳好。

老哥像个诗人似的说，春天的阳光有人情味儿呀，温暖，舒服。这也只有老年人才能体会得到啊。

老哥仍然一边抽烟一边痴痴地看着眼前的风景。

老哥说，早年哪，这儿是5路摩电车的终点站，调度室就设在这里。我和梅就在这儿下车。挨着摩电车调度室那儿有一家小商店，就在街口那儿。

我顺着他手指的方向看过去，那条横街是靖宇大街，对个儿是靖宇电影院。

老哥说，奇怪吧？我和梅从来没在那里看过电影，而且连想都没想过。真是让人想不明白。

而今这家电影院已经门庭冷落，无人问津了。岁月就像一把锋利的刀，把水蜜桃似的日子削得只剩下一个硬硬的核儿了。

老哥说，梅的家在5路摩电车相反的方向，下了车之后要往回走，是一个老式的大院子。大门洞的风很硬，人得顶着风进去。院里都是老旧的平房。梅的家是在大门洞右侧的第一户，围着一个很小的栅栏院子。四十年前我第一次去她家，人很尴尬。梅的父亲是一个脾气不好的老头，估计是喝酒喝得太多的缘故吧，他的面颊总是在控制不住地痉挛。

我问，家里怎么样？

老哥说，梅的家很小，进去之后，迎面是一个小火炕，火炕上坐着一个脸色阴沉的老太太，正在抽烟。她就是梅的母亲。很明显，她不喜欢我。这一幕哇，就像画片似的，我记得非常清晰。

我说，梅是老哥当年的女友吗？

老哥说，我第二次去她家，是梅的母亲去乡下省亲去了，家里没人。这一次我才仔细地看了她的家。里面的屋子，是梅父母的卧室，桌子上铺着一个绣着荷花和鸳鸯的白色桌布，上面有一个红木的座钟。火炕上摆着一个装衣物的炕琴。陈设都是老派儿的。梅住在外屋的吊铺上。我在吊铺上发现了一本柳公权的字帖，梅见我喜欢就送给了我。直到今天我还在练哪。嘿嘿。

我说，梅喜爱书法吗？

老哥说，是吧。梅的邻居清楚我是梅的男友，但他们对梅的母亲说了我的坏话。我至今也想不出，那个当木匠的邻居为啥对我印象不好。现在想，一定是我身上有什么地方他们不喜欢。

我说，也可能他们是顺着梅的母亲的意说吧。

老哥说，对呗。我每次都把梅送到大门洞那儿，如果时候还早，我们就在附近再转一转。当年这里的人并不多，横街竖街的，全都是平房。做饭的时候家家房顶上的烟囱冒着烟。在另一条街上有一家中学，梅就是在那儿念的中学，然后考上了中专。我们经常转悠到夕阳落下的时候才分手。

我问，那后来呢？

老哥说，梅从中专毕业以后就分配到西北去工作了。她走的时候，我去梅的家为她送行。梅的母亲坐在火炕上，老太太一边抽着纸烟一边兴灾乐祸地说，这下走喽，永远也回不来喽——

我说，怎么这么说话。

老哥说，那天送梅去火车站，坐的也是5路摩电车。梅的父亲站在摩电车的下面，我看到风吹乱了老人家雪白的头发，他的面部肌肉抽得更厉害了，这一幕让人心痛啊……

我小心地问，你和梅没有成是吧？

老哥长叹了一声说，是啊。

老哥哥说完，便不言语了。我们两个人便默默地吸烟，看眼前的街景。

半晌老哥哥又说，就好像是一夜的工夫，这儿的房子全被拆了，盖起了一栋栋的新楼。我只能凭感觉猜，但我知道梅的家一定在这几栋楼之间。我一边寻找，一边希望能看到梅的兄弟和梅的父母，甚至能看到那个说我坏话的木匠邻居……

我说，您常过来吗？

老哥说，我们那次分手之后，只有梅回来探亲时见过一面，此后就再也没音讯了。我每次到这里来，先是在附近慢慢地走一走，有时候会停下来，站在那儿一边吸烟一边四处看看。早年的那个小商店还在的时候，我就去那家商店里逛一逛，没有要买的东西，只是看一看，希望在这里能遇见熟悉梅的人，得到一点信息。

老哥说，我知道看不到梅，但我还是希望能出现奇迹。

我点点头。

老哥说，下雪的时候天最冷了，一定要穿得厚一些。

我说，可不。

不知为什么，这时候，我想起了陆游的那首诗：城上斜阳画角哀，沈园非复旧池台。伤心桥下春波绿，疑是惊鸿照影来……

我看了看手表说，老哥，你再坐一会儿，我先走了。

老哥说，我也得去转一转了。

我一边起身一边问，你还记得梅长什么样吗？

老哥说，她在我的脑子里一直是年轻时的样子，大眼睛，喜欢斜视着人，笑眯眯的。

分手后，蓦然回首时，我看到老哥正在熙熙攘攘的人群中茫然地走着。兀然间一种莫大的感动从天而降，瞬间让这条街道变得那样的瑰丽无比。

我的先生和文友

　　我认识林予先生比较晚，大约是在八十年代初。当时我是一名业余作者，自然是较差或者相当差的一类。比如，作协在轴承厂举办了一次文学讲座活动，请了一个国外的女评论家来讲课，有本地的一些文化名人、作家、评论家作陪。那次作协一共通知了三百多名业余作者参加，讲座是不管饭的，也不安排车接车送。就在这三百多名业余作者的名单当中，主办单位也没想着把我也搞进来。足可知我差到怎样的一个程度！我当时还委屈且愤怒地想，让我参加能咋的？你们也不损失啥。再说了，我是自觉的人，绝对不会抢座，站着听就行。最后我还是擅自去了。为了参加这个会我特意把裤子洗了，没想到第二天裤子没干（可哈尔滨并不是一座潮湿的城市呀），就那样湿了巴叽地穿走了。我不是顾忌自己的体面，我是怕给这个有档次的会丢人。我怀着一脸的惭愧与不安，战战兢兢地听完了整个讲座。就是在这个讲座上，我见到了大名鼎鼎的作家、长篇小说《雁飞塞北》、电影《芦笙恋歌》的作者林予先生。之后，在《哈尔滨文艺》举办的一个笔会上，我又再次见到了林予先生，这便有了初步的接触。坦率地说，林予先生并不认为我是一个有出息的业余作者。这是没有办法的事，肯定不是先生对我的歧视，而是他的真诚判断。当一个人写得并不好的时候，让对方判断你有出息，这就有点过分，也不切实际。后来我们之所以有了更近一步的交往，是我的文友刘国民在当中起到了穿针引线的作用。当年，刘国民是林予先生的得意门生。林予先生对当时的青年作家刘国民是非常欣赏的。

第一次接触刘国民是在80年代初，也是在那次哈尔滨文艺杂志社举办的业余作者的笔会上。这次笔会安排在背荫河劳改队的招待所。背荫河地处哈尔滨市的郊区，那是一个丘陵地带，在劳改队营地的东侧有几座不很大的"山"半卧在那里。其他三面则是附近乡村的水田，碧波满目。风景也可以，只是这一带是雷区，打雷闪电的现象十分频繁。雷雨过后，碧空如洗，空气甚好。再看那些扛着劳动工具，唱着歌，排着队去干活的犯人们也觉得他们雄赳赳，气昂昂的。

我们这些作者住在招待所的二楼。一楼客房住的是几个从远道来到这里探视犯人的家属。笔会期间，市文联的领导、作家、评论家经常到笔会上来，给我们讲一讲课，讲一讲我们的文学艺术如何为社会主义服务等大是大非的问题。讲过了之后，主要还会亲切地翻一翻我们写的习作，顺手改一下稿子上的错别字。我们这些可怜兮兮的业余作者，一律用小羊羔一样的眼神仰视着他们的一举一动，一言一行。

那次，刘国民是随着市作协主席林予同志一块儿来背荫河探视我们的。这就显得与我们不同了，也有力地暗示与证明他比我们高挺大一块儿。其实，在这之前我就隐约地听说过刘国民，说他是哈尔滨文学创作上的一颗冉冉升起的新星。他来了之后虽说表面上有点傲慢，但我发现他的骨子里却有点慌，挨个屋审，也不征得我们的同意，哗啦哗啦地翻看我们写的作品，都翻看完了，他放心了，脸上绽放起哥萨克式的笑容——是的，笔会上没有人能超过他。

那次刘国民带给笔会的作品是一部中篇小说《马头里的思想》。我看过，写得真不错。这部作品即便是在今天看，仍然是国内一流的优秀作品。后来我们就成了朋友。他似乎也很愿意与我交往，我倒没怎么太激动。须知作协主席林予先生对他是很欣赏的，称他是自己的爱子，野兽派，是个鬼才。应当说这个荣誉很高了。单是，每每林予先生当众称刘国民是他的爱子时，刘国民总显得有些不自然。这是我在一旁观察到的。我觉得他的内心绝不是要当这个老头子的爱子，而是要超过他！打倒他！并取而代之！他要成为哈尔滨的茅盾和巴金。我想这才是他内心的真实写照。

后来刘国民又写了几部中篇小说，我读了都相当不错，像《疯人戏》《猪头里的愤懑》，还有之前写的《世界是美丽的》等等。就这几部中篇小说而言（包括《马头里的思想》），我始终坚持认为，到目前为止省城哈尔滨还没有一篇中篇小说可以与之抗衡。

刘国民是太平区的人。当年那个区半城半乡的样子，主干道上连排水管道都没有，还都是凹进去的土阴沟呢。刘国民就是在那里长大的，在那里念的书，然后从那儿下乡去了。他所谓的下乡，只是去了哈尔滨香坊区边上的一个不大的村庄，也是哈尔滨的郊区。下乡时代的刘国民赶过大车，喂过猪，活儿挺好的。他跟我讲，三九严寒赶马车上路，冰天雪地的，冻得实在不行了，手都冻僵了，他就把手塞到马的肛门里取暖。听得我浑身直起鸡皮疙瘩。他还说，他赶马车有一绝窍，事先在马的屁股那儿用镐头刨了一个血洞，然后用勒马的皮带盖住，并保持着不让伤口愈合。赶车的时候他根本不用鞭子，用手一摸马屁股上的血痂，马立刻就小跑起来。他还神秘地告诉我，把少量的敌敌畏兑到白酒里可以增加酒的度数。我听得头发都竖起来了，问，这不会要人命吗？他不仅没什么危险，反而会使酒劲儿更加煞口。他说他就经常用白酒掺敌敌畏这么喝。这让我万分震惊。刘国民却为此十分得意。他还讲，晚上他就睡在马号里。没事儿的时候，他就跟另一个知青赌钱，用扑克牌押宝。最后，他的钱输光了，他提出赌嘴巴子的，对方同意了。谁赢了就扇对方一个耳光。这样相互打来打去，而且越打越狠。一直干到天亮，两个人的脸都打肿了。彼此一乐，拉倒了。

据他说，在刘国民到文联做专业作家之前，即知青返城之后，他曾在太平区的化肥厂当装卸工。成天卸那些从火葬场运来做农用化肥的死人骨头。死人的骨头都堆成了山，他们这些装卸工就在这座"山"上，上上下下，背死人骨头。冬天奇寒，夏日酷暑，死人的骨头的味儿又大。干这种活儿，挣这种钱，真的是不容易。他说，一看到他的儿子

吃鱼吃肉，他就心痛。他咬牙切齿地对我说，他吃的是我的
肉，喝的是我的血呀！开始，我还相信他讲的都是心里话。
他还跟我讲过，他一直想杀了他的媳妇。我听了吓了一跳。
他说他有一个情人。我忙问，怎么样，怎么样？好看不？他
说，长得非常好看，就是有银屑病。我问，啥叫银屑病啊？
他说，就是老百姓说的那种"蛇皮"。天天往下掉干皮儿，
一次能收集一火柴盒。我听了有点哭笑不得。刘国民说，但
她身材好呀。有一次我老婆跟我犟嘴，我啪！啪！上去给老
婆两个大耳刮子。说这话的时候，刘国民的眼珠子都红了，
杀气腾腾的。我严肃地说，国民哪，这可不行啊，你怎么能
打人呢？刘国民说，这事儿我跟我情人说了，我情人哭了！
我说，哭了？为什么？刘国民说，替我感到委屈呗。我说，
你还委屈？刘国民说，我情人说，国民，咱们行动吧！我
问，行动什么？刘国民说，离婚呗。我扑嗤一声乐了。刘国
民说，有一次，晚上，天已经黑了，我和我媳妇、孩子从老
丈母娘家坐车回来。我家的楼前面挖了一个大沟，搞什么建
筑，行人必须从沟上搭的那块跳板上通过。我走过去的时
候发现，跳板的这一头马上就要掉下去了。我当时心想，好
啊！太好了！后面我媳妇从跳板上一走，跳板一滑，肯定掉
下去把她摔死！多好。后来一想，不行啊，我媳妇还抱着我
儿子呢！我立刻冲他们喊，不要过，危险！听得我直摇头，
说，不怪林主席说你是野兽派呢。不过，这之后不久的一个
黄昏，刘国民领着他的媳妇、孩子到我家串门儿。哈尔滨是
一个喜欢相互串门儿的城市。在去我家的途中，他还买了一

个处理的西瓜给我，这个西瓜的头上有点烂了，货主用刀削去一片。他对我说，看，照样可以吃。

在我家聊天的时候，我发现刘国民的媳妇是很端庄的一个人，挺不错的。刘国民呢，每说一句话都要征询地瞅他媳妇一眼。我看到这种情景，我心里乐开了花，从此再也不相信他胡编乱侃的那些鬼话了。

……

在背荫河笔会快要结束的时候，刘国民又来了，跟我说，林主席正在写长篇，但没有地方，你不是在工厂有一间空房嘛，去你那儿写怎么样？很显然，这是出自于他的建议。我说，好啊。当时我经常住在工厂的房子里。那是一个有五千多职工的纺织厂，离市郊较远，我也不可能经常回家。当时我正在这家工厂的俱乐部当主任，兼图书馆馆长。

厂职工俱乐部在厂区西南角的位置，夸张点说，这是一幢在设计理念上比较前卫的建筑，它的外部大都镶着巨幅的玻璃。剧场里有三千个座位，所有设施都很现代。工厂俱乐部的日常工作就是晚上给职工和家属放映电影，大多是一些租金便宜的老影片，如《地道战》《铁道游击队》《小兵张嘎》《列宁在十月》《秘密图纸》《51号兵站》等等。再就是搞周末舞会，"五一"，"十一"，节日期间组织职工文艺汇演。更多的，是配合厂部召开的各种会议做会场的布置工作。俱乐部的工作内容大体就是这些。至于在厂职工俱乐部当主任的最大体会，那就是你永远也看不上一场完整的电影。你得拿个手电筒在大楼里到处巡视，剧场内、放映室，倒片车，偶尔看一眼银幕，没头没脑的，看着也没劲。

林予先生个子不高，有一张典型南方人的脸，身材有点臃肿，穿着也不甚利落，总之毫无大作家的派头。偶尔他也会向别人要一支烟吸。他烟吸得也很贪。好像他是一个很矛盾、很尴尬的人。刘国民曾对我说，阿成，林先生就像是我的亲生父亲一样。我立刻向他敬了一个美式的军礼。刘国民本人也贼能抽烟，除了喜欢喝掺一点儿敌敌畏的白酒，他还自称是"刘大侠"。但是他的胆子很小，怕打架。这种事我俩曾遭遇过，我有体会。对他在现场的怯懦感到意外。奢侈地说，刘国民是一个真诚的人，对人袒露心扉，从不掩饰自己，包括缺点。是我朋友当中比较特别的一位。

有一次刘国民非常诚恳地对我说，阿成，我衡量过了，写短篇我恐怕干不过你——记住，只是恐怕，不是一定干不过。懂不？所以我他妈的写中篇。而且发表中篇小说听着也比发表短篇听着好听啊。这样，我就能一下子就把你干掉了。我说，您这是居高临下的意思呗？他说，对！我只有绕开你的长处才能打倒你。你说是不是？我就乐。不过说心里话，我从未把刘国民当作对手，但我理解他靠假想的敌人给自己鼓劲儿的方式。刘国民说，我每当写到半夜写累了，想歇一歇，但一想，不行，阿成还在写，我必须继续写！可是他哪里想到此刻的阿成早已进入甜美的梦乡了。但他死活也不相信哪。他连连说，"烟幕弹，烟幕弹，烟幕弹。"

刘国民长得很像《静静的顿河》里的葛利高里，留着漂亮且俏皮的哥萨克式的小胡子。我经常看见他和林先生在街上一起走，两人脸儿喝得红扑扑的。刘国民两只胳膊像指挥演奏狐步舞曲似的夸张地挥动着。林先生只是不断地点头，人也是云一脚，雾一脚的了。哥儿俩就是从我身边走过去的，根本就没看见我。

实话实说，当年林先生对我写的东西并不欣赏。主要是我写的小说洋腔洋调的，像翻译小说，他很不喜欢，讨厌。林先生同他的爱子刘国民谈心时曾动情地对他说，我这一生有两项坚持，一是坚持走现实主义道路。二是，坚持走民族化的道路。刘国民听完转过头来问我，明白不？那意思是他明白了，我就不见得明白。

为了迎接林主席的到来，我特意从厂招待所借了两套崭新的被褥。我那儿的环境相当静谧，郊区嘛，真的是一个作家创作的最佳所在，何况林予先生写的又是农村题材。我那个房子是两屋一厨，给林主席安排在里面的小间，我和刘国民住在外面。当时正是冬天，我内人听说林主席要去写作，每周都包些冻饺子让我带去。

开始的几顿饭是我给他们做的，他们都夸我手艺好，我听了非常愉快。然而事情也因此麻烦起来，他们根本不去食堂吃了，专门等我给他们做饭吃。可我在工厂的俱乐部当主任，非常忙，差不多天天生着气工作。但是，不论我晚上几点钟回来——他们二位都还没吃饭呢，也绝对不做饭。算一算，我差不多给他们当了三个月的专职伙夫。这种事现在想都不敢想，真不知道那90天是怎么过来的。某一天，林先生对我说，等我这部长篇写完了，我要送你一套《鲁迅全集》。我忸怩地说，不要，不要。后来林先生的长篇小说出版了，我本想跟林先生要一本，但终是有点不好意思。毕竟人家是大作家啊。

在我那儿住的期间，他们二位没有一个人认为阿成也可以写东西。他们一人占一个屋唰唰地写。而我呢，在厨房里则像个娘们儿似的给他们做饭。有时候我也把"愤怒"的声音搞得大一点，但他们没感觉。我做饭的手艺就是在那个时候练出来的。由于他们两个人各占一个屋，我只能在厨房找个小凳子写。在他们二人的心中，我是不可能有什么写作前途的，尽管我心里不服气，有一点委屈，感觉这里不是我的房子而是他们的房子似的，我是专门来这里为他们做饭、当仆人的。他妈的！

不过，我们也有愉快的时光。他们写累了，三个人便聚在方厅里闲聊。刘国民比较调皮，问林先生，林老师，你说实话，你有没有情人？就咱们仨，没别人，你一定讲实话。真的，这很正常，都是人嘛。林主席说，我哪有什么艳遇啊。刘国民信誓旦旦地说，你放心，我们绝不会说出去。林主席羞涩地笑了，说，倒是有一件。于是，他讲起了曾经有一个女编剧，到了美国之后给他来信的这件事。没想到这封信他真就带在身边。我们把信抢了过来，如饥似渴地看过之后，大失所望，信上一句情话也没有，最后只有一句，也不应当算是情话，人家说，我非常想念大家。刘国民放下信说，这算什么，啥也不算啊。林主席摊开双手非常不好意思地说，那就没了。

林先生真的是很纯洁。这么纯洁的男人只有在50年代初到70年代末那一段时间才有。我曾经看过林先生在农场开荒时的照片，黑白片，很旧很旧，林先生穿得像个乞丐似的，正同六七个同样装扮的男人一块儿拉犁翻地。只是判断不出是秋翻地还是春翻地，反正都穿着破棉袄。那时候，林先生已经开始酝酿写长篇小说《雁飞塞北》了。那是一部伟大的作品，整整鼓舞了一代人哪。回城以后，林先生又相继创作了电影《边塞烽火》《孔雁飞来阿瓦山》《芦笙恋歌》，与人合作了长篇小说《有情人终成眷属》、与人合作了话剧《奸细与间隙》，等等。

在我那儿写作期间，不知道什么原因林主席感冒了，为了叫林主席住得舒服些，我在他的屋子里安了电褥子，台灯。他为了安静，白天也把窗帘拉上了。电褥子、台灯、棚灯24小时亮着。他一开门，感觉人就像从产房出来一样。恰恰我的后窗是一望无际到天边的田野，风一吹，老头子毕竟年岁大了，再加上那么辛苦地创作，抵抗力不太行了。

林主席说，阿成，我有点感冒，能不能找厂医院的大夫给我打打针。我说，没问题。毕竟我是俱乐部主任，厂医院那些女护士和大夫都喜欢跳舞，经常找我要舞票。天空飘过五个字儿：这都不算事儿。于是，我叫上刘国民一块儿去厂医院。刘国民在路上说，一定要选个漂亮的，风骚点的，把林主席的心打乱，他写得挺累，再加上一辈子没搞过破鞋。我说，行。不过，我心里也想，老作家们活得也真够清苦的，一点风流潇洒的韵事都没有，特别像林主席这样的老实人。我说，你来挑。

到了厂医院我们挨个屋看，看一个，刘国民说不行，看一个，又说不行。弄得里面的人不知道我要干什么。后来看到了一个，刘国民说，这个行。于是，我和这个护士说明原委，我告诉她说，林主席这可是个大作家，全国有名，看过长篇小说《雁飞塞北》吗？护士头摇得跟拨浪鼓似的。我说，看过《芦笙恋歌》没？护士依旧摇头。这时刘国民唱起来，阿哥阿妹情意长……护士立刻说，这个歌有印象，听我妈唱过。刘国民说，对对，就是他写的。护士说，这么大的作家呀，我打针得小心点儿。这个护士都和我住在一幢家属楼，晌午午休回家，顺便就给林主席打针了。

小护士一到，林主席显得春风满面，也非常慈祥，说，小同志，你叫什么名字啊？然后，开始脱裤子。东北人打针，都是把裤子脱一角，而南方人打针是坐在椅子上，把整个屁股露出一半，这样打。林主席按照南方人的方式一脱裤子，弄得小护士一愣，但也没说什么，就这样打了。一直打了半个月，就是打安痛定。后来这个小护士跟我说，王主任，安痛定打多了对身体不好，就打到这儿吧。我看他的感冒也好了。我说，行。第二天林主席见小护士没来，问我，那个小护士怎么没来呀？我说，她说了，你病基本上好了，而且总打安痛定也不好。林主席说，我感觉还是有点烧。我说，您的意思是接着打吗？他说，再打几天吧。我说，好的。

其实，在这期间刘国民也跟我说，别再打了，我看现在林主席的心乱了。我说，可林主席还要打怎么办？他说，那咱们就找个面相凶恶点的。我说，好，你跟我走吧。这回我们找了一个长得好，但样子很凶的护士，她是保卫科科长的夫人。到了以后，林主席刚把裤子往下脱，护士一把拽住，说，露个角就行。仅打了三天，那个护士就对林主席说，老同志，不能再打了，再打对你身体有损害。林主席说，好好。现在想，我们冤枉林先生了，他只是为了放松一下创作的紧张心情而已。

林先生在小屋里写作的时候，不知为什么，特别喜欢用刘国民的那个电动剃须刀，用它不断地"剃须"——估计就是用它来按摩。电动剃须刀哇哇地响个不停。刘国民在方厅里听见心疼得直搓手，跟我说，没电了，没电了，怎么能没完没了地整呢，一会儿就没电了。我说，那——你进去跟林先生说一声呗。刘国民立刻就跟我急了，小声地说，我怎么说呀？我说，既然不说，那你就不应该着急嘛。刘国民低声地怒吼道，我他妈的不是悲剧人格吗！？我就这么跟你说说还不可以吗？

林先生在我的那个小屋里写作时，一天24小时开着大灯、台灯和床上的电褥子。我注意看了一下电表，那个电流盘像飞碟一样旋转得飞快。我对刘国民说，你看，我心疼了吗？刘国民一本正经地说，你心疼了！作家就是作家，观察人入木三分哪。

有时候，市作协的同志想汇报工作，那只能到我们工厂来。韩统良先生是当时市作协的秘书长，回民。只要一打眼就知道他是个真正的、憨厚的、个子不高、皮肤略微粗糙的穆斯林。在我的感觉里，韩统良先生总是在忙，每天有很多事情要做，总是步履匆匆的。统良先生非常热心于作协的工作，这本身就有点不可理喻。作协的那一大摊子若有若无、飘飘忽忽的工作怎么做？云一脚，雾一脚的，似乎永远也干不出个头绪来。而且，我个人认为这种工作并不那么实际，有也可，无也可，干也可，不干也可。但统良先生似乎干得有滋有味。作协的那些专业作家，只要有一点点成绩，写点什么东西的，个个都自命不凡，牛皮得很，愤懑得很、目空一切得很。在这样一个怪怪的情势底下，让人困惑的是，统良先生从来就没有那种被伤害感，而且跟这些行为夸张的"牛皮匠"们个个都交上了朋友。于是我就想，如若想做好作协的工作，须天然地在其内心没有被伤害感，没有与这些怪人抗争的意识才行啊。可这一款哪儿找去呀？

统良先生为人特谦恭。文联大院里、办公楼里（他整天背个黄帆布的书兜子，里面装着初学写作者的稿子、午饭、馒头、小咸鱼等等，还有一条总是潮兮兮的毛巾，他好出汗）。他见了谁都拱手做揖，称对方为"师傅"。他常说的一句"幽默"的话是，"师傅师傅，你多帮助我。"对方立刻笑容满面，倏忽间变得首长起来。

统良先生说话多少有一点点结巴，但并不严重。我还隐约地觉得他这个人有点胆小怕事，凡遇到有可能不妙的事情，他的结巴就会变得更严重了。可谁愿意为难这样的一个同志呢？

统良先生最早在一家工厂工作，好像是一名车工。我见过他当工人业余作者的时候写的一篇小说，叫《车间流动红旗》。我个人认为写得非常好。早年我曾经写过一篇讲稿，题目叫《阅读者的权力》。作为读者，我真的是发自内心地认为他的小说写得好——这是我的权力，也是我的人格。那篇小说讲叙的内容在今天看来是一篇纯净的神话，或是一篇优美的童话。这样的神话与童话能真实地发生在搞生产竞赛的工人当中，真是让生活在今天的我感慨万千。

统良先生在工厂成立了一个业余工人文学创作小组。这个小组有七八个人，都是由爱好文学的工人同志组成的。统良先生是组长。这个官不用组织部、干部处批，大家同意就行了。他们下了班之后经常活动，切磋创作中遇到的一些难题，一些感到困惑的问题，或者把自己新写的作品，诗、小说、散文拿出来，当着大家的面儿充满激情地朗诵一下，然后请大家提提意见。大家就七嘴八舌地提意见。茅盾先生到黑龙江来的时候专门去了这家工厂，还同统良的文学小组的工人们进行了亲切的交谈。还拍了一张合影。这张合影我看到过。当时的茅盾先生还年轻，统良先生更年轻。所有的文学小组成员都很年轻。大家都认为那是一张极其珍贵的照片。

统良先生后来调到市作协来工作，应当说，茅盾先生接见他们的这件事起了一个很好的促进作用。

坦率地说，我同统良先生不是很熟。可能他毕竟是个领导的缘故，也可能因为他是个回民，彼此也不能常聚常喝。至于他后来又写了些什么作品我就不是很清楚了。不过可以肯定地说，他的作品是有一点落伍了。而今对先前的那种革命的浪漫主义、理想主义，以及那种相对固定的创作方式、手法有些不屑的意思了。这样统良先生再写起来一定会觉得很别扭。说心里话，今天的文坛或有点浮夸了，摇滚式的作品，伪时尚式的作品，磨磨叽叽、花花草草、泛情式的作品，还有胡说八道的武侠小说，像市场小贩子的伪货床子一样，把逛市场的人都弄木了。当然，好的东西是主流。我这里说的是小支流。

　　不久统良先生病了，总是头晕得厉害，不敢见阳光，连日光灯的光也不敢见。他得整天戴个墨镜。按说这应当引起文联领导的重视。我们的同志办公都戴墨镜了，垂问一下，关怀一下，照顾一下，自然而然的。没有。也可能是头头们参加的市里的会太多的缘故。市里总开那么多的会干什么呢？话痨哇？心里没底呀？

　　另一种关于统良先生戴墨镜的说法是很优美的。说他是看初学写作者的稿子——那些稿子写得都非常厚，甚至有上百万字的作品，一部一部，统良先生都要一页一页地看，看过之后，还要找作者谈，而且经常把他自己和作者谈得泪流满面。后来人就看伤了，不能见强光了，书、报、电视，全都不能看了。屋里屋外总得戴个墨镜了。这样他就提前退休了。

　　过去，我早晨去江边散步的时候总能见到韩统良先生。他仍然戴个墨镜，躲在一簇绿树丛后面锻炼身体。我们见了面总要打一个招呼。天天见也就是打一个招呼而已。当然也有停下来聊两句的时候。他跟我说，他想写一组小小说。我说好啊，写好了给我。当时我在一家杂志当头儿，他的稿子发表应当没问题，毕竟是老前辈了，毕竟还有读者喜欢看他的东西。再后来，韩统良先生就去世了。韩统良先生的葬礼我参加了，去吊唁的人数还可以。瞻仰遗容的时候，我看到统良没戴墨镜。是啊，用不着了。

葬礼之后，他那两个非常漂亮的女儿和那个文静的儿子，为参加葬礼的人准备了非常丰盛的午餐，还有啤酒。进餐的时候，有几个年轻的业余作者还彼此拼起了酒，呼号的。还有一个喝得醉醺醺地过来给我敬酒，说，你要够爷儿们就干了。这帮没心没肺的东西！单位的领导因为是新来的领导，对韩统良先生不是很熟，仅仅吃了几口，然后对统良先生的家属说了几句安慰的话，就坐小车走了。走的时候招呼我坐他们的车一块儿走，我没扯。我一般不牛逼，但是，我并不是不会牛逼……

到了我们工厂，韩统良先生向林主席汇报完了，天也黑了，厂通勤车早就发车了，统良先生只好在我这儿过夜。但他坚决不睡我让出的床，一定要像延安时代的老同志那样打地铺。看着他像个流浪汉似的蜷缩地睡在地上，我心里真不是个滋味儿。

林主席在我那里一共写了将近三个月，因是和另外一个老作家合作，他每写完一部分就要找人抄出来（我就找厂图书馆的小孩儿帮他抄），再送到市内那个老作家的手里。这三个月他一次家也没回，连过节也不回去。可是过节我们得回去呀。他说，你们回去吧，我自己在这儿。记得某晚，他要给市里的一个领导打电话，当时没有手机和私人电话，我就领他去了俱乐部。这我才知道林主席是处级，他给领导打电话的意思是希望在他退休之前，在职务上能考虑给他提一下子，主要是为了看病方便一些，这样可以享受高干病房了嘛。我在一旁听着。当时我的确有点不理解，现在理解了。倘若让风烛残年的老头子住在医院的走廊里，啥《雁飞塞北》，啥《芦笙恋歌》《边塞烽火》《孔雁飞来阿瓦山》，全都不起作用。所以，我也能理解为什么有人背地里又哭又求又跌份地想当官的道理了。

不久，刘国民在林予主席的帮助下，当上了市文联的专业作家，接着又转了干。不久被送到北京的鲁迅文学院学习。在那里毕业之后，他又伙同一帮人去读西北大学的作家班。那个作家班发国家承认的文凭。在他"读书"期间，我们通过几封信（信中讲了他们班的一些趣事……）。在信中，他除了照例问我要一点粮票之外，还鼓励我努力创作。我看了非常生气。

刘国民大学毕业之后，在林主席的呼吁下，分到了一套房子。总算是有了一个住的地方。只是房子的质量很差，要烧煤。而且房间在一楼的大门洞子的顶上。冬天的时候下面的穿堂风一过，屋子里能冻死个人。

林先生和刘国民在我那儿写完了东西离开后的第二年早春，正赶上市里的一家文学编辑部多人退休，缺人手了。主编张一大哥给我打来了电话，征求我的意见，这样我就离开了工厂。我不是还兼着厂图书馆的主任嘛，有几本书挺喜欢的。工会的瘦主席说，爷儿们，我还能因为几本书不放你走哇？靠。

记得那是一个大雪纷飞的日子，我顶着纷纷扬扬的大雪，走了40分钟路，然后乘郊区车，离开了工厂。

……

大约是在90年代中期。文联又开始分房子。刘国民再度提出申请，但上头没有解决得很好，刘国民就跟领导对骂了起来。此时一直热心扶植他的林予先生已经提前过世了。没多少日子刘国民就调走了，不在文联干了。

他调走之后，我听说他在写一些东北土匪系列的小说。其实这以前他就有这方面的想法，要走通俗小说与纯文学相结合的道路，他要做大陆的金庸和梁羽生。

一晃，又十多年过去了，他调到报社当记者去了。一次，我坐出租车回家，偶然从交通广播电台听到了刘国民写的长篇小说《关东大绑票》。我听了一段，相当不错。我心里清楚，这种东西别人是写不出来的。当然，我也多少有一点遗憾，纯文学扔了终是有点可惜。他毕竟是个非常有前途的人才呀。

……

林先生出殡的时候，我也去了。很多人都在那儿抬棺材。我站在一边看着。刘国民也站在一边看着。那天早晨的太阳很好，但林先生故去了。

初夏，刘国民也死了。之前我去医院看他，他已经昏迷好几天了，我看着伤心哪，他还年轻啊。刘国民死后，去参加他葬礼的人很少，是他们单位的领导念的悼词，当念到刘国民最高的文学奖仅是市级的三等奖时，参加追悼会从不落泪的我眼泪唰地淌了下来。可怜的作家哟，怎么会呢？他可是得了好多奖啊。这帮饭桶！

更深夜静，我写了一首悼念他的诗：

我来看你／病床上／你的创作还在继续／我熟悉你在苦思冥想时的表情／深度昏迷中／你睁着眼睛／不断思索的眼睛在眨闪着／我来看你／痛心将留在回忆里／你曾经是我的偶像／朋友／使酒骂座／慷慨悲歌／唉，落幕啦／长长的叹息／我注意到了／你正在创作当中／深度的呼吸／无耻的吊瓶／是欺骗与可耻的同谋／病床上／你的灵魂还在躁动不安地走着／正在创作当中／不断地自言自语／惊人的脆弱／憧憬着大胆／诱惑总像是一个幽灵／与你同行／在喧嚣的城市里／你是对的／困惑与无奈啊／你想象中的竞争对手太多了／你变得不知疲倦／在你的世界里／你是绝对的国王／精彩的对话／痛快的主宰／迷人的睿智／纠缠着你／让笔在驰骋中迟疑／可是在某些场合里／你只能在脚面上飞翔／你的笑脸／在欢乐面前／是画好的应付／你的坦率／在亲朋中流传／冬去春来／你走的路太长／太长／当成功成为瞬间／瞬间／你又上路了／即使在弥留之际／一个不算老的作家／这样的一生／为什么／让我落泪。

这是在当年10月20日凌晨2点写的。

实话实说，后来那些年我跟林先生来往也不多。他患了重病后，我去医院看望他的时候，他死死地握着我的手似乎有话要说，但终是没说。后来他就死了。

林先生去世之前，我在松花江散步时曾碰到过他一次。先生正坐在长椅上晒太阳。人已经十分地老态了，脸是淡灰色的，眼睛暗淡无光。显然，人已经病入膏肓了。我站着，他坐着，我们聊了起来。我没话找话说，我又出了两本书。他似乎很高兴。接着，我又向他介绍了我在外国的一本医学杂志上看到的一种古怪的治疗癌症的方法，然后我就告辞了。要分手的时候，他突然喊住我说，刚才你说你出了几本书？我笑了，没吱声。林先生说，祝贺你呀！我点点头。

林先生一直在哈尔滨作协担任主席，我一直以为他不到60岁（我不是那种总瞄着人家岁数的人），没想到，他在工作岗位上操劳到67岁才永远地离开了这座他眷恋的城市。现在回想起这些事情，觉得跟他们在一起的日子真是过得有声有色，是一段十分珍贵的经历。不过有时候我也会想，作家也好，著名作家也好，人一离开这个世界，就像一阵风吹过去一样，渐渐，渐渐地，就在人们的感觉中、记忆中化为乌有了。这就是生活。

有时候，我在江边散步，经过那张椅子的时候我就想，这个椅子应当镶一个小铜牌："作家林予曾休息过的地方"。我仅仅是想想而已，知道这是不可能实现的，而且也太幼稚。要知道，我们的城市是很成熟的，不像罗马、巴黎、莫斯科，总是长不大的样子。

音乐恋人

　　我不懂音乐，特别是不懂西洋古典音乐。但是，这并不妨碍我被音乐所感动。

　　西洋古典音乐对我的启蒙，来自于一次天泽般的偶然。先前我只是会哼唱几首外国歌曲，像《梭罗河》《小小的礼品》《哎哟，妈妈》等等，近乎于一无所知。现在想，那种状态是一种人生缺陷，属于精神类的残疾者。

　　不经意地初涉西洋古典音乐，是那天我正一个人在厨房里干着什么，我喜欢这种休息方式。这时候，我听到从收音机里传来一支西洋的小提琴协奏曲。我呆住了，我感觉那乐曲是来自天庭的旋律，它像阳光一样从云隙间瀑泻下来，将我整个的灵魂笼罩住了，使我感到一种从未有过的温馨和神圣的愉悦。在那一刻，我的身心获得了绝大的放松，俨然被引入了仙境一般的舒适。我虽然不知道世上有这种无以伦比的感觉，但我相信它一直潜藏在每一个人的灵魂里。

　　遗憾的是，将我引入仙境的音乐很快地结束了。

　　我不知道那是一支什么曲子，于是，我匆匆地用铅笔在便笺上记下了这首乐曲的播放时间，我一定要找到这个曲子，是它让我的感动超越了尘世，超越了时空，超越了自我，进入了非凡的境界。我想，这是上天对我的恩泽。

然而，经过打听，没人知道那是一支什么乐曲。

这首丢失的乐曲，让我惆怅了多年，也寻找了多年，始终也没有它的消息，我甚至怀疑那是否是一次幻听？不过，它却使我从此对西洋古典音乐格外地敏感起来。记得一次我远足洋邦，看到街头的一个年老的洋乞丐在拉小提琴，他演奏的是斯特劳斯创作的那支被誉为奥地利第二国歌的《多瑙河圆舞曲》。我一直站在那里听，并不断地往他放在地上的铁盒子里扔着硬币。虽然我清楚这并不是我要寻找的那支曲子，但是这支飘荡在街头的圆舞曲，让我和那个老年演奏者十分的感动。我开始确信，当初我听到的那支西洋古典乐曲，一定是源自斯特劳斯家族……

于是，我在每年的元旦，推开人间的一切俗事，静静地坐下来，收看央视转播的"维也纳新年音乐会"，我渴望在音乐会上找到那支曲子——它是我对音乐的初恋，是我的一个走失多年的恋人。

这前前后后，历经十五年。

我说过，我不懂音乐，然而，十五年来，我一直渴望了解音乐世界里的一切，我渴望得到这方面的知识，我不断地阅读和收集这方面书籍、唱片、磁带、光盘。

我第一次感到，被音乐所伴随的生活是圣洁的生活。

记得，我一次出差到北京，我打听到那儿的音乐厅正在举办西洋音乐会，但因囊中羞涩，买不起那昂贵的门票，只好悻悻而归。

音乐已进入我的躯体，进入我的灵魂，进入了我的感情。

在寻找那支丢失的乐曲的日子里，音乐给我的太多，太丰富了，是音乐给了我圣母般的抚慰，是她让我在烦躁中安静下来，并在我的躯体中注入了新鲜的活力和智慧。

的确，我不会忘掉了寻找我的那位音乐恋人。

在维也纳的金色大厅里，我看见我的灵魂正站在金色大厅的一个角落里，倾听着上帝的音乐使者——斯特劳斯家族创作的那一章章至圣至美的音乐。在那一刻，我觉得，斯特劳斯家族所有的亡灵都复活了，都集聚到了金色的大厅，和乐手一道演奏着他们的曲子。

我的确亲眼看到了他们，或在草地上，或在原野里，或在森林中，或在金碧辉煌的皇宫中。我听到了他们的欢笑，他们的嬉戏，他们深情而忘我的倾诉——我甚至相信这一切，让全人类都看到了。

2002年的元旦，我的灵魂照例随着央视去了维也纳，去了金色大厅。

即将举办新年音乐会的金色大厅，被那些从意大利运来的鲜花装扮得更加气度非凡，雍容华美。

2002年的维也纳新年音乐会有些特别，这个音乐会将由一个亚洲人，日本的音乐指挥大师小泽征尔指挥。或许是亚洲人的情感息息相通的缘故，或许是亚洲人对"年"的理解是那样的如此一致，2002年的维也纳新年音乐会，充满了东方式欢快和喜悦。演奏的乐曲，像《祝你健康》《狂欢使节圆舞曲》，像《小嘴不停快速波尔卡》《踢踏快速波尔卡》和《飞翔快速波尔卡》等等，让人们的心跳加快，让大家的幸福升温，让人间所有的一切都拥有了旋律，像维也纳西班牙马术学校的马、中世纪的绘画与中世纪的建筑，甚至包括欧元的制作过程，都被音乐赋予了灵魂，赋予了情感，赋予了爱。指挥大师小泽征尔俨然是斯特劳斯家族幻化出来的一个亚洲的巫师，一个日本的精灵，他手舞足蹈，或如鱼如鸟，或如水如电，风趣、明快、流畅、凌厉、优雅地将奥地利的天才一族，斯特劳斯家族谱写乐曲时的情情景景，真实地再现出来。

难怪，在这一天，不同肤色，不同信仰，不同国度，不同文化背景的人们，从世界各地来到这里。与其说这是一种欣赏，莫如说这是一次朝拜。

斯特劳斯家族的美妙音乐，让全人类都清楚地看到，我们大家所向往的生活是一种什么样子，它们像如泣如诉的诗歌，像卓尔不群的绘画，是灵魂的天籁之音，像流淌着的淙淙山泉，像微醺的清风，是翱翔在蓝天里的鸟，是游弋在湖水中的鱼，像梦幻中的恋人，像宁静而舒心的驿站，等等。人类在渴望着这一天的到来。

在金色大厅里，观众们的掌声和舞蹈家美妙的、天使般的舞姿，把人类所渴望中的一切，表现得是那样的淋漓尽致。

　　我的灵魂一直在维也纳金色大厅里的那个角落里，我是在这种让人战栗的感动中，寻找着我的那位走失多年的恋人的……

忠诚的狗

　　而今城市里养狗的人家越来越多了，有的人养一只不够要养好几只，有点像喜欢玩悬疑电影的希区柯克先生。除了能看到他们对狗的那种至亲入骨的感情之外，暗想他们的家庭经济情况也一定不错。不然那些狗们为何条条肥硕无比呢？一如登山，登与爬是不同的，登者那同样也是有钱人的运动。看来，当今世界有钱人真的是越来越多了。城市里的狗们便是一个证明。城市的狗自然不是乡下的那种看门护院式的养法，俨然私家中担当的分工，是有担当的，不然会挨打。城市人养狗不过是傲慢的玩儿。有的狗甚至被打扮成了"卡通狗"的样子，极尽化妆美容的种种手段之后，花枝招展，奇装异服，方才招摇过市。其主多是间谍的样子，装作若无其事，敏感地捕捉路人羡慕的眼光。这也是当今城市里的一款新式风景。

　　那么，是不是所有养狗的人都是富裕人家呢？也不是。这里我就讲一个穷人养狗的故事。

　　我就不说这个人是谁了，这位老人家是靠每月不足一千块钱的退休工资生活。即便是一千块钱，但是，老人家每月花费还不足工资的三分之一。是她自己愿意过这种穷苦的日子吗？饭也舍不得吃饱，水也舍不得用，灯也舍不得开。看到老人家选择这种苦修式的方式生活，真是教人愁肠百结，一筹莫展。老太太的先生多年前就走了，而今五十多平米的房子里只住着她一个人，儿女们觉得她一定一定很孤独，只是自己的工作又忙，领导又酸，不能经常过来陪伴，就讨来一只小狗陪伴娘亲。我见过这只狗，是一只棕色的小狗，眼睛和鼻子总是湿漉漉的。这只狗到了老太太家里，即被关在卫生间里。老人家所谓的卫生间，如同地牢，一平米大小，又湿又潮且光线不足。那只狗就整日在那里待着，从来不叫一声，如同在关禁闭，在反省前世的错误一般。我觉得非常奇怪。后来得知，老人家并不希望狗叫，心烦。这只狗极聪明，不知它怎样得知了新主人的想法，从此便不再叫，像哑巴狗一样，偶然呜咽几声，但也很有节制。刚来的时候，这只狗还不算太瘦，但是，一个月下来，这只狗几乎就是皮包骨了。想想看，连老人家自己都舍不得吃，怎么舍得拿更多的食物喂它呢？这只狗每天只有一顿饭，且是极其粗粝的狗食，是老太太自己实在不能吃了，才给狗吃。儿女们看到这种情况，都觉得狗可怜，就偷偷地喂给它一些肉或者其他的东西。然而，当儿女们再去的时候，老太太就说，你们是不是喂狗别的东西了？它拉肚了。这样一说，她的儿女便不敢再喂什么了。

老太太每天都要带着狗出去走一圈儿，并非是遛狗，而是到菜市场买些便宜或处理的菜。这可是狗一天里最快乐的日子。但无论如何，我总觉得老人家对这只狗并没有预期的那种浓厚的感情，他们之间的关系处得很淡，很理性。按说，这只狗的表现十分优秀，并非常配合老太太之个性，无怨无悔，甘愿过这种"穷狗"的生活。但是有一天，老人家居然让儿女把这只狗送走，说她不想再养狗了！态度很坚决。那么，是不是狗毕竟吃了她的东西，让老人家心里不爽呢？这就不得而知了。儿女们没办法，只好给狗联系了一个富裕的人家，送过去。按说，这是狗的福音哪，如同翻身得解放一样。可是，谁也没有想到，这只狗即将离开老太太的时候，居然流下了眼泪……

悬浮与浮浪

先前，我也曾多次在书中读到"浮浪"两个字，如《二刻拍案惊奇》卷二四："〔伯皋〕听他仍旧外边浮浪快活。"再如叶圣陶《倪焕之》十九："中间有几个艳装的浮浪女郎。"等等。辞书上解释，"浮浪"多为轻浮之意。如梅尧臣《闻进士贩茶》诗："浮浪书生亦贪利，史笥经箱为盗囊"。如苏轼《上神宗皇帝书》："如此则妄庸轻剽，浮浪奸人，自此争言水利矣。"再如茅盾在《动摇》中说，"他又知道陆慕游的朋友，虽然尽多浮浪子弟，但也有几个正派人。"总之"浮浪"者即轻浮放荡之人也。不过也有说"浮浪"为漂泊、无定居之意的。如明代的一个无名氏在《百花亭》第二折中云："小生不幸，学的聪明，致令半生浮浪，一世飘蓬。"茅盾在《追求》也写道，"我们——像某人所说的——浮浪的青年，有苦闷。"等等。我毕竟是一个不求甚解的人，没对"浮浪"做进一步的探究。

近来鬼使神差，你推他拽的，进入了微信圈。几番下来觉得也不错。在微信圈里常可以浏览到人生的百款百样。看来说"人生的丰富多彩"也并非虚言。不仅从中品味到不同的个性，也得以了解到彼此不同的追求。自然绝大多数"微友"是善良的、端庄的、幽默的、智慧的、策略的、天真的、梦幻的，或是鸡汤，或献美食，或晒旅行，或呈读书心得，等等。若大益不论，小益却是牵连不断。不亦乐乎。不过，于不经意中亦有格外发现。我这个圈中的一个业余作者朋友活得很愤怒，很委屈，很孤独，不仅仅活得如此愤世嫉俗，而且此君与上述各款之外，出格地自信、自傲、自大，疑神疑鬼且处处充满了敌意。好像常有冷嘲热讽与暗镖冷箭向他嗖嗖地袭来。我到底是做过编辑的人，认真地看过他晒上来的作品（写东西就是给大家看的嘛，这绝对没错），平心而论，此君写的还是略差一点的——当然，这也不是错误。若一定要挑错，倒是他写在文前的那一段话，其大意是说他写得很好，很优秀，写不好那是不可能的，云云。然后，又凭空假想了许多敌人，如他人的忌妒、阴谋、脚绊儿，等等。更教人瞠目的是，此君并非孤单一个，而是拥有一个圈子，且都是同款同类同型的朋友，他们似有共同的经历，共同的心声，共同的追求，共同的感受，共同的自信、自傲，自大和同样的疑神疑鬼。有趣在于，这几款"同"字辈，还有彼此共同的业余爱好，共同的时装与时尚的追求，共同的文艺范儿，共同"高贵"等等。显然，这个专属的朋友圈儿已悬浮在半空之中了，既不能，也绝不愿落在地上。或是由于杂念过多、猜想过重的羁绊，无法升得更高，即所谓"悬浮人"。由此，我又联想到"浮浪"两个字。那么，浮浪与悬浮者是否有同样的品格，同样的性情，同样的愤懑与不满呢？想来想去终是不得要领。如窗外的风，究竟是从何处吹来的呢？一定要追源溯本，又觉得不值，便刷过去看下一条了。

放　松

聊聊放松。

但凡入秋时节，人总会生出许多感慨。设若有一枚黄叶从你的头上悠然落下，一缕湛凉的秋风如蛇般地在你的前途上迅疾地席地而过，你便更加感慨不已了，对生命，对爱情，对人生啊，感慨起来真是无涯且无尽。

这大抵是中国人魂灵中的别一种国粹。

我当时正在江北"开会"。

中国人的生活，至少有五分之一是在开会（只要你一踏入社会，会议就像影子一样与你终生相随）。会一多，又果然地端庄严肃，人就会无端地紧张起来。一时间，似乎有好多事情都需要反省一下，自责一下，间或地鞭挞一下自己的灵魂。

这时候，人就需要放松了。

宾馆的对过，是一家游泳馆，因临江而萧条，俨然一位落魄的绅士。它既在片片黄叶的摇曳下，也在阵阵的秋风里。很落寞。它的背后是一条冷亮的、尚有点点舟楫的大江。这就更加地让人同情。

我便独自一人去了那里。

空旷的游泳馆里，极端地阴凉。必须经过的七扭八拐的走廊两壁，墙皮已经剥落了，并散发着一股细菌般的霉气。

偌大的游泳池，只有我一个人，这太好了。因为我并不会游泳。倘若有几位泳客在一旁观看我如此年岁竟然不会游泳，我想我的自尊心是一定会如同刀尖点刺般地紧张起来的。便是逃走，也是在那样的目光下的逃走，定会愈发地难受。

这时候，过来一位游泳教练。人很年轻。从他过于敬业的神态上，看得出他真的年轻。

他说，先生，我可以免费教你。

我心里在想，如果我不来，你便是想免费，可教谁去呢？

我开始按照他的话去学。他先是让我抱成一团，沉到水底去，就像婴儿在母亲腹内的样子。

他说，然后，你就会自动从水中漂起来。你敢做吗？

到了我这样的岁数，除非强词夺理，已经没资格说"不敢"的话了。

我说，行。

他告诉我要连续做10次。我依样去做了。只是浮不起来。他又在水面上喊，放松。我这才知道水也是可以被声音穿透的。我便开始放松，略一放松，团如婴儿般的身体便仄仄歪歪地在水中浮了起来。这使我想起来前苏联的一位女医生在水中分娩的情景。水中分娩可以让孕妇放松，减少"痛苦"到无。

然后，教练又让我在水中照旧保持屈身的样子，但抱住双膝的手臂要伸出去，并与水平面保持一致。然而，我一伸出手臂，身体又在水中乱歪起来。

他又在水上喊"放松"。

放松后，身体便平衡了。

接着是伸直腿，让浮起来的身体在水面上成了一线。如同鱼儿从母腹中生出来一样。

年轻的教练仍在水面上喊，放松，放松。

临教练结束的时候，他说，明天我再教你换气。记住，一定要放松。

这时我的身体已经冻成了紫白色，如同冷藏中的尸体。有资料说，游泳是其他运动量的15倍，而且是最卓绝的、醒脑的妙法之一。

果然。一下子清爽起来的脑子，使我想到了世界级的指挥大帅梅纽因。他在哈特教学的时候，一再地强调，拉小提琴的时候，身体的各个部分一定要放松，上身或者脚要随着乐曲自由地转动。于是，那个被教练的，有一点腼腆的学生的手臂放松下来，很快，琴中流淌出来的音乐也随之进入了正轨，开始轻盈而流畅地宣释人类美好的生活了。

我还想起了二十年前，那时，我是汽车教练。我记得教练学员的第一课，就是告诉学员坐在驾驶室里，一定要放松，一定要把自己坐得舒舒服服的。我告诉他们说，开车的时候是一种什么心情呢？就像一个人悠闲地逛花园，他既不会撞到树上，也不会掉到人工湖里。如果一紧张，一切就乱了。

还记得前不久，一位朋友问我"写作"的方式。我当然不会告诉他写作技巧之类的那样幼稚可笑的问题。须知，当一个小说家自以为得计地大讲写作技巧的时候，就已经临近哀号的状态了。我跟他说，我的方法是"放松"。待全身心都放松了再开始写。一个愿意写字的人，不仅仅要相信文无定法，而且要崇拜文无定法。这样，你才是一个潇洒的人。

记得萧红女士在延安的时候，有人指责她的小说不像小说。她说，我认为是小说，就是小说。

这才是真正意义上的作家。我想，她写起来，一定非常非常地放松。

世界上有百分之五十以上的失败，均来自紧张和过度的疲劳。而放松，则是通往成功彼岸的一叶悠然的小舟。

朋友，你放松了吗？

帽子的记忆

有关帽子的记忆，还是人极小的时候。

究竟是几岁记不清了。不过，才仅仅几岁，脑瓜子上就有一顶异类的帽子，很有趣儿。那是一顶布质的太阳帽。小圆顶，白色的，类似传说中的飞碟。宽大的帽檐儿平展展的，太阳光柔柔地透过来，使得儿童的脸蛋有一种梦幻般的天使感。这种太阳帽有一个欧洲风格的名字。遗憾的是，我忘掉了。

先前，哈尔滨是一座有着众多国籍的外国人侨居的城市。城市里到处都是穿洋服、戴洋帽的外国人。

这顶太阳帽是一个俄国女人送给我的。

那时候，流亡在哈尔滨的外国妇女喜欢送给当地中国儿童一些礼品，不知道她们为什么要这么做。

令人齿冷的是，早年的中国儿童不是一群喜欢礼品的孩子，他们似乎更向往自由，沉迷放纵。在中国儿童的脸上看不到感谢的表情，我想这些洋女人一定很失望。

屈指算来，我曾经戴过多种帽子——于兹之下，我真不知道该怎样给自己定位了（那些一心想干倒我的人，一定会给我一个定位。谢谢）。

在我的少年时代，印象比较特殊的是那种深黄色的猎帽。

当年在哈尔滨城里戴猎帽的人寥寥无几，而且只有从事打猎的人才有资格戴这种帽子。猎帽用质地很好的黄呢子做成，薄薄的，有一个不很大的、硬质的、鸭舌似的帽檐。帽耳通常是合拢起来系在帽顶上（如果放下来，感觉猎人的脸像一只英国的波音达猎犬）。在大街上一看戴这种帽子的，就知道他是猎人（他肚子里肯定有许多打猎的故事）。倘若他刚刚从草滩上或者深林里打猎回城，他的腰上照例会挂着野鸭子、野兔，或者别的什么猎物。肩上肯定背着一支双筒猎枪。腰上盘着子弹带，别着一颗颗硕大的砂弹。牛逼得很。

有的猎人骑着那种自制的，或者经过改装后的轻便摩托车。这样就便捷多了。然而早期的摩托车行驶起来很响，全城的市民都能听见。真够招摇的了。

猎人同普通市民没什么两样，又生活在同一种政治环境之下，可他们为什么那么会生活呢？

还有一种特别的帽子，就是战士们戴的那种船形帽。这种士兵帽，大抵是从苏联军队学来的。哈尔滨的老百姓管这种船形帽叫"色克帽"。色克是俄语，专指那种两头尖尖、肚子鼓鼓、上面似裂未裂的俄式面包。色克很像这种船形帽。周围的那些没有教养的坏孩子，坏青年，管这种船形帽叫"牛逼朝天帽"。

所以我每看到戴着这种船形帽的士兵就想笑。

在这座城市里，还一种"朱德帽"的棉帽子。帽子是土黄色的，很朴素，很正派，近似新四军的军帽。早期在延安战斗的同志们都戴过这种帽子，后来就看不到了。

俄国的"哥萨克"帽也曾在这座城市流行过一阵儿。哥萨克帽是平顶的，没有帽遮，外围是绒乎乎的羊毛卷围成一圈儿。戴上去很帅气。现在俄国国内还有人戴这种帽子。

另一种叫"坦克帽"的皮帽子。这种帽子是棉的（或者是毛的），所以在寒冷的、近似西伯利亚的哈尔滨比较流行。六十年代几乎所有的年青人都戴过这种坦克帽过冬。

北京人喜欢戴那种毡子的"猴帽"。多为灰色和蓝色。赶着天儿冷狠了，把叠上的部分撸下来，一直撸到脖子，只露两只茫然的眼睛。所以有人管这种猴帽叫"一把撸"。现在看不到这种帽子了，只有在电影《林家铺子》里才能看到。帽子不难看。而且能感到这种帽子是巧人设计的。

我开车的时候还戴过一种软木的太阳帽。英式的。

这种软木的太阳帽许多人都熟悉。过去香港的警察、印度警察，总之英属殖民地的警察和南洋的富商都喜欢戴这种帽子。电影《红色娘子军》中的洪常青假扮富商，就戴的这种软木的太阳帽。毛泽东同志乘那种老式飞机去和蒋介石谈判，也戴这种软木的太阳帽。那顶白太阳帽是一个朋友送的。开无轨车时我就戴着它，特别招摇。只是戴这种太阳帽在大街上走，太出风头了，很多人都回头看我，窃窃私语。

我在家里的老相册中，还无意中发现一张父亲戴着软木太阳帽的照片。我想了想，又把照片按原样放了回去。我为我的父亲感到自豪。

还有一种硬遮的"阿辽沙帽"。亮亮的硬遮，像俄罗斯境内白匪戴的军帽。在五六十年代的哈尔滨很流行。许多人都戴。这种"时尚"的帽子是流亡在哈尔滨的白匪引起的。不过，但凡喜欢戴阿辽沙帽的人都是一些不那么安分守己的、有点流气的人。

我戴的最多的是"解放帽"，礼帽我也戴过。一次去前苏联"访问"，大家都弄一顶，我也弄了一顶。结果，大人孩子都不喜欢我戴礼帽的样子。老朋友见了也直笑。就摘下来不戴了。偶尔在家里戴一戴，照照镜子，动一动五官。

对解放帽有特别的倾心是在汽校念书的时候。我意外地发现一个姓李的同学戴的那顶解放帽很不一样。一问，才知道他戴的"解放帽"是北京"盛锡福"产的，帽遮大，帽顶也大，感觉很潇洒，我很羡慕。后来我发现了一个做帽子的作坊，便去布店买布，去帽子作坊，一下子做了两顶李同学那样的"解放帽"。做帽子的师傅是一个老者，一看就是那种个人历史充满着疑点的人。他一边给我量头，一边说，你的脑袋挺大呀，脸又宽，戴前进帽最好了。刀条脸戴前进帽就不行，贼阴险。

之后我又买了一顶格呢前进帽。这顶前进帽戴的时间比较长。因为这个前进帽，又破费配了一件俄式的短呢大衣。

我还戴过贝雷帽，那是调入文联工作之后才买的。但没戴几天，我发现自己居然还不是一个作家艺术家，戴它内心惭愧，虚弱。但是，我觉得老作家、老艺术家戴着贝雷帽，挺不错的，有风度。不过我也偶然听人讲过，一看戴贝雷帽的人，就觉得他们跟共产党不是一条心似的。我听了不禁放声大笑起来。

我还买过条绒的"准"礼帽，也没戴几天。原因是，我发现一些画家都戴过这种帽子。我又不是画家，有冒充之嫌，就摘下来了。

那种皮的礼帽我也曾经想买。但看到县城的干部们戴这种帽子，就罢了念头。

有一种帽子我常在冬天戴。它的样子很像贝雷帽，帽顶当中上也有一个小钮钮。不同的是它有帽遮。这样就消除了伪作家、艺术家之感。后来，我从电视上看到不少省市领导也戴这种帽子，就不戴了。

……

现在，我基本不戴帽子了。下雨天，大冬天也不戴，光着头走。

那些旧帽子都扔在一个大木箱里。单是帽子底下的人不见了。

横道河旁的故乡

　　我的家乡横道河子，就在"大海林"。

　　当地人称"海林"为"大海林"，这和日本人称自己是"大日本"不一样，大海林的确很大，长篇小说《林海雪原》中描述的剿匪的故事就发生在这里。在20世纪的七十年代，我曾驱车经过这里，当时是半夜一点，当年这里的确是名符其实的林海雪原，老式的解放牌大卡车就在遮天蔽日的森林里逶迤行驶。周围全部是高耸入天密密麻麻的大树，最粗的树两个人抱不过来。野兽的低吼，夜鸟的惊叫，过膝的积雪……还有诸多的感受与见闻，估计用30篇这样的小文也容之不下。当时我和另一位司机开车经过杨子荣坟的时候，特意停下了车。下了车，周围是漆黑的夜，间有莫名其妙的信号弹在远处的深山升起又落下。我们两个小青年打着手电筒像盗墓者一样，到了杨子荣烈士的纪念碑，佝偻着腰，用手电筒的光在碑上晃着。经确认，这儿的确是杨子荣的坟。慌得两个人赶紧给大英雄跪下，捣蒜似的磕了三个头，祈求大英雄保佑我们一路平安——前途尚远，山高雪厚啊。

而今——到了21世纪了，我又再次来到了大海林，来到了横道河子。在杨子荣的纪念碑前，我仔细辨认了一下立碑之日，这的确就是我在三十年前见过的那座纪念碑。只是周围的风景不同了，站在山顶上不仅可以远眺远山之形，而且也可以俯瞰大海林市了。那些曾经遮天蔽日的森林大多已经消失了，取而代之的是一片尚未成年的人工林。逝者如斯而已。

……

乡里人亲切地称"横道河子"为"横道"，就像称杨子荣为子荣一样。土地与人的那个亲切劲儿，上刀山下火海也是挡不住的。乡情就是一种气势，一种力量，一种血性，一种恒定不变的品格。

卡车终于到了横道了。浑厚的横道河从山路边流过，这一头是横道山，那一头是佛手山，虽然听不见教堂的钟声了，但是，那座黑龙江省唯一的木结构的东正教堂却安然无恙。是啊，我就出生在这里。

横道的全称是横道河子，是一个小镇。在20世纪初，这个小镇非常出名，它曾经是中东铁路上的一个重要站点，曾居住着许多俄国人，他们有铁路员工，酿酒师，神父，养蜂人，养牛人，而当地的中国人却不多，所以，这个小镇里到处都是些俄式建筑，除了那幢小型的东正教堂之外，除了那个不大的俄式火车站之外，顺山势而下的是一些俄式的木刻楞房、木板房和一些铁路房。差不多一个世纪过去了，小镇的样子没有太大的改变，这个小镇没有高楼，也绝少现代化的建筑，甚至那些民房还是老式的民房，街道还是老式的街道，只是那些俄式的建筑更加陈旧了，这反而有一种古朴的韵味。街道上，你还可以看到那些拉雪爬犁的老妇女，赶着牛车的乡下人，所有的栅栏院上都落满着雪，衬在不远处的佛手山之下，非常地迷人，这是灵魂中永恒的图画。这个图画一直镶嵌在你的脑海里，伴随你东南西北行，甚至伴随着你笔下的一切。

到这里，一定要吃吃家乡的饭菜，家乡的饭菜最有名的就是筋饼，我们事先订了桌位，否则就吃不上，到这里的游人太多了，因为附近还有虎园和威虎山，都是外地旅游者趋之若鹜的地方。

我们在这里点了大煎饼和筋饼，这是必须的主食，除此之外，我还点了刺五加馅儿的饺子，这才是真正的地方风味。而最有名的还是筋饼。做筋饼是很麻烦的，必须在水里和面，一直到淘出面筋为止，因此用这种面筋烙的饼不能不尝啊。无论是吃筋饼还是吃煎饼，都要卷上当地的大葱和大酱，横道的大酱是非常有名的，但最有名的是横道的大葱，它又粗又长又脆，切成一段段的码在盘子里，取出一两根，抹上酱，卷在筋饼或者煎饼里，一嚼，不出一两秒钟你的眼泪就会下来。

此外，我们还要了野猪肉炒大葱。野猪和家猪生出的第二代，可以吃，不在野生动物保护之列。这种野猪肉比家猪肉要粗一些，嫩一些，吃起来别有一番风味。我们还点了野兔肉，狍丸汤。但最好喝的还是当地人自酿的野葡萄汁，呷一口，有一种清香的味道。用餐的时候，我突然有了一种主人的感觉，这里毕竟是我的家乡啊。

车就要离开横道了，来的时候这里就飘起了小雪，这就是山区的小气候。我们走的时候天又飘起了雪，一直到横道河子镇从我们背后消失的时候，天才一下子晴朗起来，这让人的心情特别得好。

辑二

北大荒行录

先哲说，旅行的快乐，大约是在好奇心的满足。托朋友的福，金秋八月得以去北大荒一行。这一路走了几千公里，可谓是昼夜兼程，马不停蹄。十多天的时间里游览了黑龙江、乌苏里江、珍宝岛、雁窝岛、黑瞎子岛和兴凯湖。感触良深，收获颇大，朝花夕拾，以飨读者。

——题记

街津口

二十多年前，我曾经和朋友去过北大荒之同江（市）的街津口。当年，这里还是大荒中的一座微型小镇，地盘虽小，但梦乡大，人也豪放得很，浪漫得很，热情得很。记得，那一日吃过赫哲人丰富的鱼宴之后，独自推开柴门，悄悄出去散步的情景。在芜杂纵横的大野上，仅步行不足千米，就听到了黑龙江的涛声，仿佛那滔滔之江水就在身边流过，惊愕之中，不想人已经到江边了。古老的码头几乎与街市连成了一体，自然且宁静，正水彩画般地温馨着。然而，犹让外乡人兴奋的是，在这里可以观赏到松花江与黑龙江汇合的场面。当年的笔记这样写道："黑龙江之滔滔而来的万顷野水，像似一条低吼着的黑色巨龙。而松花江到了这里，却变得异常温柔，清清亮亮的，俨然妩媚含羞的少妇。两江刚刚汇合到一起的时候，一江高，一江低，彼此簇拥着，倾诉着，一同往前奔去，最终融为一体。而遥遥广阔的天边那儿正悬着一轮将落未落的红日。"大江的对面，是当年还称之为苏联的列宁斯克耶城。瞭望于苍茫的暮色之中，也仅见了几幢房舍而已。而今老同江的历史面貌已经荡然无存了，取而代之的，是一座颇为现代化的都市喽。这次到了赫哲人的乡村，自然要进去看一看。毕竟在二十多年前，那位赫哲乡的老乡长曾请我和一个远足这里的日本女孩儿吃过杀生鱼呀。

施施而行，款款而观。白云苍狗，二十年后的赫乡与早年的赫乡完全不同喽，先前的简单与随意已被重新组合与改建。可无论如何毕竟是又一次地体验了赫哲之风情，再一次地饱餐了赫哲人的生鳇鱼片、柴熏塔拉哈（鲤鱼）和炖牛尾巴（近乎于鲇鱼的一种），咂咂地品尝了赫哲人自酿的野果酒啊。

饱餐之后，走出街肆，来到江边，倚树而息，借草而坐。"江水映霞红睡锦，远山凝黛淡如烟"。是啊，幸哉今年水肥，使原始的风貌倏忽而来，让我这个老朋友又不胜感慨啦。

黑龙江

勤德利是北大荒农垦总局麾下的一个大型农场，紧临一泻千里的黑龙江。苍穹笼罩下的大农场里，最为神奇的一景是无边际的矮棵的，深紫色的高粱穗和黄澄澄的谷穗。均饱满，粒儿大，超乎人之想象，恍惚身置未来世界。真的像那首民歌唱的："黄澄澄的谷穗儿好像是狼尾巴"。是啊，要说慢，真慢，要说快，真快。仅半个世纪的历程，北大荒已不再是牛犁人锄的传统耕作方式了，在一个月也走不完的北大荒，全部实现了世界一流的现代的数字化生产。从育种开始，到秋收之粮食加工，俨然工业化的生产流程。半个世纪过去，而今北大荒用于农业生产的飞机就有50多架，并专有一所农垦航空学校培养后继者。中国人，让人肃然起敬啊。

在勤德利农场的旅游生态园，吃过纯绿色的西瓜、葡萄、香瓜之后，唉唉地直起腰来时，竟暗自疯笑起来，的确，纯绿色是何等的开胃，何等的诱人哪。

然俯仰之间，又被朋友唤到黑龙江边吃鱼去了。"痛苦哇——"

这家馆子与其说是鱼馆，莫如说更像是一处农舍。有船，有网，有栅栏院，有葡萄架，甬道两侧种的是黄瓜、茄子、西红柿、辣椒等各种农家小园儿菜蔬。唉，无法实行我的乡居宿愿，也只能仰天长叹喽。这家馆子的特色是铁锅炖鱼。大灶台、大铁锅、大肥鱼，用大木柈来烧。这北大荒的"大"字，我猜一定有千万种解释啊。

大灶台上的铁锅正在炖鱼，先到江边闲步。此刻，野水参差的黑龙江已被夕阳染成了玫瑰色，波波萦萦，半江的锦绣，疑从天上的瑶池而来，恰秋雁远渡，不仅荡过我之魂魄，也让我个凡夫俗子气度不凡起来。闲步时，与一位或是心里不痛快的渔民聊了起来。他表情复杂地说，唉唉，前些日子，一个老家伙，连续两天打到了大鳇鱼，知道不？最大的一条有六百多斤，六百多斤哪。这老家伙一共打到了三条，跑掉了一条，那是贪心的老家伙实在拽不上来啦。我说，这老伙计的运气可真好。他说，兄弟，大鳇鱼不容易打到啊，打到了，顺江下多少里地也拽不上来它。那鱼的劲儿，在水里相当于十头牛的力量。老家伙也是没招儿了，只好把它弄死才拖上的船，如果是活的，一条能卖到50万块钱，有子呀，科研所能人工孵化呀。不过，死了也能卖到七八万，七八万哪兄弟。唉——

我不知道为什么，居然想到了海明威的那篇《老人与海》……

江上的蚊子起来，将火红的夕阳蜇得鲜血淋漓。恰主人喊我们回去吃鱼，便与这位自艾自怨的渔民挥手告别。

野生鱼，果然味道极其鲜美。吃过鱼后，主人再三希望我写一句话，笔墨已备在那里了。其实我并不会写毛笔字，盛情之下，只好勉为其难，七紫三羊，浓汁饱墨，将

"勤德利"三个字藏在其中，冒昧地写下了"天道酬勤，拼搏得利"几个字。

乌苏里江

乌苏里为满语"下游"之意。明代称"阿速江""速里河"，亦称"乌子江""戊子江"。二十多年前，我曾到过乌苏里。那时候，这里还是一片沉睡迷荡的荒野，剽悍的荒草，不仅可以遮掩放牧的牛群，还将过往的长途客车一并遮掩起来。那原始的风貌真是令人沉醉。至今还记得当时我们几个青年从抓吉小镇出发，去乌苏镇的情景。野路漫远，裤头竟把大腿根儿都磨出血印子来了，索性全部脱得精光，裸着身子在荒无人烟的古道上走。旁边就是乌苏里江，界江的对面是抓吉山（俄方称"大赫黑其尔山"）。浓柳半遮的河汊里，偶有送孩子上学的小船儿悠然划过。亦真亦幻，不知今夕是何夕。那一次我们差不多走了四个多小时，才走到只有一个张姓居民的乌苏里镇——哦，这应当是一篇小说，或是一部电影啊！

二十多年前，在这条放荒的土路上，常可以看到野鸭子从我们面前从容地踱过。而今哪，去乌苏里镇不仅有了水泥板路，而且又在拓宽之中了。这就是中国的速度，中国的力量，和中国的未来吧。

今年的雨水大，山穿烟雨，秋水蒙蒙。氤氤氲氲之中，湿地之大部已尽为泽国了。离离蔚蔚，雨濯万木的世界里，时有苍鹰、白鹳在浅渚中翔翔落落。旅人已经在国画之中了。

在这里，我意外地发现了二十多年前曾去过的那个私家餐馆，感慨之余，暗想，那位说话结巴极重的少年厨师，也该年过半百了吧。

人生之旅哟，总是相逢，总是别离，聚散之中，牵连脚下又该是无尽的惆怅喽。

抚 远

二十多年前，我也曾去过抚远。清朝称抚远为"伊利嘎珊"，更早，称之为"绥远"。即所谓"镇抚边疆，绥抚远人"之意。这一次，从哈尔滨到抚远，车子行驶了差不多八九个小时。抵达抚远，天色将黑未黑，正下着密密匝匝的雨。暮雨生寒哪。难道这就是我称之为"天堂"的地方吗？

二十多年前，在抚远居住的少数民族人口才一千多人，赫哲、蒙古、满、达斡尔，还有汉族人。而今已达三万人了。我称这里是一座鱼城，因之大马哈、鲟鱼、鳇鱼、鲤鱼、鲫鱼、白鲢、鳌花、鳊花，都是抚远所特有。我的一位诗人朋友身置抚远时，即兴赋诗：

抚远／像是为了抚慰我们这些远来的人／你
站在这里／黑龙江／乌苏里江／像你多情的眼／

昨天你是我们生命的远方／今天当我置身在你的
怀抱／你用凉爽的风／吹动我的衣衫／……抚远
／我会记住你的抚慰／记住人生这难忘的瞬间／
这一瞬间就是永远。

二十多年前初履抚远时，清楚地记得，那家涉外的旅
馆每人只收10块钱，饶一顿早餐不说，客房也大得惊人。
我站在客房的阳台上，观看夕照下的抚远小城时，竟意外地
遭遇了龙卷风。那是我有生以来第一次看到龙卷风：其风之
黑，之妖，之猛，之狰狞，铺天盖地，没顶而来，瞬间使地
暗天昏，如坠在冥界里，随之，狂风呼号，飞沙滚石，将小
街所有民宅的窗玻璃全部刮碎，那些未牢之房草、瓦盖之类
也被掀上半空，反复涤荡，摧枯拉朽。那一刻，世界的面貌
完全变了模样，乌苏里江如在沉沉黑夜里，江之上空，雷声
滚滚，似有万乘的残忍厮杀。那迸发的紫色闪电，频频地将
黑空照亮，在刺眼的一刹那，可以看到沙滩边孤零零的小木
船——俨然一幅油画。

……

翌日侵晨，我和女儿冒着雨，去黑龙江边看打鱼。大
江如练，寒烟蒙蒙。荡在江边的渔船上雨珠跳乱。雨声、涛
声、风声，草气、湿气、腥气，款款壮怀。摆放在渔船旁边
的大白鱼、鲤鱼，以及穿着雨衣，掩着半脸的渔人，凡此种
种，让我又找到了天堂的感觉。

黑瞎子岛

殷勤昨夜三更雨。一清早便踩着街上的残水去码头，去黑瞎子岛。

先扼要地介绍一下黑瞎子岛。黑瞎子岛亦称抚远三角洲、熊瞎子岛。满语称之为"摩林乌珠岛"，即汉语"马头"。俄语称"塔拉巴罗夫岛"。黑瞎子岛是位于黑龙江和乌苏里江交汇处的一个岛系，西半部为我国所有，东半部为俄国所有。岛上竖立的中、俄两国的界碑，将黑瞎子岛一分为二，往哈巴罗夫斯克方向为俄方领土，往抚远方向为中方领土。

黑瞎子岛是由银龙岛、明月岛、黑瞎子岛三个岛系之93个岛屿和沙洲组成。总面积为350平方公里，加上与其毗连的水域共450平方公里，相当于70个钓鱼岛，500个珍宝岛，略小于新加坡的国土面积。黑瞎子岛是扼守着黑龙江—乌苏里江通航咽喉，隔江与俄国的哈巴罗夫斯克（伯力）相望。黑瞎子岛70%的面积可用作耕地、割草场或者牧场，所以北大荒的农垦总局即将大力开发这片处女地。此外，岛上栖息着许多珍贵的毛皮兽和水鸟，黑龙江及其支流以及河滩湖泊中的鱼类，比整个伏尔加河流域的种类还多。不过，从中国境内到连接黑龙江与乌苏里江的汊道边，就不能前进了，在汊道口有俄方江防炮艇把守。中国人要想到这个岛上去，只能先出国到俄罗斯，从哈巴罗夫斯克再到岛上去。不过，由黑龙江省交通运输厅组织实施建设的"黑（黑龙江黑瞎子岛）乌（抚远县乌苏镇）大桥"，已经在抚远县正式开工建设。官方说，这座被誉为"东方第一桥"的"黑乌大桥"，将对开发抚远三角洲、发展中俄贸易有很大的推动作用。

我们是乘一艘快艇去黑瞎子岛的。是啊，黑瞎子岛回归祖国的怀抱之后，我还是第一次去黑瞎子岛，遥思渴慕之，今即成现实，很荣幸。尽管我们不能登岛，但是，能在江上极近距离地欣赏它，也着实令人兴奋。这真是一个处女地哟，岛上浓润的绿色，参差的野枝，忽来忽隐的禽声和洗岸的涛声，泰然兮陶然，犹如世外桃源。由于今年水大，看到黑瞎子岛被淹掉的浅岸短柳，心中还有一缕俗人的担忧呢。行船上，即可看到俄方的国旗与金顶的教堂，更能看到我国极艳的五星红旗和硬朗挺拔的哨所。虽说岛上并没有更多的建筑，然而不然，那毕竟是中国的神圣领土啊。虽行舟不待，但凡此种种泊入眼界，对我这个水上渐行渐远之人已经是大的满足了。

沿岛外之行时，还欣赏到了黑龙江和乌苏里江在这里汇合的景观，这也是平生第一遭啊，在两江将汇未汇之时，黑龙江呈淡灰色，潇潇洒洒，风度超凡拔俗，让人傲傲而慕之。而原本蓝色的乌苏里江却幻化为黑色，凸显勃勃的雄性之美。二江泾渭分明，簇簇拥拥，不离不舍，一同奔向浩瀚的大海。

快艇上，在大家纷纷举起照相机对着黑瞎子岛拍照留影时，我心中想，我很快就会通过"黑乌大桥"，登上这座岛的。

大顶子山

郭颂先生是黑龙江歌者，他唱的那首《大顶子山高又高》，有这样一句歌词："大顶子山哟，高又高，我们的赫哲人在这里打獐狍，不怕冰天和雪地哟，专打鹿茸和紫貂……"我还是个小学生的时候，就会唱这支歌。岁月像利箭一样走得飞快，四十多年的光景，便是以如此凌厉的速度射了过去。抱憾的是，对于大顶子山，依旧是只闻其声而不见其貌。这一次机缘到了，无论如何也要去看一看。

民歌中的大顶子山，在黑龙江省的穆棱市境内，隶属于老爷岭山脉北延之山峦。山势巍峨，峰岩奇特，因尚未开发，故老树纵横，峻形依然。不料登山这天，阴云密布，浓雾遮山，人看不出十米远。山中极为寂静，仅有风笛声啾啾地掠过。车子须沿老旧的山路缓缓盘旋而上。车上客像是接到命令，个个都屏声静气，努力地向流雾中看去。四周静极了，间或可闻豁豁的水声及逃鸟的惨叫。朋友解释说，这山也是猴石沟河的发源地。噢，这就怪不得了，所谓山有多高，水有多长呀。一位说，赫哲人就在这儿打獐狍吗？那位朋友于雾境中咳嗽着，并未言声。车子愈向上行，雾罩之山愈加地神秘，愈加地深不可测，或者也愈加地浪漫。心中暗想，能获得如此经历也实为偏得的吧。朋友哑声地说，抗日战争时期，这山上就有东北抗日联军的密营地。另一位问，那，遗址还在吗？朋友说，现在成了赫哲猎人打尖的地方了。这一位说，地方选得好啊。朋友又说，在砍椽沟和西崴子，还有渤海国、辽、金时期的古城遗址哩。那一位又说，选址选得好，选址选得好啊。朋友说，这大顶子山可是一部神秘的历史呀。

一切均在雾中，雾中内急，便停下车来，排立在雾中小解。影影绰绰，薄寒浅冷之中，弥漫的雾始终不离不弃。

晌午，朋友请我们喝热得烫嘴的当地土烧，和霸气十足的"三烀一炸"，即烀窝瓜、烀茄子、烀土豆、炸大酱。粗粝实惠，喝！

珍宝岛

珍宝岛为军事管区。位于七里沁岛的上游，乘船约两小时的行程。在乌苏里江上劳作的老一辈中国渔民称珍宝岛为"翁岛"。珍宝岛是因岛之形酷似元宝而得名。岛上长年有中国官兵驻守。靠近者，须持特别的许可。

在乘船去珍宝岛的途中，天就开始下雨了。蓝苍的水面，泠泠的雨丝，让向往者变得异常地端庄。行船之中，两岸的风景一步一步地荒凉起来。偶尔可见几只飞跃界江的大鸟，或栖在枯枝上回望翔程，或在雨帘中拼力地渡江。天上的雨便是在这样的表演中，愈下愈大了，我们就是在这样的大雨中登上了珍宝岛。

简单的军用码头上，早有一位持伞的战士在迎候着我们。

珍宝岛并不大，岛上至今还保留着当年的两个老哨所，哨所虽然十分简陋，但却异常地坚固。就是在这座不大的小岛上，曾发生过震撼中外的"珍宝岛战役"。岛上古木森然，悠悠簇簇，雨线不绝。甬道上雨水没履，只能纷纷踏水而过。似乎只有这样，才能切身体会到国土神圣不可侵犯的立场。是的，岛虽小，珍宝之，一草一木，系着中华民族的尊严。

在岛上，在雨中，在尚未排尽的雷区附近，三鞠躬，拜谒了捍卫国土而捐躯的年轻烈士。既是敬礼，也是难过呀。

登船返回之前，我和那个穿着迷彩服的战士交谈起来，他似乎也想与人交谈，大约回到哨所后，据此又可以对"饥渴"的战友作一番复述了。我问他怎么样？他说，这里锻炼人哪。

夜里下起了大暴雨，雷鸣电闪，震颤屋宇。我拥被而坐，衔上一支纸烟，第一次想到了守岛战士正在大暴雨中巡逻……他们的确很辛苦。

雁窝岛

雁窝岛在黑龙江省宝清县的东北，挠力河南岸。三面环水（挠力河、宝清河和镜面湖），另一面则是神秘的沼泽地。是一个有200多平方公里的天然荒岛。岛上草茂柳密，水汊纵横。因多有大雁、仙鹤、天鹅等飞禽在岛上筑巢栖息繁衍，故名"雁窝岛"。

先前的雁窝岛，沼泽密布，十里黄花，万顷野烟。1957年3月，八五三农场组成垦荒队，冒险涉过这片沼泽，在岛上安营扎寨。同年的10月1日，即共和国十年大庆之日，宣布雁窝岛分场正式成立。国家副主席董必武亲笔题写"雁窝岛"三个字。遥想当年，首批垦荒队员就是在这片诡异凶险的"沼泽地"和"大酱缸"上，以人当牛，开垦了2万多亩荒地，在这片迷人的处女地上播种着希望。我是从我的一位忘年交的师长，老作家林予同志的一张老照片上看到了这一情景：几个转业兵用绳子躬身拉犁，在烈日下开垦荒地。让观者过目难忘，尊敬有加。这之后，丁继松同志创作的长篇散文《漫游乌苏里》和林予同志创作的长篇小说《雁飞塞北》，一时间蜚声全国。所谓"棒打狍子，瓢舀鱼，野鸡飞到饭锅里"和"这里的土地肥到了家，插上根筷子会发芽儿"。并非文人的浪漫想象，而是早年雁窝岛的真实写照，并激发全国的有志青年向往之，奔赴之。

到了雁窝岛，先去祭奠早年为开发这里而英勇献身的烈士们。当年十万官兵到北大荒屯垦，为了给在雁窝岛上开荒的拖拉机运送柴油，战士们在漂满冰排的沼泽地里，边游边推着柴油桶往前行，其中的一个战士被水草缠住了身子，挣脱不开，最后窒息而死。我们在烈士的墓前，深深地，深深地鞠了躬。

而今，雁窝岛经过数十年的垦殖建设，已成为全国主产小麦和大豆的著名垦区。而雁窝岛最原始的部分，依然是水禽天堂。岛上仅国家级保护鸟类，如丹顶鹤、白枕鹤、白尾海雕、灰鹤、大天鹅、鸳鸯、白额雁等，就有89种。国家二级保护的动物，水獭、麝鼠、赤狐、貉、野兔、狍子、野猪等也不下十几种，以及白鲢、红肚鲫鱼、鲤鱼、鲶鱼、狗鱼，连同种类繁多的植被，不仅仅是亚洲第一大湿地，也是世界最大的天然湿地之一。

我们坐上那种防污染的电瓶船，开始游览雁窝岛。水势沃润，无有纤尘，杂花若绮，上下禽声。船缓缓行驶在湿地的水泽之中，水影、花影、云影，参差轻荡。放开眼界，但见沙雁成群，满天苍鹭。时有丹顶鹤、灰鹤、沙雁和天鹅从芦苇荡里飞出。斯水，斯鸟，斯境，沐浴之滋润，通泰之沉静，让人有脱胎换骨的舒畅。船缓缓地行，浮云之水，到处都是大片嫩黄色野荷和开着白花的菱角，悠悠地浮在水道的两侧，锦色灿然，悠然自得，让九曲水路变得十分奢华。行船当中，时有惊鱼儿跳出水面，让人惊叹。朋友说，垦区对雁窝岛不是开发，也不是建设，而是保护。这让大家由衷的赞赏，似可以告慰几代开发雁窝岛的先驱者了。

兴凯湖

车子继续在大荒的土地上行驶。车窗外是万顷的金色麦海，浩瀚直上天庭，天庭上时有驯鸽的飞声。平广野畴，犹以暮色中最美。两个小时之后，一行人顶着那半弯的残月，在八五八农场的招待所住下了。

晚饭后，出来散步。在苍茫静极的夜色里，八五八农场的小城镇，姿态与风度可与大都市比肩。而清静与疏朗，包括欲化未化的纤纤月钩，又让那些嘈杂拥挤的古都名城逊色得很喽。

翌日，去兴凯湖参观。兴凯湖被清人称之为"亚琴海"。那蓝苍的湖水，嚣嚣的浪声，给我的震撼可谓刻骨铭心。因前不久我刚到过这里，这里恕不赘言。

车子驶向兴凯湖的路上，只要是成片的、整齐的、直上天际的农田，那一定是农垦的。而那些被分为条条块块的田洼，便一定是乡里、村里的土地了。朋友说，现在农垦已经替不少乡村代耕了，统一播种，统一秋收，统一管理。又说，现在上头已经把几个县划分给农垦了，农垦正在进行改造，并科学化耕种。农垦还给县里的农户盖新房子呢。我说，高兴得很吧？他说，是了，这也是他们的梦想啊。中国走大农业的道路，走科学发展的道路，才是方向。

……

这一路上，云海连着麦浪，江河连着湖泊，峰来山走，或舟或车，或行或攀，北大荒的大气魄、大襟怀，赐予我的这些前后没有脉络的断想，真是难以尽述。我兀自想到，北大荒人的版画和摄影为何如此地优秀与旷达？是因为这里拥有神奇的景色和震撼人心的业绩呀。

2010年9月，写于哈尔滨

夜　雨

　　半夜便被雨声惊醒了，叮叮咚咚，是雨点击打在洋铁盖上的声音。我有好长的时间没有听到雨点打在洋铁房盖上的声音了。这久违的声音，唤起了我对童年雨境的那种亲切的记忆。

　　小的时候，我家的对面便是一幢铁皮房盖的平房，每逢下雨，那雨们击落在洋铁上发出的叮咚声，像美妙的音乐，使我的少年时代充满了清新的旋律。这是大自然赋予我灵魂的财富啊。而且，这种清新的感觉，似一页重要的人生珍藏，一直埋在我的心底。而今，我正身居异乡的小客栈里，有幸独自一人重听这来自天堂的演奏，真的有一种感伤的幸福滋味。

　　躺在客榻上的我，已经毫无了睡意，于是坐起了身子，在夜色笼罩的小客栈中，倾心地聆听着这热带的雨声：击落在洋铁皮上的雨声，总是那样断断续续地脆响着。滴落在泥土上的雨声，便显得有些沉闷了。雨打在椰子树的阔叶上，会发出扑扑的声响。落在花与草上的雨点，一着叶面，便立刻从阔叶与花瓣上逶迤地滚落下去，发出揉弦般的美妙之音。落在窗玻璃上的雨，嗒地一声响过后，随即便蜿蜒地滑了下去，让人有一种回肠九曲的滋味。马路上的雨水被夜行的车辆辗过时，唰地从栖息的路面上瀑布般地重新跃起，形成一组飞翔一样的巨大合鸣……夜幕之中，亿万道雨丝俨然无数个演奏家，在一起揉拨着纤长万丈的雨弦，演奏着来自天籁的交响乐章。这海岛上集合起来的雨声，让人有脱胎换骨，羽化成仙的痛快啊。

在夜雨之中，你还会倏然地听到客房中的某处，兀然嘎地一响，噢，这是房屋松骨时发出的畅快之音啊。是啊，客房里住着一个外地人，又同在雨界之中，房子也是有灵魂，有情感的。

……

很快，小客栈的外面响起了滚滚的雷声，这一下子使雨的演奏进入了高潮，也让我这个客居陋室的人，于天庭的滚雷之中有了某种庄严的遐想。我下了床，走到窗前，轻轻地拨开窗帘，站在那里，久久地凝望着窗外的雨……是啊，该买舟回家了。

乌苏里夜话

　　抓吉镇，是极小的一个镇子。

　　一断一断的，或砖或坯，只有一溜平房。平房之前的土街不甚宽，走堂堂渔汉，扭俏俏渔婆。也摇鸭，踱鹅，跑狗，慢老者、快孩子，街上不寂寞。天雨了，天雪了，也要落在上面。秋日，湿湿泞泞沾一街的黄叶。

　　土街，其实也是乌苏里的一段堤岸。临水的一坡，是一排鞠向走水的柳树。这里的柳树，有诗样的名字，叫"江柳"。江柳的干中，晨早或黄昏，常牵扯着几只闲船。冬天了，便要被渔汉子拖上来，扣在街边上。落了雪，一街边的扣船的底上，都要覆一层茸茸的雪被。很好看。涉在江边的柳，收不回了，任其冻住。春一到，这柳，那柳，依然要漂亮地舞给你看的。

　　小镇的西端，是一片兼作客栈的私家饭铺。我因腰有陈疾，又得知那里有颇热的火炕，经人引导便歇在那里了。

　　这饭铺，说来也是寻常一家，有客，便是饭铺，便是客栈，单是多些陌上的话，多些格外的风景而已。无客了，淡淡地过冬春更换的日子就是了。

大约算是一种洒脱的吧。

饭铺的掌柜，姓侯，值中年。生来憨厚的样子。腰边的女孩，妩媚可人。五岁或六岁的样子吧。

饭过了。晚阳正红。便坐下闲话。

掌柜告诉我说，他的女人走了，已经三年了。我说她到哪去了，一定得这么多年的年光吗？他好着脸说，走了，就是死了。是春尾上的事。又说，乌苏里正要开江，风猛着，晚上还下了一场清雪。说过了，便扭头看窗外的逝水。好久才收回目光，抚着他身侧的女孩说，我们爷儿俩也挺好。并笑笑。笑态里，似乎隐着几分胆怯。

我告诉他，我也是个不开心的人。

掌柜却肯定说，你是城里人，又是作家，要好。

我就笑了笑，一时也无言以对。

便一同吸烟，一同看江面。江面上只有一堵短短的血色了。

掌柜告诉我，他先前并不在抓吉，老家是拉林。

我说，拉林我知道。其实离哈尔滨很近的，我去过，是不是有一条拉林河呀？

他说有。便不言语了。

我叹了。说，美不美，家乡水嘛。

他听了愣了好大一阵，才使力点点头。仿佛我说了怎样石破天惊的话语。

于此之下，我无话可寻了。

无话可寻，便勾下头，把烟吸得哑哑地响。掌柜虾着身子，两掌合握一起，粗粗糙糙地搓着。

小女孩指着窗外说，叔叔，你看月。

掌柜和我，便一同举头去看。

月，橙绒绒，果然极致地好，圆圆的，逼得很近，仿佛，推开房门，穿过饭铺外的栅栏，是可以走进去的。

我说，好月，好月！

掌柜也赞同地颤起了头。

女孩便羞了，把头埋在掌柜又膝的凹处。

掌柜说，拉林河的鱼很多，尤其好月的时光去钓，静死了，一层一层，统是"板黄"。合了大酱炖着吃，人要撑死的。

我顺着点点头。

又是无话。

月，浮了起来，在云中微微地凫着。

掌柜低下头去，独自笑起来，说，我那时很小，一到拉林河去玩水，娘准定要骂我一回。说着，便学那骂：小兔崽子哎——瞅我把你大腿掐个紫紫哎——

掌柜学过了，样子甜甜的，一脸的幸福。

我问，回过家吗？

掌柜的脸，暗了。木木地摇了头。

我便紧说，唉！我也是多年没有家了。

他问，你的老家在哪里？

我说，远噢。山东呐——

掌柜说，山东真是太远了，不像拉林……

我说，乌苏里不错呀，天天有鱼吃。要是一辈子活这里，满是个神仙嘛。

掌柜抬眼看了看我，说，明早吧，明早我给你包一顿鱼肉馅的饺子吃。

我说，行啊行啊。只是……

他说，不麻烦。

接着，便睡下来。睡下了，又蓦然而醒。火炕上，望月影，听涛声，一一如梦。

二日的早餐，是切面。

我没有问掌柜。

掌柜从厨房走出来，欹疲着眼，径直去拨开窗帘，又推开窗。外面的世界，正浓浓地雾着。

掌柜说，我去了江边。你看鞋。

他脚上的两只濕濕地湿着。

他说，雾天，打鱼的就少，都怕过了江界。又说，厨房里的，是隔夜的鱼，不新鲜了。不新鲜的，最做不得馅的。

他看着我，似乎还要释说什么，恰好小女孩，在里面懒懒地唤他了。

吸过一支烟，我站了起来，一身征色地说，走啦。

他慌了，甚至慌得说不出话来。

我说，兄弟，该给你饭钱了。多少呢？

掌柜收了钱，仰起脸来说：你是作家，再去拉林，代我各处去看看，写个信来。不知麻不麻烦？

掌柜一脸的泪。

看着掌柜的泪脸，我终于觉出做人的某些不易来。点过头，便走了。

小女孩在我的身后童声稚气地喊：叔叔——

竟没了下文。

我没有回头，我不忍见背后的一幕。单是边走边高高地举起双手，在半空中牢牢地握住。

雾已四处地流开去了。

世界的面貌，其实是不难见的。

乌苏镇

从抓吉去乌苏镇，或骚人墨客，或游仙浪子，总在必行。单是，闲闲一路，无车，厚厚一水，无船。任两脚一短一短，不停地走，也要大半日的工夫。

晨阳未吐，我便路上走了。

宽宽土路，荒放着。四极甚是苍凉，寂成一片鸟鸣。路上行，常要等草生的鸭族从路上横踱过去——这路，大约被人们有千年的遗忘吧。

土路距乌苏里江极近。俨然恋着，若有若无，勾引着脚上的力气。放开眼，涉过江，便截至一堵山壁上。水这一方古称抓吉山，水那一方则名大赫黑其尔。大赫黑其尔大约不育茂林，黑黑雄雄颜色，俯视江流。瞻仰开去，大地云天，一无界痕，坦荡往来，野向四极。

荒路上绝少人家。偶尔有的，只一二间茅庐，古画般隐在那里，静在那里。真不知庐中主人怎么一样好活法。

观观行行，旷域终于无宅亦无人了。况秋阳怡暖，便索性脱光，一帛一丝，裸裸瘦瘦地走。

　　江走的潺鸣、草摇的风语，赤足的踏声，参差并奏，天籁人籁，合而同化了。

　　也唱，也浪，也号，也放形。

　　毕竟俗胎，人间的烟火终是让你无从摆脱。未及晌午已饥肠辘辘了。饥行中，世界的美色竟苍白成一片冷雾。身上寒了，便嗦嗦穿上衣裤走。

　　到乌苏镇一定狼吃一顿！

　　欲果我腹的乌苏镇，终于在饥饥烁闪的眸子里现了。

　　这镇，只一户人家。

　　单一户的镇，全国里仅此而已吧！？

　　户主，是一位瘦长的中年瘸汉，人，表情寡淡。他说，他早就瞅见路上的我。他说，开始他以为是一只草狼。再近近，才看清，是走个城里人。说过，脸上便是很鄙夷的样子。我眼前便下了黑雾，疲软软蹲坐下来。

　　他夹了我一眼，说，每年都来……

　　什么？我问。

　　他说，像你这样的。又说，歇在城里多好，天堂噢。这里有啥？！说过，便用手臂阔阔地圈了一圈儿。

　　我被这空空一勒，汗便热热地下了，索性坐在地上吸起烟来。眼睛盯着荒放的，我曾刚刚走过的土路。鲁迅先生曾说："世事大概差不多，地的繁华和荒僻，人的多少，都没有多大关系的。"

我回头瞟了他一眼，见他眼睛正盯着我吸的纸烟，便送他一支。他也蹲了下来，一边吸，一边陪我瞅那条荒放的路。他说，冬天，没人了。只我一个了。

我点点头。

他说，要是当官的来玩，都是坐吉普车。

我点点头。

他又说，这是秋，要是冬，走大半天？美死了！两天你也走不成三成的路。雪厚到腰眼儿，怎么走？！

我说，玄吧？

他说，马都不走，草狼也要钻土洞哩。

你呢？

他第一次笑了。笑开的一脸分明希望我的期待。

我见他嘴上的烟吸得很贪，便送他一盒。

他接了。又说，你饿了吧？喝点儿？

我说，我只想喝点热热的水哎——

他听了，痛快起来，很高兴的：热水、热水。

我支起头，看已淡然的走水。乌苏里江，在这里要转一个大弯。转弯处的水域总要极阔起来。

我双手把一碗热水，烫烫地捧了，累累地勾下脖颈一层一层地饮。

饮光了，便告辞了。

还有大半天的路，要走。

那汉子一瘸一瘸，跟着我，仿佛我去走一条极短的路途。

他说，冬天，我就在屋里自己跟自己说些话——有时，门就被厚雪封住了，要开，外面没有人帮你，唉，乌苏里六月才暖哎，就得夜里不停地扫……

我头也未回地走。我知道他停了，也知道他一直在目送着我，单是不知道他目光里的我还像不像一只草狼。

入了夜，荒放的路上，我那样走——

天堂雅话

秋节初至，心界竟难得的一好。临窗之上，浮着一大团被月辉勾出一痕银线的雨云，弥望兮郁然。便把酒来独酌。频频浅呷之下，非但不醉，头脑反倒愈加地明晰了。咻咻夜风吹将起来了，随至的潇潇雨声，浓了，终于轰鸣大奏起来。于宇宙一律的水唱之下，感朋辈悬心于贵势，惊同好役世于高名，不觉十分地颓然起来。生命竟如此地一一耗去了。目泪兮盈眶，强抑方不能出也。

古人说：颓然寄淡泊，空故纳万境。便欲之远足乌苏里，以为宽得几天清爽的好日子吧。

抵乌苏里，必先足抚远，再次，方能买车票去抓吉镇。其实到了抓吉镇，距乌苏里江的江水，也只是几步之劳了。"秋气满天地，胡为君远行"。乘车的客，几乎一色东北的渔汉。这颇众的渔汉，又大都是古驿抓吉的。渔汛即到了，他们须早一天到抚远县来，购些渔具。一如织网用的尼龙绳，或铅坠儿，或机帆船上的一些零件。余下的散钱，再去喝一顿县城的酒家，再看场县城的彩色电影，再给自家的女人买些开颜的物件、给孩子买些欢喜的小把戏。鼓了兜子，实了袋子，一切都殷实饱满之后，再哼哼唱唱，摇到长途客车站的候车室里去，闲话一阵，专候二日的早车。

前途漫远，车须绝早开出，方能在晚日红红西下之前抵至终站。渔汉子们也能赶上家里女人备下的热饭、热酒和一脸活鲜鲜的柔色了。

负远行之任的客车，式样已早很旧了，开将出去，倘不停，便要永远哗哗啦啦地鸣响下去。车上的座席均破坏了，虚虚地坐上去，即使提着气，修远行途，也是难挨的吧。

单是，心绪却赫然地好。况且，车一弯上土路，碧色的浓江便渐次近来了。贯流远上的浓江，早被晨光抚成一片活动灿烁的白鳞。白鳞之域，短树飞舟，浮浮可观。瞻开去，一切便朦胧了，得获的心境，竟是几分佛家的宁远与泊淡了。

每每的野田，悠悠的碧落，空明四鉴之中，似乎凸显着高人一层的命意。教人容肃情庄。于此之下，蛰居都市里的诸般尴尬，愈发不能庄雅起来了。

车上的客，大都是认识的。一水里桨，一江里渔，即使溯上几代，也能分出泾渭，理出支干的。这糙手送过烟去，那糙手便接了，再清了痰，咳净了腔子，就自然有了话头：

"你说你说，偏脸子去年拖了一条大鳇鱼。壮妹子的！八百多斤哎。"

这双鱼腥腥、糙裂的拙手，可可地叉开十指，又掐算着地屈回去两根。

渔汉们便笑。点着这一双糙手的脑门说："偏脸子，一家伙发了，肥了。颤得走路出秧歌了。嘻，抬头纹都美绽开了呀——"

"听说听说，刘镇长带他到县城去报喜，偏脸子鬼刺刺的头，是他娘们亲自给剃的哩。"

"嘻，偏脸子的娘儿们……"

"刘镇长说了，今秋开滩儿，谁要拽上个大的，他就出血放一桌，全弄猪下水！有功的，烧酒，白酒，都去阔阔嘴。疯它一把。"

"出血出血！大鳇鱼不是大马哈，那么易？！瞎。"

……

路泱泱然。浅水平桥，垂杨古树，了不见人。客车哗哗啦啦地摇走，醉了似的，仿佛也吃过了那一挂肥肥的猪下水，浓江碧透的一切也不放在眼里了。

陌上的野草，高过牛脊，厚厚地浓了过来。碧走的浓江，愈发地细了，远了。终于被无垠的壮草遮了去。车在草海中行，甚隐蔽。远观，只挣出一个顶，一浮一浮，时见了，时不见了。

车上的渔汉，话也时续时断，随车闲走，几撮土坟赫然赴目，土坟多已平凹下去了，与傲然临野自吊的新冢多着几分老辣。

与我同座的女人，临着车窗一面。她一直在静静不语地坐，默默不语地看。头一直扭向窗外，行途中不曾一动。并用手遮挡着这侧的面孔，使人无法了解她本有的模样。

草势渐渐缓了去，炎炎的白日，高悬在世界的当中。车内的空气便热辣、便难熬起来了。西面的一排车窗，已被酷阳炙得十分的灼亮。

这女人面着这一幅炎炎欲化的窗玻璃，仍旧那样的姿势不动一丝地坐着。

女人颇年轻的，秀瘦一身。足三十岁的样子吧。衣衫的旧式，已十分地显见了，歇在膝上的一手，白皙骨立，抓着一只空瘪的布兜——虽精洁，但都平淡得很。单是衬衫的领边儿，却手工嵌着一环乳色透明的花边儿，使她的女气，柔气，嗔气，媚媚兮十足起来。她的面孔是看不见的，被那手遮着，任热灼的白日，炙炙地晒。车上的渔汉，似乎并未感到这女人活的存在，偶有一眼不经意地投去，都极快地收回目光，继续渔人散散懒懒的话题。

我不觉有些乏味，有些无聊这庸人的玄想了。"风吹水绉，干侬底事？"便散了眼，于一浮一落之中，头耷胸界，瞌睡起来。

醒来，枯寂的脑里，又是不绝于耳际的车在野路上行驶的哗哗啦啦。转身望出去，视网里，抓吉的远景现了。眼里的一切都恬淡温馨地优美起来，竟以为人间的一切是天上丹青高手所画了。

再看临窗的女人，依然是那种姿势坐着，那手，依旧遮去她大半的面容。

腕上的表针，杳杳蔷蔷，已走过了几个小时了。

这究竟是怎样一个女人呢？我衔了一根纸烟想。

我决计抵终站时，再看看她的面目。欲从她的表情上，译出她塑塑不动的道理来。

抓吉到了，圆壮的夕阳正好，金金灿灿的光，斜漫过来。终站的车下围了好多人。俏俏渔婆最多，眼芒灼灼，都热热盼了两日了，都笑着，骂死鬼死鬼，说他爹呀，怎才回么？又亮过脸去，对那渔婆说，俺当家的呀，就是凸一个壮哟，便都咯咯笑起来。再接着兜子，再拽袋子。男人便说，小心小心，加小心！钱来的，是汗，是血呀。

都笑，都揉，都嘎嘎的。

汉子说：等下晚的！

渔婆说：下晚怕你！？

下来的末一个，便是那位临窗的女人了，于明明晃眼的夕照下，女客的那张油灼水烫过的脸，一览无余地现了。这一张紫色的凸凸凹凹，分明是被一锅滚油，抑或一盆沸水，彻底地浸过了。

车上年轻的女人似乎没有挣扎。

她的五官在凸凸凹凹中，也实在难辨了。

车下的渔汉、渔婆们，对这张脸，到底是视而不见的。这完全的视而不见，竟也包括那些渔娃。人们单是在嬉笑领挽的进行中，不动声色地给她让出窄窄的一路。那女客，便拔起身子，一蹭一蹭地挪了出来。

这位年轻的女人，努力地低下头去，手上抓着那只空瘪的布兜，朝着日欲西平的博大一线，匆匆地走去了。

她的背影，在橘色的晚晖里，极柔。

或许，她是回娘家；或许她是刚从娘家回来吧。

我想。

入夜，瘦星灿烂的乌苏里一域，天堂般地静谧起来。

雨　中

　　秋雨滂沱。已是晚上八点，我匆匆往回赶。那是一条僻静的街道，两旁的楼多为西式旧楼。有的人家熄着灯，有的灯开着，透过急促而降的雨幕可以看到有人站在窗前往外看着，有男人站在黑暗的窗户前，吸着烟，是一张半红半白的脸。与本文无关的行人有的打着伞，有的穿着雨衣，像我一样行色匆匆。整个的城市像一只夜间行驶在海涛中的船。

　　我终于遇到一个可以避雨的老式门洞。我穿着一件过时了的玄色风衣，戴一顶烟色的礼帽。俨然一个外国人，一个辛苦的侦探。这座曾经是半殖地的城市，城里的建筑、人，都很洋气。雨下得很大，门洞前的路已经变成了一条河，正湍急地向前流着。很显然，下水道已经被雨水灌满了——我站在"河岸"上，也像站在船舱口。我想起了在威尼斯上船时的情景，那天的雨也不小，浪很大，汹涌扑岸。港口泊着的船正在颠簸……

　　裹着霹雳的闪电是紫色和钢蓝色的，极刺眼。此之情景下面，人很渺小，城市也很可怜。大雨像一个愤怒的悍妇，疯狂地清洗着这城的污垢和庸俗。门洞里还有一个乞丐。他已不再年轻。正坐在他的行李卷上，长长的头发扮着一张憔悴的脸，眼睛有点漏神，像一个落魄的摇滚歌手。他也在看门洞外的大雨和奔涌而去的"河"。

"河面"上偶尔会有车辆驶过，溅起的水帘如同车之两翼，像快艇一样驶过去了。我感觉有点冷，掏出烟卷儿，掐出一支，点燃后吸了起来。纤细轻曼的烟雾飘出门洞，在雨中挣扎着。我在想，如果有来生我会选择一个什么样的职业呢？还是写作吗？我心的回答是否定的。我想，那样的生活真是糟透了。雨中的我想当一名巴士司机。我曾经做过这样的工作。至今还令我怀念：将乘客送到他们要下车的地方，然后各走各的。作为一名巴士司机，即便是雨天也不会歇工，反而觉得在雨天里开车更有趣。我想，或者，去车间去当一名工人，这我倒曾经干过，和工友们在一起上下班，中午围在一起吃盒饭，冲着路过的女工吹口哨。我不想当什么车间主任，哪怕是小组长也不想干。我父亲在旧时代就是一个小官儿，那时候他还很年轻，踌躇满志，新中国成立后干过科长，副厂长。他哆哆嗦嗦的一生让我清醒地意识到，必须远离这样的职业，离当官的人越远越好。那个圈子里没有友谊，没有情分，只有利益。你受不了他或她用计谋的眼神打量着你的样子。我只想当一名普通的、自由的工人。工人才能体会到什么是纯粹的生活。可很多人像我一样已经背叛生活多年了。

瞬间，一道锋利的闪电将我和那个乞丐变成了两尊雕像。一个站着，一个坐着。是啊，我并不想当作家。不少作家在一起谈论的不是生活，不是爱好。即便有"爱好"，那也不过是一种脆弱的自我救赎。而工人们聊的却是有滋有味的生活。也许，我更想当一名地质勘查队员，背着行囊，去寻找什么矿我完全不知道，但只要是走，只要和同伴们住在荒山野岭的帐篷里，那种感觉让我沉醉。

雨帘已经将门洞口封住了。隔着这层厚厚的雨帘，我在凝视着面前的那条湍急的"河"，以及"河对岸"一幢幢在闪电下战栗着的楼房。

乞丐说，先生，给我一支烟吧。我掏出烟递给他一支，并哈腰用打火机替他点着。他说，谢谢。

门洞外的雨丝毫没有减弱的迹象。雨水流到门洞里来了。我在余光中看到，那个叼着烟卷儿的乞丐正在用一根小木棍把流进门洞的雨水疏通开。他一边"工作"还一边哼着小曲儿。是啊，每个人的选择是不同的。或者这正是他想要的生活。或许是青少年时代的生活太梦幻了，才有了他的今天。我想。未来是诱人的，但更多的人把握不了未来，如同门洞前的这条"河"，裹挟着你一直朝前走。当你明白过来的时候，已经太晚了。

是啊，我们在另一条路上已经走得太远了。

雨水已经流到我的脚下了，这雨还要下到什么时候啊？

淡紫色的昌邑

　　客行昌邑，逢天织丝雨，迷蒙如画。提伞过虹桥，霏霏飒飒，沐雨以为乐也。倏忽间不觉步入林中。林霏烟翠，蓦然四合。恰紫气东来，深而浮色，定而荡光，簇簇拥拥，悬浮流弋于茂林中，荡然于雨林深处，宛然如雾也。甘霖之下，徜徉之中，春风忽至，一时间雨声如乐，竟与众仙女邂逅。惊异万分中，趋前蔼然垂询，方知是玉帝一时心情大好，方准众女下凡尘至昌邑，赏人间春色。

　　紫兮兰兮，名为蔓菁。蔓者漫也，簇拥着昌邑小城。菁者盛也，亦青亦兰，萦绕着古之都昌，今之昌邑，美其名曰"二月兰"。虽名兰而色却似嫩藕，放怀观之，如淡紫色的雾，如绛紫色的云，如柔曼的轻纱，如缎似的织锦。天织银线，彩云铺路，迎众仙姝的莅临。林中的绅士们也悉数出场，挺拔的青杨，倜傥的柏树，矜持的法桐，连同谦谦垂柳，英发槐树，互相缀发，于百鸟啁啾之中，沐雨而立，迎候天上美人。而我不过是一草介之人，何德何能，竟同获此幸也？

昌邑，属山东潍坊，有潍河绕城而过。众仙女聚至潍河林园，雅兴所致，赏景吟诗，且有春风春雨互为琴瑟，与吟者和也。斯情斯景，当是人间天上，亦是天上人间。

有道是"匪冬而雪，匪夜而月"的五品梨花，盈盈款款正弄色于细雨微烟之中，恍若玉人之初沐矣。不怪人称"晴雪"，雅号"淡客"。她首先出来，吟诵唐人杜甫的《阙题》："三月雪连夜，未应伤物华。只缘春欲尽，留著伴梨花。"细雨如烟，亦如琴瑟。在历代文人眼里，其实梨花是最宜雨中欣赏的。六品海棠说：姐妹们，我更喜欢的是曹雪芹在《红楼梦》中咏白海棠的诗："斜阳寒草带重门，苔翠盈铺雨后盆。玉是精神难比洁，雪为肌骨易销魂。芳心一点娇无力，倩影三更月有痕。莫谓缟仙能羽化，多情伴我咏黄昏。"那个穿着鹅黄色衣裙，且满枝金黄的女孩儿，传说是五千年前岐伯仙师的孙女儿，人称"一串金"。她说："《尔雅》有云，妾为异翘者也。早春连翘最先开花，是为报春仙女也。"连着便是一片伴雨的笑声了。素有"花中神仙""花贵妃"之称的海棠，吟诵的是宋代王淇的《春暮游小园》："一从梅粉褪残妆，涂抹新红上海棠。开到荼蘼花事了，丝丝天棘出莓墙。"众仙女道：好一个涂抹新红上海棠。"樱桃、梅花和杏花同为四品。有"国艳"之誉的樱花首先吟道："一字新声一颗珠，转喉疑是击珊瑚。听时坐部音中有，唱后樱花叶里无。"桃花吟诵的是白居易的《大林寺桃花》："人间四月芳菲尽，山寺桃花始盛开。长恨春归无觅处，不知转入此中来。"我闻之后竟顿升感慨，在下祖籍山东，更喜欢崔护先生的《题城南庄》诗，于是随口吟道："去年今日此门中，人面桃花相映红。人面不知何处去，桃花依旧笑春风。"众仙女赞曰：难怪了，连凡世之人都喜欢妹妹的好身材。真叫人羡慕。桃花说：《千金药方》中说："桃花三株，空腹饮用，细腰身。"众姐妹不妨一试。杏花说，别说笑了，该我的了。杏花吟诵的是宋代诗人杨万里的《咏杏五绝》："道白非真白，言红不若红，请君红白外，别眼看天工。"随后丁香摇枝而上，她吟诵的是唐代诗人陆龟蒙的诗："江上悠悠人不问，十年云外醉中身。殷勤解却丁香结，纵放繁枝散诞春。"继而，人称"玉梅"的李花，如霞似火的杜鹃，"金腰带"之迎春，"爱的使者"玫瑰，也争相吟诵起来。最后，则是素有"花中之王""国色天香"之美誉的牡丹，她吟诵的是王国维的《题御笔牡丹》："摩罗西域竟时妆，东海樱花侈国香。阅尽大千春世界，牡丹终古是花王。"

众妹吟罢，便开始互争今日诗会的霸主，雨中的花魁。终于相持不下，竟征询于我。我知道花语即人心，说道：三月桃花，四月牡丹，何必以此争兰梅？单是这紫色的二月兰哟，似一群天真美丽的女孩儿，她虽有莲花的藕色，却可以在旱地生长。她有牡丹的高贵，却甘做小家碧玉，她有悬壶的妙方，却心在寻常百姓家，她从天上来，从神州过，处处无家，处处家。终以昌邑为伴，将天庭的锦绣铺满潍河两岸，赐美景于斯，滋润一方黎民。各位仙妹，难道诗家的本质，词人的操守，不正是如此的吗？

随后，这紫色的雾，祥瑞的云，伴着富贵的牡丹，纯洁的梨花，艳美的海棠，袭人的丁香，雍容的月季，如火的杜鹃，娇羞的连翘，百花牵连，众芳簇移，走过潍河的河边，走过洁净舒展的马路。一路上，嘉树美竹，夹道桐柳，勾连婉绕，参差有序。然后走进画样的篱笆院，进入诗般的百姓家，清清爽爽，一同享受人间的温馨，小邑的风情。在古画也似的饮马小镇，一块儿品尝梨花馅儿的饺子，桃花馅儿的饼，槐花的点心，牡丹花的糕；无论是一盅茉莉茶，还是一羹桃花水，样样精巧，款款迷人。果然是宫阙未有，天上难寻耳。恍惚之间，众仙女已不知今夕是何夕也。

雨下得越来越大，倏忽间，在这漫天水响之中，发生了神奇的一幕：盈盈凌凌的碧水正自天际逶迤而来，重重叠叠，舒舒展展，瞬间将这瘦的潍河妆成了一个丰腴润泽且风情万种的少妇，也让整个齐鲁大地恢复了勃勃生机。我在想啊，这天泽的恩惠，仙姝的惠临，一定是对昌邑人造林而居、移花做伴的奖赏吧。

抚远有多远

20年前，我曾作为杂志的编辑去过一次抚远。那时我刚到杂志社当文学编辑，是第一次出门组稿。坐火车先到的佳木斯，本来到佳木斯就是我此行的终点站了，想不到在那里遇到一个编辑同行，我们都很年轻，他便撺掇我们去一趟抚远。年轻是年轻人的通行证嘛。有一个远足的建议，又有人自告奋勇当向导，一切就不成问题了。在我的记忆里，好像那次去抚远大约走了一个星期左右的时间。当然，中间还有住宿、休息，但无论怎么说，抚远，真的是很远，感觉比到北京还要远那样一个印象。

20年后，省里组织省内的作家、艺术家采风，这似乎是一个例行的活动，基本上都在5月底、6月初这样一个时间里。这样的活动已经举办过几次了，我一直没有参加。但是，这次我听说有去抚远的路线，决定走一趟。因为20年来，我一直惦念着抚远，抚远给我的印象一直是很深的。那里的一切在我当时的感觉和现在的记忆当中，是天堂啊。我记得为此还写过一组小说，叫《天堂雅话》。但是，历经20年后，那里会有怎样的变化呢？的确很牵挂。

2

出发大约是早晨6点钟，坐上中巴，车就直奔动力区出城了。过去我曾经走过这条路，那还是我当卡车司机的时候，记得当年这条路是砂石路，坑坑洼洼，非常辛苦。印象比较深的就是到佳木斯之前是一条盘山道，而最有名的盘山道就是十八盘。不过，辛苦归辛苦，但那个时候开车并不需要付过桥费、公路费。要知道，这是很大一笔钱。现在走的这条路是一条高速公路，是需要付钱的。付钱的路显然好走多了。

这一车有相当一部分人是省曲艺团的，过去从未和搞艺术的人一路同行，但是，此次同行有这么一伙搞艺术的人，真是欢歌笑语。而且，这些省曲艺团的人都是在国内和省内非常有名的相声演员和年轻的歌唱家，说唱就唱，不像文人扭扭捏捏。那个年轻的女孩子王庆辉唱的《毛主席的话记心上》非常甜润、清脆，听起来让人有荡气回肠的感觉。特别是她小小的年纪，对这首老歌的细节处理是那样的细腻，让听者沉醉。歌曲的细节在我看来，同文章的细节是一样的，不仅可以产生点睛之妙，也可以使文章韵味无穷。

据说她还是一名普通的年轻歌手，但是，公正地说，她的歌唱得比当代那些依赖假唱的、红得发紫的歌星显然优秀很多了。这大约就是当代歌坛的一种不幸吧。文坛没这种事，只要你是优秀的，没人能压制你，因为全国的文学刊物至少有几百家，到处都可以一展你的身手。

另一个年轻的女歌唱演员叫刘冰歌，这都是我初次见到。她在车上唱了一首藏族歌曲《天路》。这支歌，她唱得非常深情，有一股浓郁的民歌之风。我觉得这支歌的歌词写得非常好。《青藏高原》也是一首非常好听的歌曲，但那是一首旅游者的歌曲，而《天路》这首歌则表现了藏族人民梦想的实现，世世代代的天路、神话变成了现实，因此，唱出来更深刻，也更震撼人心。我评判文章和评判歌曲是一样的客观，只有这样，才能评判出哪一首歌更优秀，更感人。总之，她唱的时候我确实感动不已。我毕竟是走过青藏高原的。从西宁到拉萨通了火车，那真是一条人间的天路。如果刘冰歌也能够身体力行走这条路的话，我相信她会唱得更好。

车上了公路，大雨说来就来。不过，来得快，去得也快。雨一停，就在北方的天野上频频地架起了矗天的彩虹，有的是一道，有的是两道，有的竟是三道。总之，这一路，风一阵，雨一阵，像东北的娘儿们似的，又是秧歌又是戏。我记得当年开车走这路的时候，路两边有许多塔头墩，远处的山非常迷茫，只是，现在这种情景已经看不到了。

3

毕竟过去二十年了，对黑龙江省内的公路先前是了如指掌的，现在却恍恍惚惚，车及方正才知道去抚远是要经过方正的。记得当年开卡车的时候的确是从方正县经过的，只是，走的不是高速公路，而是从旁边那个有一座像延安的延水桥一样的那条公路过去，这一带即属所谓的五国城，徽、钦二帝就曾流放在这里。其实，金人也不想把他们一直羁留在这儿，但是，那个南宋的留守皇帝不愿意让徽、钦二帝回来。这才是真正的历史。真不知道徽、钦二帝这爷儿俩坐井观天时是怎么想的。不过，黑龙江人就是黑龙江人，对南宋二帝已经很不错了，用当地干部的话说，二帝在这儿享受的是正部级以上的待遇。其实，皇帝不当也罢，就当是下乡了。如果这样戏说，两个皇帝还是屯垦戍边的十万官兵和百万知青的先驱者呢。

方正可圈可点的，是闻名全国的德莫利鱼。德莫利的正音是德墨里，记得在十年前，我和几个半吊子文士乘一辆破旧的上海轿子，专程到这里来吃德莫利鱼。那时候的德莫利鱼尽管有名，但还没有形成今天这样的气候，几间普普通通的土房而已，但那鱼做得的确是天下第一美味。从那以后，只要经过方正，就一定要到德莫利吃鱼。现在的德莫利又增加了许多附加品种，野菜馅的饺子，当地的土烧等等，已经十分丰富了。

是啊，只要再有机会经过这里，一定要从那座延安式的延水桥上走一走，有时候"历史"是可以重演的。

4

中巴车经过依兰，当地的老百姓称之为"小三姓"，是清末的三姓古城和四块石抗日联军的遗址，过去是辽代的五国头城。当司机的时候我去过那里，前边说的北宋皇帝就被大金国的勇士羁押在这里。我在中巴车上看到了高速公路旁边的那座旧的石桥，它还在，依旧像延安的那座延水桥。先前，去佳木斯，去同江，去抚远，这座桥是必经之路。现在，它成了一条乡间的便桥。

我不知道十八盘是在何时消失的，反正这一路走的都是平地。我也没看到有盘上盘下的盘山路的山，全都是平原。山不知道是消失了还是怎么样了。反正都是平原。记得当年开卡车的时候，十八盘被卡车司机认为是险途的地方。特别是冬天，那上面会结上一层薄冰，非常的滑。我记得与我同行的另一名卡车司机叫郭飞，他的车就在上面就地旋转了三百六十度，险些滚下山坡去。

从哈尔滨到佳木斯，高速公路的公里数是397公里。但是，我认为当年走的这条路乘以2都不止。

很快就到佳木斯了。我看了一下佳木斯的史志。史志上说："佳木斯原名'甲纯洁克寺噶珊'、'嘉木寺屯'，为满语，意译为'站官屯'或'驿丞村'。"似乎是过路的领导打尖休息的地方。清朝时期，被称为龙禁之地，大片土地尚未开发，素称"北大荒"。东北解放以后，中共中央东北局先后向佳木斯地区派来以张闻天为首的大批干部和军队，建立了中共合江省委、中共佳木斯市委和省、市政府。其中还有东北日报社、东北新华广播电台、东北书店、鲁艺文工团等，集中了一大批革命文艺工作者，精英荟萃，群贤毕至。因此，佳木斯被称为"东北革命文化的摇篮"。

我记得那次就是从佳木斯乘船去的抚远，那可是顺流而下呀。

佳木斯在当代中国许多知青的心目中，是永远不能忘记的一座城市。因为佳木斯是黑龙江建设兵团的总部所在地。那些下乡的兵团战士都知道佳木斯。在这之前，十万官兵也从佳木斯开垦北大荒。在开垦北大荒之前，还有一批劳改犯也曾被流放到这里。在开垦北大荒期间，还有许多右派也被流放到这里改造，一大批从首都来的作家、艺术家，成了这里的文化精英。其中，有我忘年交的老朋友林予先生，他曾写了一部长篇小说《雁飞塞北》。其实，这里要说到的老作家、兵团的作家艺术家应当有很长一串名字。我记得兵团的老作家郑家真就写过一篇洋洋六十万字的《北大荒移民录》。

中巴车缓缓进入了佳木斯市，在进城的这一路上，我看到路两边有许多狗肉馆和羊肉馆。似乎这是一座喜欢吃狗肉的城市。后来听说，佳木斯正在申办央视举办的"魅力城市"活动。

5

我第一次去佳木斯，是到生产建设兵团去，我记得经过那个十八盘的时候是黑天。我看到卡车的车灯在山上、山中、山下，忽上忽下地闪，那给我留下了很深的印象。我住在佳木斯兵团的招待所，那是七十年代，好像佳木斯是一个经常停电的城市。我们在那里点着蜡烛打扑克。当我成为编辑的时候，在佳木斯火车站下了车，还记得是《北大荒》编辑部的两个青年作家，用自行车接我去的招待所。

6

我记得，当年是下午乘船去的同江，坐船坐了很长时间，是后半夜一点到的同江。在天色将晚的时候，看到松花江和黑龙江汇合的壮观景象。松花江很文静的样子，而黑龙江很浑悍，一高一低，最后融汇在一起，很壮观。

回想起来，当年同江给我的印象很荒凉，到处都是荒草，没有像样的街道。我们在同江的一个招待所里住了下来，第一次吃了大酱炖活鱼，非常好吃。那次喝了很多酒，喝过酒以后几个人出来散步，一望无际的荒野很静，一块儿跟我们喝酒的工人喝醉了，醉倒在阴沟里，我们很费力地才把他弄了回去。

在同江的时候，我们还去了赫哲乡。我还记得赫乡的乡长并不愿意接待我们。后来一问才知道，头一天去了一帮诗人，赫乡是热情招待他们的，结果诗人们喝多了，把人家暖瓶都给砸了，第二天酒一醒，不好意思了，便早早地就溜走了。我还记得那个乡长指着地下的碎暖瓶说，看，这就是你们文人砸的。在同江我还看到一个只身打算去乌苏镇看日出的日本女孩。我当时为此感慨不已。与我同行的那个编辑会几句日语，跟她做了简单的交谈。那个女孩说，明年她打算去印度。

到了赫乡，我第一次吃到了杀生鱼，是用洗脸盆装的，半下子，觉得还可以，但并未觉得怎么好。在赫乡之江的对面，是苏联的列宁斯克耶城，隐隐约约可以看到对面简单的城市。陪我们去的一个宣传干事说，不然就给你们带些榛子，但今年榛子是小年。我牢牢记住了这句话，榛子的收成也有小年和大年。

我们就是从同江乘车去的抚远。现在的同江已经是一座城市了，当年的风貌已经荡然无存，也可能是我们没进入纵深地带，所以，对同江实在是说不出一个所以然来。但不管怎么说，同江先前那种野味现在已经看不到了。至少在公路两旁看不到了。

7

中巴车差不多开了八九个小时才到了抚远。从哈尔滨到抚远，一天的时间就到了，过去需要一个星期，而现在只需要一天。这可能让我感到某种失落。但这就是人类的历史。速度还会越来越快。其实，慢也是一种韵味，一种财富，一切都追求快，可能会丧失许多珍贵的感受。

到了抚远，天差不多就要黑了。这就是我过去称之为"天堂"的地方吗？

抚远处在黑龙江主航道中心线以南，乌苏里江主航道中心线以西，是一个少数民族居住的地方。20年前，这里的人口才1000多人。而现在，已经有3万多人了。有赫哲、蒙古、回、苗、壮、朝鲜、达斡尔等多个少数民族。我称这里是一座鱼城。的确，这里的大马哈、鲟鱼、鳇鱼、鲤鱼、鲫鱼、白连、鳌花、鳊花，都是抚远的特产。在历史上，抚远就是以渔业生产为主。它的特产大马哈鱼、鲟鱼和鳇鱼，在国际市场上有很高的知名度。

抚远在清朝称之为"伊利嘎珊"，最早叫"绥远"，所谓"镇抚边疆""绥抚远人"。尔后，民国十八年因重名而改称"抚远"，以"抚"代"绥"，"绥抚远人"嘛。据《三姓副都统衙门档案》载："照得三姓地处极边，东西二千余里，南北五百余里……自中俄分界以来，赫哲半居界内，半居界外。界内各屯以赫哲即有七姓，均以渔猎为主，秉性朴诚，骁健耐苦，素习鸟枪并善戈弋。"

8

记得上次我来的时候住在抚远宾馆。在我的记忆当中，好像抚远县只有这么一座高楼。但我查看了一下当地的史志，发现并非如此。20年前的抚远就有许多楼了。看来，记忆是不可靠的。但有一点记忆很清楚，就是住在抚远宾馆，每个人只交10块钱的住宿费。而且，房间大得惊人，中间那个客厅至少有四十平方米。当年我们站在那个凉台上看抚远小城的时候，意外地遭遇了龙卷风。那也是我有生以来第一次看到龙卷风。龙卷风像一阵妖风一样直扑过来，像《西游记》里写的那样，一时飞沙走石，天昏地暗。宾馆前有一条小街，那条小街上的平房差不多都半陷在地下，龙卷风一来，所有平房玻璃全部被吹碎。我们宾馆的后窗户就是乌苏里江，乌苏里为满语"下游"的意思。明代的时候，被称为"阿速江"或"速里河"，也称作"乌子江""戊子江"。龙卷风之下，这条江的江面上全部是紫色的闪电，当闪电迸发时，可以看到江边沙滩边的小船，看上去像一幅油画。

那次是在宾馆旁边的一个"侯家餐馆"吃的杀生鱼，那里做的杀生鱼令我终生难忘。也就是我在《乌苏里夜话》中提到的那间饭铺。

杀生鱼在这里被称为"三江第一菜"，到抚远不吃杀生鱼就等于没有来过抚远。

今天的抚远已经不是20年前的抚远了，过去那种田园风景已经不那么浓郁了，草房不见了，先前的湿地改成了良田，那种野鸭子在土路上行走的样子已经看不到了。对面的抓吉山似乎没有原先那么高大，这让我的心非常地痛啊。记得汪曾祺先生写过一篇短文，他说风吹草低见牛羊，是古人一句不准确的话。后来，我跟汪先生通过电话，告诉他，抚远的荒草不仅可以将牛没掉，而且会把长途汽车没掉呢。他听了之后吃惊，说有机会一定要亲自去看看。他说，看来，古人做文章是很严谨的。

9

晚饭吃的是炸板黄、炖鲫鱼、鲶鱼炖茄子、酱焖嘎牙子，还有木耳炒肉、炒干豆腐。据当地的人讲，开江后的第一条鱼要卖到150元一斤。这里的鱼绝大多数是野生，所以很少污染。吃起来味道果然不同。

10

记得上一次从同江到抓吉是乘一辆极破的长途汽车去的，那几乎就是一辆渔民的客车。我在《天堂雅话》中写道：

> 前途漫远，车须绝早开出，方能在晚日红红西下之前抵至终站。渔汉子们也能赶上家里女人备下的热饭、热酒和一脸活鲜鲜的柔色了。
> 负远行之任的客车，式样已早很旧了，开将出去，倘不停，便要永远哗哗啦啦地鸣响下去。

车上的座席均破坏了，虚虚地坐上去，即使提着气，修远行途，也是难挨的吧。

单是，心绪却赫然地好。况且，车一弯上土路，碧色的浓江便渐次近来了。贯流远上的浓江，早被晨光抚成一片活动灿烁的白鳞。白鳞之域，短树飞舟，浮浮可观。瞻开去，一切便朦胧了。得获的心境，竟是几分佛家的宁远与泊淡了。

每每的野田，悠悠的碧落，空明四鉴之中，似乎凸显着高人一层的命意。教人容肃情庄。于此之下，蛰居都市里的诸般尴尬，愈发不能庄雅起来了。

总之，当时给我留下的很多印象都是非常深的，但现在已经看不到这一切了。

在抓吉的日子里，天一直在下雨。当地的主人领我们去参观人工养殖的鲟鱼场。人工养殖鲟鱼看来已经成功了，养鱼人在水边搭了一个很简易的房子，我走进去一看，里面有一个火炕，三个人在打扑克，大勺里炖着鱼。的确，抚远的炖鱼是最好的，他们的手艺最高。

晚上，我们的艺术家到哨所演出，听他们的歌唱，听他们的相声，我突然有一种感悟，现场的艺术表演的那种空间氛围，电视是永远无法营造的。电视里播出的文艺节目会丢掉许多艺术指标。现场去看艺术表演才能陶冶人的心灵、震撼人心灵的感觉。我甚至偏激地认为，电视是不能使艺术进步的，相反，只能使艺术滑坡。过去，我也一直坐在家里看文艺节目，现在看来这是一个绝大的错误。如果想要提高一个民族的素质，提高文化生活的质量，提高自己的欣赏力，只有走出电视，走进剧场才能做得到。在国外，剧场的效益一直不错。而中国的许多剧场，包括工厂的俱乐部，全都改作它用了，或者成为洗浴中心，或者成为饭店，或者成为仓库。这是一个民族的耻辱，这是一种愚昧的证明，这是令人讨厌的行为。在这样的事实面前，我们永远骄傲不起来，我们的形象永远是丑陋的。我的这些认识，是到了抚远才得到的。

我们站在哨所的瞭望塔上面，用望远镜看黑瞎子岛。那天风极大，偶有雨滴。自由的江流，平坦的绿野，舒展的云涛。黑瞎子岛静静地卧在那里，有小船点缀在江水上面。黑瞎子岛的部分土地就要归还中国了，那种感情是很复杂的，那段历史也是很复杂的。或许它太复杂了，让我们一时还说不出一种完整的感觉来。

11

晚上，虽说我已吃过晚饭，但边防的王政委却请我们几个作家到一个家庭式的饭馆吃饭聊天，因为军旅作家徐岩和他们是好朋友，所以，晚餐搞得很丰富，有炖鲶鱼、大头菜炒大马哈鱼、土豆炖鲟鱼，这种做法以前是没吃过的，显然是一种纯民间的，确实好吃。另外，清蒸鳌花，杀生鱼，红烧鲤鱼，都可圈可点。徐岩在酒席上朗诵他的诗《断树》：

> ……年轻的自己
> 他们选择断树做碑
> 选择黑土作永恒的墓地
> 断树断了很久
> 英雄也睡了很久
> 阳光下我看到有一小块弹片
> 在他们的骨头里音乐般地旋动
> 是亲近我诗歌
> 最深最深的语言
> ……

抚远的边贸是一个新兴事物，我们到城里去看。边贸城里的商品没什么可说的，可能在中国人眼里它们太普通了，简直是一个百货公司，什么都有。最有趣的是，这里的小贩们个个都说一口流利的俄语。在干净的集贸市场里，到处是俄国民间商人。他们个个都显得非常兴奋，步履匆匆，感觉是在抓紧时候购买中国货。我们还到一个专卖俄国货的商店，说心里话，是否是真的俄国货，心里是没有底的。不过，这里的酸黄瓜、鲟鱼酱、巧克力倒是地道的俄国货。价格还好。其实，买东西就是买一种心情，价格无所谓，又不是买南非钻石。

然后，我们乘船去游黑龙江。游黑龙江的时候雨已经停了，大家的心情很好。看到黑龙江仍旧是那样厚，那样强健，心里非常高兴。因为许多内陆的河、江，由于水电站，由于种种的情况，都变得很瘦，很薄，以致断流。但黑龙江作为界河，得天独厚，始终保持它原有的风貌、原有的气魄，这实在是一件大好的事情。的的确确，作家是不能待在家里，应当走出去。一些文化工作者他们不大了解作家需要深入生活这样一个事实。甚至对这样的事情有一点冷漠，而我们作家自己也由于种种懒惰不愿意走出去，这是一个错误。作家无论如何都要走下去。像俄国作家索尔仁尼琴，他放弃了莫斯科的户口，到俄罗斯大地上寻找大地的灵感。当年的契诃夫，行程几千俄里，穿过冰天雪地，到库页岛去采访，写出了有名的《第六病室》。所以，作家不要待在家里。我们的文化工作者也不应当让作家待在家里。我们省的有关领导就热情地给作家们创造条件让他们走下去。中国作家协会和一些省市作家协会在这一点上也做得非常好，值得我们学习。想想看，当年那些创造赫哲族歌曲的作曲家，也正是因为他们走下去才创造出这么多好听的歌曲。如果他们继续待在城里能写出什么来呢？

晚上，在"赫哲酒家"吃饭，女老板长得像一个典型的赫哲人，她的女儿舞跳得很好，完全是自编自演，有赫哲人的遗风，而且她跳的舞得到我们专业艺术家的赞赏。有人便出主意，希望她考民族歌舞团。她的母亲很兴奋，取出一瓶酒来敬我们。你说，这赫哲女人有多实在。

12

晚上，我们到部队演出，这是一场比较正规的演出，是和部队的战士一起演，王恩斯的魔术，宗成滨与冯永志的相声，王殿云与许长友的相声，小徐的流行歌曲《家在东北》和老马的快板书，都是非常精彩的节目。部队战士的演出水平非常高，展示的是军营文艺的特点，真情，真实，与战士贴心。相形之下，文人就逊色多了，他们什么也不会表演。后来，诗人王立宪即兴创作了一首诗歌《抚远》：

> 抚远
> 像是为了抚慰我们这些远来的人
> 你站在这里
> 黑龙江乌苏里江
> 像你多情的眼
>
> 昨天你是我们生命的远方
> 今天当我置身在你的怀抱
> 你用凉爽的风
> 吹动我的衣衫

你那出没风波里的船
正以怎样的依恋
打捞着幽远的爱情
鲟鳇鱼那经典的欢跳
把大江的灵魂
带向了我们心之岸

你山中有足够的白桦与我拥抱
有足够的云雾与我缠绵
你的绿塔头
是怎样滋养了我的渴盼

抚远
我从一个孩子的舞蹈
看出了你的活力
看出你的手臂
正在拥抱一个又一个的远

抚远
你亲切得如一首赫哲族的古歌
如把盘盏送到我们面前的姣美的姑娘
如我身体感知的洁白的床单

抚远

我会记住你的抚慰

记住人生这难忘的瞬间

这一瞬间就是永远

晚上部队招待我们吃的是全绿色食品，白鱼、鲤鱼、鲶鱼、木耳、馒头、面条等等，全都是绿色，一点化肥也没有。这让我感慨万千。

第二天清晨，我和女儿冒着雨去黑龙江边看打鱼。在去江边的路上，穿过树丛，穿过沙地，天上密集的雨，脚下泥泞的路，草气、湿沙、养鱼的沙坑，摆放在渔船旁边的大白鱼、鲤鱼，一个渔人穿着雨衣靴子。这一切，让我回忆起当年的松花江。也正是在这一刻，我找到了当年抚远那种天堂的感觉。

翌日早晨我们踏上归途。女县长热情地请我们吃鱼肉饺子。20年前在侯家餐馆没吃上鱼肉饺子，20年后了此心愿，真是不胜感慨。

雨仍旧在下，20年前，我很年轻，不怕。现在不行了，在我心里有一个声音提醒着我，到边城去，一定要多穿些衣服哟。

风流帝都满族乡

　　春风咋到，我和诗人朋友范先生一块儿乘车去阿城。而今的阿城是哈尔滨的一个区，之前是县级市，称阿城市，若是再往前说，这里便是龙兴之地大金国的帝都——金上京的所在地了。此番二位闲人要去的地方，就是古之帝都阿城区的料甸满族乡。既然是当地的八旗后裔称此为满族的源中之源，便是不闲也当去此一瞻哪。

　　门外天涯，景象苍茫，蒙蒙的冰霰在万里而来的春风之下，虽无心盼的绿色可赏，但春的气息，已在料峭的雪野之上爽爽地醉人心魂了。

　　那个剽悍帝都的缩制——阿城金上京博物馆就不去了，先前已去过多次，知道那里有许多珍贵的馆藏，别样的史话，为八方看客打开了许多历史的谜团和尘封的旗人记忆。不过，还是敬礼通过，直奔主题吧。

　　离料甸满族乡不远，便听到了青天下驯鸽的飞声。你得承认，现在乡里的干部都很年轻，能感到乡政府的生机与活力。关先生是这个满人之乡的一位文化干部，知道他曾在黑龙江大学专门进修过满语，是乡文化干部当中唯一看得懂满文，会说满语，亦可以翻译的人。年轻人轻快磊落，跟我们聊了很多。关先生的祖上就是京旗移民，用他的话说是最早插队落户的"知青"，是正红旗。我一时说不清正红旗是否是皇帝亲领的上三旗，便问他，移民之前祖上是做什么的？他说，家谱只写了"至京而来"，前面的事就不知道了，不过先祖的名字是知道的，到了年三十儿，满族人照例要哭包袱——包袱是纸包袱，里面放上金银锞子，在纸包袱的外面写上祖先的名字，一边烧一边哭。我问为什么？他说，不单纯是一种缅怀哭祭的行为，其中绝大成分是哭失落的江山。满人之前称大金，哭的是一度被蒙人夺去的家园。这有点颇似犹太人的哭墙——春秋流转，在今天，这不过是一种端庄的形式而已，江山已人民做主，满人是中华大家庭当中的鼎鼎一员了。

当时从京旗移至料甸的满人很多，至于移民的道理，不外乎减轻京城人口的压力，保持旗人骁勇善战的素质，守卫龙兴之地，含有固国安邦的含义。回溯得知，朝廷对京旗移民均有很好的安置，譬如，朝廷事先派人马到这里，事先为即将到来的京旗移民造好房子，挖好井，配好耕牛，准备好石碾子和相关的农耕用具。京旗移民的满人民居，在料甸，为北斗七星式的布局，勾连有距，颇具军事意味，打仗了，京旗移民个个是当然的战士，和平时期便从事农耕。屯垦戍边也是古来的军事文化传统。

料甸的满人以西为大，在满人的宅内，万字炕西面一侧的墙上，一律供着家谱，或者悬挂老祖宗的彩色画像。长辈住在西屋，儿孙们住东屋，至今依然。一般说，满人每五年或十年就要搞一次祭祖活动，续家谱，搞祭拜，祭祀者身上系着的所谓子孙口袋里，大抵装的就是近年来大行者名字的文本。

所以，一定要到老满人家串个门儿。兆老先生一家人从京旗移民此地就再也没动过地方，一族人前仆后继，一共居住了240年。兆老先生今年已经91岁高龄了，我还从未见过如此陶然泰然的满族老先生，身体也惊人得好，他说，"我听我老爹说，当时移民的时候谁愿意来呀？这荒郊野岭的，谁都不愿意来。"我问他，您老爹一家是从京城的啥地方来的？他说，"北京草帽子胡同。"我问，那祖上是干啥的呢？老先生说，"我听我老爹说，是当差的。乾隆二年我们家就到这儿了。"我问，当时这里是个啥情况啊？老先生说，"这屋外面全都是树，大松树，大青杨，野果子树，各种树都有。下晚黑儿人不敢出去，得成帮结伙，敲锣打鼓走，老虎妈子、熊瞎子可多了，咬人哪。"我问，有大夫吗？老先生说，"没听说有大夫。"我问，那有了病咋整啊？他笑着说，"那就死呗。要是老也不死，人不就越来越多啦？得死。不像现在，这医院那医院的，来抬人，人都死了还给救活了。那时候没有。"我问，当时不是跳大神治病吗？老爷子说，"我们家不信那个。有的人家信。"

所谓跳大神儿，其实就是萨满教的一种方式。萨满教并不具体崇拜什么神，只是率性地表达对自然界山川河流，虎豹熊狼的顶礼膜拜，影响大且广泛，今日颇热的"二人转"中的很多艺术手段就是从萨满教那里移植过来的，譬如萨满教中的"答对"，即大神和二神之间的一问一答，后来便转为二人转幽默的"斗口"。黑龙江许多有地方特色的文艺形式，歌舞都和萨满教沾亲带故。满族人接受新鲜事物很快，讲究的是实用主义。这是马背上的民族特质。过去，满族乡的老百姓喜欢搬家，所谓二八月大搬家，但这一习俗于今已渐渐消失，满人的生活好了，住宅都砖瓦化了，这家不能再搬了。

阿城区的书记、宣传部长说得对，外乡人到这儿来看看金上京，然后到咱料甸满族乡转转，参与参与"莫勒克"（射箭、采珍珠等竞赛活动），玩累了，再吃上一顿地道的满人八大碗儿，多好啊。

……

诗人范先生的母亲也是满族人，也姓兆，此番来，见到兆老爷子觉得非常地亲切，如是亲人一般……

当晚，红盘乍涌时，范先生赋诗一首。抄录如下：

　　我赴阿城拜满乡／族亲同姓听衷肠／依稀久别重来过／此后余音梦里长。

风雪山河赋

　　乌珠河在历史上是颇有名气的。也有称它为"乌吉密河"。古文献上记载，乌珠河产一种黑珍珠，据说非常之名贵，为稀世之宝。清高宗到这一带来赏山水，为此曾写了一首《吟东珠》："盈盈一水限同乌，两界河山此地殊。岸涌长流横北鄙，天生异宝出东珠。"

　　古年月，这一带，都是野山野岭。山名都诗样地好听：笔架山，扇面山，春秋岭，灰菜岭，羊砬子，凤凰砬子，野峦纠纷，百岭迤回。这一域河流也网一般。其中，蚂蜒河，亮珠河，大泥河，水势最蛮。所有的河水，最后都注入松花江。古赋云："下流仍被黑水吸"，黑水即今松花江。那个时候，八月已秋寒了。所谓"胡天八月即飞雪"。除正午外，须穿皮袄——皮大哈！霜降后，即行飞雪。是真正的鹅毛大雪。横飞起来，有速度，像胡马群奔。又春之二月，这一域朔风最猛最狂，兼轰然雷声，"使人听此凋朱颜"。一队一队的风窝在山坳里呜呜地哀号，彻底不歇息，如丧考妣，闻者无不下泪。现在再没有这样的风了。山水的氛围，亦不如祖辈的雄烈与残忍。风过来得很和气，亦谦卑。

此为《故乡赋》之三也。

壁上人家

　　我是畏惧盘山路的，倘若司机开慢一点还可，万一持舵者英雄起来，其浑身的痛苦便梦魇般的无可言状了。

　　还好，大巴在那个鲁人手中开得并不飞快。于盘山路上千回百折之后，车子在一个转弯处停了下来。下了车，仰头看去，一面巨大无朋的山壁屏风似的立在一条山水河的对岸，那云之缭绕的山壁上，依稀可见挂着一排红灯笼的寻常人家，这便是有名的"壁上人家"了，其神其态，宛若缕空的壁龛一样，自在着一种妙不可言的神奇。

　　主人说，就到河对岸的"壁上人家"去吃烤全羊。这几天下来，已经是一肚子的花色海鲜了，五脏在燃烧了。听说去对面半山腰上的"壁上人家"吃烤全羊，心中不免大喜。

　　去对面的"壁上人家"须过一吊桥。过桥的滋味儿就是微微地晃着，桥下有深谷，谷中有河，山水在脚下过，人在吊桥上"踱步"，也有一种逗英雄的小小自得在里面，感觉居然别致，重温了一遍少儿时的幼稚。

　　过了吊桥，便到了山壁的脚下，仰头看，仿佛头上的山壁排空压下来一般。一干人循着石阶向上攀。途中旋转之处，偶尔可见壁上人家木质的小楼和养着红鲤鱼的简陋水池，觉得这人哪是在诗中，诗在画中，有一种超凡脱俗的享受。

　　到了那个专门烤全羊的"壁上人家"，果然有当地的宣传部长等在那里。几个人便先坐在宫阙一般的饭店门前的长椅上休息一下，一边喝着主人热情奉上的菊花茶，一边俯瞰着山下的人间，居高而临下，悠然间，灵魂竟有不同的觉悟。反倒是觉得人间的现代种种，比如轻轨列车之类，有些匪夷所思了。

　　全羊烤好了，端上来，两桌食客各得半爿，羊肉烤得奇香，让人垂涎三尺。在金黄色的烤全羊"身"旁放着几把锋利的刀子，于是，一伙人，或手撕，或刀割，或抓或拽，土匪般地大吃大嚼起来，在呼噜呼噜地咀嚼声中，夹杂着混沌不清的赞美之词。在喝当地的土烧时，几个人觉得不一样。于是，店家介绍说，这是糯米酒，劲好大的，但很解决问题。当地的宣传部长也介绍说，这种糯米酒是先烧成黄酒，再烧成白酒，所谓酒上酒，是精品哪。

　　佐酒的还有山野小菜和炖豆腐。山野菜中的蕨菜比东北的同类要纤细很多，吃起来清脆，口感很好。炖豆腐也不错，显然是地道的农家菜。不过，这豆腐炖也是炖了，炖时似乎也先煎了一下，但吃在嘴里，那种口感，味感，嚼感，跟东北却不一样，你觉得应该再咸一点，煎得应当再重一点，但它却不，就是那样不咸不淡，煎得也很普通，像人一样，是一种有个性的豆腐，很好。倘若在这里吃那种东北风味的豆腐，反倒是咄咄怪事了。

吃过了，喝足了，从天下的石阶上下来，再过那个吊桥，乘车，径直爬山去石桅岩的宾馆下榻。

这一夜，石桅"活"了，在电闪雷鸣，狂风暴雨之中，在天河之上颠簸前进着。这一夜睡得不今不古，似睡非睡，但人毕竟在天上，做了一回天上客，不就是要的这种体验吗？

翻越祁连山

"祁连"在匈奴语中是"天"的意思，即"天山"。

走翻越祁连山这条路，其实就走在当年霍去病出祁连山，过河西走廊，大破匈奴这条征伐路上了。王昌龄的那首诗最能展示当时那种气氛了："青海长云暗雪山，孤城遥望玉门关。黄河百战穿金甲，不破楼兰终不还。"

中巴在祁连山的山谷里行驶，仰见无数座狰狞的山峰犬牙交错，犹是烈马从高天俯冲下来一般，真让人心惊肉跳。每一座山的山顶均被白色的雪线勾勒着，构成了独特的山的隐语、山的性格、山的风采。

中巴在行驶至大坂山的途中，我发现在极高的远天上有一座无比神奇的雪山，这山似雪似冰，在第一感里那是一座银色的圣山，是一座有着丰富内涵的银色城堡，是天国里的一座城市，是一位女神的宫殿。徐霞客说，"黄山归来不看岳。"我想，他之所以说这样的话，是因为他还没有看到过如此神秘的山吧。

中巴人在青石嘴镇打尖。这是一个狭长的，由藏、回、汉等民族杂居的小镇。说句玩笑话，汉人在这里无论如何要算是少数民族了。小镇上随处可见等车的回、藏人。回族妇女都戴着或白色或黑色的伊斯兰风格的纱头巾。当地人告诉我，白色与黑色头巾的不同，是新教与老教的区别而已。

下了车后，我们无论走在哪里，跟谁聊天，都会围拢上一大堆当地人，热情地回答你提出的任何问题。比如山上的一簇草是什么草，答曰"毛刺"，比如娶媳妇得多少钱？答曰，两万。

我们打尖的小饭店有一大铁炉子，上面烧着儿壶开水，进门的一侧，挂着半爿牦牛肉。跑堂的是一个回族少年，人长得特回民，戴着一个绣着花边的小白帽。招待我们喝的是咸咸的"伏茶"。如果客人觉得茶汁不咸，桌子上还备有一碟土盐，可以添加。

是啊，盐可以生力气，有了力气，人才勇敢哪。

除了炖牦牛肉外，主食是拌肉面。盆大的碗。城里人根本是吃不下。其实，从进入青藏高原以后，一行人喝的差不多都是烈性的青稞酒了。什么茅台，什么五粮液，在这里没戏。

吃过中饭，中巴车继续翻越祁连山。一路上，高鹰、冰瀑、雪水河，连同祁连山的采玉场，乃至随着阴云浮风变幻的山色，让人叹为观止。

黔鄂日记追润

4月14日

从海南到贵阳，乘飞机要从广州转机。90年代初我曾到过广州。当时的广州白云机场给我的印象是极好的，干净而有序。我觉得从那里过站是一种享受。

十多年后我再到这个机场，再次身置其中，先前极好的印象一下子消失了。整个候机厅像杂乱的自由市场一样，至少有三分之一的地方被一些商亭、摊床及各种餐店所占，不少候机的旅客没有地方坐。而且，像所有的机场一样，这里的商品均贵得出奇，出格，有一种乘人之危，有一种打劫的味道。市场经济是不错的，但是，社会主义市场经济是讲道德与良心的，大撒把这么干，就不再是纯正的社会主义市场经济，而是投机了。

机场内常见穿得溜光水滑的服务小姐，像模特似的走来走去，据说，她们一个月挣几千元。但是，她们的服务水准也就是三四十元的水平。

市场的管理似乎也很混乱，我乘坐的那趟班机延误了，广播中一会儿说是机械原因被延误，一会儿说是飞机周转原因被延误。有旅客说，什么原因也没有，就是旅客少，把两个航班拼成一个了。在候机场询问，回答说，这是飞机上的事，在飞机上追问，说这是机场上的事。都干得挺熟练。一副兵来将挡，水来土掩的架势。个个"训练有素"，胸有成竹的样子。

我乘坐的3411航班，16点30分钟起飞，但飞机上既没有正餐，也没有点心，把人都气笑了。

记得乘飞机从三亚起飞早上8点40分，上了飞机也没有早餐，只有一杯饮料就把全飞机的旅客都搞定了。会不会是各大航空公司，像全国各大学一样，是彼此重组后才出现的混乱呢？但愿如此。

……

38年前，我还是个十几岁的学生时，曾去过贵阳。那里有我的两个班的同学。他们是从哈尔滨的交校分出的一部分支援大三线，当时，他们正在贵阳交校读书与实习。

我们是去看望他们——当然，也是年轻，想游历一番。

贵阳市被南山、乌峰山、云贵山、毛安坡等环绕着，那条南明河从市区流过。38年后，我再来此地，记忆是不多的，单记得市内有个头桥、二桥。问出租车司机，司机说，还在，不过，那条路已经是城市的主干道了。因为我此行贵阳是路过站，马上要去遵义。因此无法从容地旧地重游。

　　38年前的贵阳在记忆之中是很单纯的。似乎只有一二条主干道。周围是山，山下是火车站及从火车站派生出来的几条街道与小城，好像人口并不多。街市很古旧，街上偶有背篓的妇女和披着麻袋的可怜乞丐。我还看到在一个中药铺里，一位老中医正在用毛笔为一位抱着婴儿的妇女写着药方子。

　　38年前最欢快的记忆，是在一个雨天里，当地的少数民族青年男女在马路两边对歌。有警察冒雨维持着秩序。如果这一对青年男女唱上了心，便冒着雨分别从马路两侧跑出来，然后拉着手走掉了。

　　……

　　老父亲说，在贵阳我还有一个四叔，但是我从未见过他。陌生感让我打消了去拜访他的念头。

　　38年之后，我应朋友之约参加遵义市文联组织的"重走长征路"活动。当时，我恰好在海南写完书，又是顺路，便再次从这座城市经过。真是久违了。这座城市变化很大，迎宾大道，大十字，颇有上海南京路的气派。这让人高兴也让人失望。中国的各个城市差不多都是一个模样，中不中、西不西，有一种压迫感。驱车过市，我还看到有"撒尿牛肉丸饭店"及"流泪降价"的招牌。有意思。在火车站附近有不少怪怪的人，鬼鬼祟祟地招徕"看录像"的生意。

　　的确，记忆中的老贵阳已消失了。

4月15日

从贵阳机场下了飞机，驱快车，过乌江，到了遵义已是晚上。进了遵义城，夜空之上镶满了闪闪发光的银币。车过湘江河时，工人们正在湘江河下挑灯夜战，修筑河道，他们必须抢在即来的汛期前将河道修好修牢，否则，前功尽弃，上千万的工程费将付之东流。月光之下，那里的情景便是随便瞥上一眼，也兀然增加了几分紧张气氛。

每个城市都在忙啊。

车停下，仰头看，此楼便是我的下榻之处——遵义宾馆。30多年前，在我还是一个不足20岁的小青年的印象中，遵义城最大最高的建筑仅仅是"遵义会址"。而今，堂堂的岁月，使万家灯火的遵义小城拥有了大都市的气派了。

人越来越老，城市却越来越年轻喽，二律背反吗？

不过，先前小城自己的特色已经逐渐消失了。我想，无论如何，建筑设计师在保护与张扬地方特色上是失职的。太过追求现代化建筑的方式能证明个中之人是现代化的人吗？

历史上的"遵义会议"是中国共产党生死攸关的转折点，毛泽东在这次会议上针对"左"倾主义，针对五次反"围剿"的失败教训作了长篇发言。毫无疑问，这次会议也是毛泽东一生的转折点。中国未来的前途，毛泽东的政治生涯与遵义会议紧紧地联系在一起。因此，遵义不单纯是史称的"鳖"国、郎洲与罗蒙，而是中外驰名的革命圣地了。

30多年前，我到遵义也是晚上，依稀记得住在一所学校里，打的地铺，有一个说一口流利北京话的当地少年招呼着我们。坐在地铺上，周围有山野陪着。遵义城万籁俱寂。当年的那个少年如今怕已是50多岁的人了吧。

4 月 16 日

这次重走长征路，是从遵义市的忠庄开始到崇明河（按说，应从黔榆交界处的"黔北大门"那边往这头走。那边的山壁有文曰："黔山凉爽，蜀地温馨，祝君好走"）。我们是从遵义方向出发的。资料上说："贵州省崇溪河至遵义，高速公路是GZ50国道主干线的贵州境北段，也是国家重点规划建筑的国道主干系统'五纵七横'十二条干线中的重要路段，也是落实国家西部大开发政策，贯通西南出海大通道的咽喉工程……对加速发展区域经济、兴黔富民，都具有十分重要的意义……崇遵高速公路全线采用全封闭，全立交双向四车道高速公路物标准，路线全长117.924公里。成为了与中国革命历史遥相呼应的长征路，也是贯穿黔北经济不发达地区的大动脉。"

有道是："世界公路看中国，中国公路看贵州，贵州公路看遵崇。"这一路上，群山纠纷，百岭迂回，险峡处处，沟壑纵横。车子一会儿在狂舞般的盘山道上走，一会儿又驶上尚未竣工的新路工地、山之隧道。车总在山上旋转、旋转，人总在颠簸、颠簸。贵州有谚云"天无三日晴，地无三尺平，人无三分银"。

更有娄山关天险，七十二弯道，海拔1450米的凉风垭，420米深的松坎河谷。一路上，桥连桥，隧连隧，桥桥隧隧成为名副其实的"世界级难度的公路"。一万多筑路工人战胜了不可战胜的天险，搭出了天上通途，重写了人间神话。贵州诗人李发模在他的长诗《遵义之歌》中写道，"撒一把鸟翅，让山飞翔起来。"气魄大焉，了不起，太了不起了。这一切，无论如何让外乡人顿生几分感动的。

顺手抄录了几则隧道口处的联文：

> 红军北上，野渡仍雄争战处；
> 紫气东来，长虹又壮遵义城。

> 我们开发未来，开发信心，
> 为了让人活着是人，
> 让天人合一，人与自然亲近。

> 雄关漫道，雁叫长空，马蹄声碎，叹苍山险阻；
> 鬼斧神工，洞开仙境，车辆音悠，喜胜地奇观。

> 七十多道弯，弯成历史
> 四千余米洞，洞穿未来。

遵崇公路不仅是一条革命路，也是一条经济路，生态路，文化路。

4月17日

下榻松坎镇的路边小客栈。古称此地为"夜郎"。与湘地的"夜郎"一样，均有李白曾在此地居住的传说。

小客栈的门市紧贴黔榆老公路边上，几乎没有人行之道。公路上满载货物的长途卡车往来不绝。在客房里一开电视，车一过，荧屏里的小人无论怎样地端庄，也要跳荡起来。见卡车驶来，路上背篓的妇女便站在路边等卡车驶过去。背篓里有山野菜，或猪菜，或小孩子。小客栈的后面，紧贴山崖。山崖下的松坎河谷有400余米深。谷地河滩广阔，山溪从迎面的山峦中冲出，即肆意横行，故河滩上多小溪。有驮篓的骡子在谷地河滩那儿驮河沙。

晚上吃的是对面路边店木桶里的白米饭，其中的好菜是梅菜扣肉，农家自熏的腊肠、麻辣豆腐。总之，黔地之民俗不放辣子是不炒菜的。喝的是"遵义白酒"，够劲儿！

由于小客栈与公路紧贴，人便与睡在公路上无异，一夜的风驰电掣，轧得人只剩下一张皮了。把人搞惨了。翌日早起，晃晃悠悠，许久，才招魂进来重塑肉身。真须另修一条公路了。

因为假为"贵客"，小客栈居然破例地备有一次性的新毛巾、牙膏、牙刷之类。于兹之下，特别地不好意思。

4月18日

黔地的菜，无论官肴还是大排档，全是辣的——感觉这里是不放辣椒不炒菜的，连腐乳也放辣椒末。据说，在贵州有一个全国最大的辣椒城。单是，黔地的汤却是清的，不放辣椒，里面或是冬瓜或是削了皮的黄瓜，一喝，清水一样，才知道这里的汤是不放盐的。不仅汤不放盐便是炒花生米也不放盐，吃起来有些心不落底，有些茫然。

值得一说的要数乌江鱼。主人招待我们大吃了一顿。其炖法很民间，有点像黑龙江的德默利炖鱼，也有豆腐佐之。乌江鱼果然很肥，肉细腻，辣是辣了一点，但很爽口。

在黔地有名的小吃大抵要算是米粉了。当地人不谈"米粉"，而亲切地说"米粉儿"。加了一个儿音，好像是自己的幺娃子似的。

除此之外，还有酸汤面、蕨菜粉、米豆腐等等。都别有一番滋味。而今全国的城市差不多都趋同了，唯有说话的口音和食物顽固不变。难得。倘若全国的吃也趋同了，一样了，这生活的滋味又在哪里哟？

4月21日

海龙屯位于遵义县高坪白沙村的万仞龙岩山上，离遵义市城28公里。为我国现存的中世纪最后一座军事城堡。山势极为险峻，千斤巨石筑成的重重叠叠关隘，依山梁10余里而不绝。山路极窄，下临百丈深渊。明史称"飞鸟腾猿，不能愈者"。虽海龙屯三面为悬崖，但山上却水源充足，燃料不愁，是冷兵器时代绝佳的屯兵之地。当年据守在这座古城堡的土司杨应龙，有"半朝天子"之称，他"所居饰以龙凤，僭拟至尊，令州人称己为千岁，子朝栋为后主"。有联云"养马城中百万雄师擎日月；海龙屯上半朝天子领乾坤"。传说，当年修筑这座城堡的民工，倘若一天之内不能穿破一双草鞋，便会被官兵杀掉，扔到万人涧中。故有"愿赴蜀，不赴黔"之说。

因偶感风寒，故坐滑竿上山。陡峭的山路碎石嶙峋，间有山水润浸，且陡且滑，十分难上。东北病人便是老爷般地坐在滑竿上吱呀地悠着，也被丛生的险途吓得胆战心寒。常常在滑竿上被抬得仰面朝天攀险壁。心想，万一抬竿的汉子一脚蹬不牢，人就与万人涧中冤魂为伍了。

明右参政兼按察司金事张文耀说："娄山诸险、五丁莫开、海龙屯高千仞难跻，似以徒费兵力。"但是，这个坚固的城堡还是被前去"戡乱"的朝廷命官李化龙的42万大军所破。这之前，李化龙自谦说："臣才术短浅，品格中下，文不足以经邦，武不足以定乱。"城堡被攻破，大势已去矣，杨应龙烧了宫殿，然后自缢身亡。

滑竿到了山顶，有一旧庙。据说，此庙是为了安抚与超度古城堡的民工冤魂所建。

我就站在中世纪最后一座军事城堡当中。历史复杂心情也复杂。郁达夫诗云"江山也要文人捧"啊，杨应龙毕竟给人留下了一处耐人寻味的旅游之地。

4月24日

在贵州时，湖北的文友听说我们在贵州，便邀我们去湖北看看三峡大坝。差不多也是顺路。那就去吧。作家总不好待在斗室里写，或者放下笔人模狗样地去做官，批公文。那就失去了当作家的资格了。要知道，写这座城市的作家本来就不多，别再流失了。

乘火车先到武汉。武汉，我在30多年前去过，是工厂让我去那里提一辆旧车。对武汉的记忆有，我住宿过的大东门饭店。这家饭店还在，只不过是改了名字了。还有"彭刘杨路"（因为这四个字在湖北话中差不多发一个音）。那个地方曾有一个火车票预售处。这条街也在。我还记得我给工厂领导的信中汇报说，"车是无法包装托运的。武汉三镇只有竹子，竹子的性格是谦虚有节，断乎承担不了包装之重任的。"领导看了信后笑着说："考！"

在主人招待的早餐中，有热干面，麻麻的，咸咸的，筋筋道道，一吃，一品，让我一下子想起来了，三十多年前这东西我是吃过了，还有豆皮和大食堂炖的武昌鱼。

武汉的交通似乎不畅，我想，主要是大工厂太多的缘故吧。

我下榻的一家纺织宾馆，不远处便是东湖。30多年前，我是游过东湖的，在那儿喝过一块钱一杯的贵茶，赏着湖中的荷花以及"高山流水"的典故。而今，东湖不再清洌了，污染得很严重，政府正在筹巨资治理——可是，很难呐，如果把东湖边的所有建筑都迁走可能会好一些，但是，谈何容易。

总之，一座城市有一座城市的难题。大家都在努力着。

4月26日

在宜昌，招待下榻龙泉山庄。龙泉山庄就在长江边的龙泉山上，大山奇秀可爱，满山的栎树、松树、野枇杷、梅花、翠竹、银杏、桃树及幽洞怪石，天上正下着毛毛细雨，一行人打着伞在半山腰上的栈道上走，长江在远处流，一时吟兴颇豪，得打油一首：

> 浮客栈道过陡崖，
> 悬江碧透藏地来。
> 拾阶欲上天庭路，
> 热血从来满壮怀。
> ……

4月28日

龙泉山之松楼，北面与三峡大坝遥对，南面与葛洲大坝相眺。侵晨未起，便是一耳的鸟鸣。好心情，好心情。打开窗子，便可鸟瞰长江。江中的汽船似乎走得很快，只留下缥缈的汽笛声在山壁间回荡。

早饭后，驱车去三斗坪处的三峡大坝和距此40公里之外的葛洲坝水利枢纽。这之前，虽然有过几次游"雄、奇、险、秀"之老三峡的机会，无奈俗事链身，失之交臂，非常遗憾。

发源于青藏高原的世界第三大河流长江，流经青、藏、川、滇、鄂等11省，到了这里，拦江坝水，让它为国计民生做贡献，这既是天大的奇想，也是旷古的伟业吧。这座世界上最大的水利枢纽工程，而今已成为我国的工业旅游之地。人工的创造与自然的周旋，总让人有一番感慨在心头。

据说，三峡江段仍有若干古迹保存完好，也有一些被迁至江段的另处，易地复制，如白鹤城枯水题刻，张飞庙、石宝寨、屈原祠等。眼下，我只是站在三峡大坝上观看，时间紧，倘无乘船游江的可能，也无观赏瞿塘峡，巫峡和西陵峡的机会。所以，还不能道出更多印象。好在，青山不老，绿水长流，后会有期。

体验洞头

　　尽管走遍了大半个中国，但是，洞头对于我来说还是陌生的——其实，对于一个喜欢旅行的人来说，体验陌生才是货真价实的旅行。

　　车子到了洞头，天正在下雨，半壁山、避风港，全部在麻匝匝的凄雨之下。这样的天气对于写字的人来说，是一种偏得。

　　一行人先是去参观状元岙的深水港码头。正在建设中的码头旁，正在从不远处的海底抽砂填海，城堡似的沙围，偌大的抽砂设备，俨然古罗马的斗兽场，含着黑砂的海水从海底下被吸出来，轰隆隆，龙跃似的注入巨大的沙围之中，不仅仅让一行人惊心动魄，更让人体验洞头人那种改天换地的豪迈气概。遥想当年，说"改天换地"是一种浮夸，一种幼稚的大话，而今，却成了洞头人实实在在的壮举。据现场的工作人员介绍，填海而成的土地，用途很大，可以做深水港，可以扩大城区，建新区，开辟新的旅游景观。同时，退海三十里，还可以保障洞头人民的乐业安居。

　　据说，先前的洞头人有一半是来自福建的渔民，讲唱歌似的闽南话，而另一半渔民则是讲日语似的温州话。每年的七、八、九三个月，台风频至，大潮一来，洞头上的居民如临大敌，如同战争爆发一样，船进港，网收回，家具搬到山上，居民们全部转移到高处躲避，或者远走他乡。而自家在洞头诸岛上的房子，或被台风吹毁，或被大潮淹没——形成了一代代洞头人生存的常态。而洞头县人民政府对此也无可奈何，只好将避潮的渔民安置到高处的学校里，负责免费供应食宿，企盼大潮退下，再重建家园。而今，温州人民与洞头人民一道，气吞山河，喝退海水三十里，围坝造堤，新一个丰饶的洞头便脱颖而出了。

　　百闻不如一得。于是，一行人冒雨乘船出海，据说这是绍国兄的专门设计。大雨之中，一行人在避风港上了渔船，个个心情很好，或有诗意存焉也未可知。但是，渔船一驶出避风港，海水迷蒙，白浪滔天，大海仿佛被海底的岩浆煮沸了似的，渔船在风浪里忽而被掀在浪头，忽而又坠入浪底。此时此刻，船上的帷幄英雄、北方汉子，曾叱咤中国文坛的一旅，无一例外，个个被吓得朱颜大改，斯文全无。登船之前，还有人担心自己会晕海晕船，但船在大海里东倒西歪，忽上忽下，吓得早就不晕了。有道是"宁过千道山，不过一道水"，此言不虚矣。那个导游女孩儿说，这浪并不算大，最大时，可以翻过半壁山。一干"胆小如鼠"的文人秀女，偷眼看着侧面的直插天际的半壁山，不禁倒吸了一口凉气，心中各个都在念佛。女导游问，现在的浪还大不大，怕不怕了？大家一齐回答，还是大，还是害怕……

好不容易挨到船归避风港，一干人竟有古怪的生死之交的情谊了。过跳板时，我想，旅行者的体验，特别是到大海中的体验，倘若一律地安安全全，反倒令人趣味索然，不如这般，令人终生难忘，一闭上眼睛，便有大浪排山倒海而来。从这样的体验出发，再去放谈洞头人填海造地的壮举，才会逼出真情，"吓"出由衷的赞美来的。

……

从海上归来，路过正在填海而就的新地时，一种现代城市的景观豁然于眼前了，漂亮的、舒展的广场，十字路口上好像比北京城的红绿灯还要大一圈儿的大方的信号灯，新式的楼宇，宽阔的街道，便是东海龙王也会心甘情愿，伏首称臣。

先前，洞头人一出门，便是山路，便是坡，又窄又陡，就是面包车也掉不过头来。而今的这一新城景观或许泊入外地人的眼里并不算什么，但是，在洞头人民的心中却是改天换地的大自豪，大痛快，大幸福，大自信啊。所以，洞头人民个个慷慨解囊，支持政府的这一宏大工程。

惊魂甫定，感慨稍敛。一行人开始在餐厅大吃海鲜了，漂亮极了，一桌的锦绣：别致的辣螺，鲜嫩的红鱼，肥硕的螃蟹，昂贵的黄鱼，古怪的海菜汤，让这一行业余"美食家"赞不绝口。

洞头哟——我一定还要去的。

雨中南京

东三省辽阔的大野，在春界里，其实并无怎样优秀的展示。眼前这牵连不舍的土地，尽管逝冬的枯枝衰草仍是飒飒不绝，供我这个火车上远行的旅客观赏，然而，春的气息，春的氛围，无论在残冰浮走的野河上，还是在灰雪消融的远村中，已处处可以嗅到了。

东北的春天，毕竟是春天啊——

火车驶过了凭空而来的古长城，算是走了三分之一的路程了，日出日落，再过了儒家发祥的圣山圣土的泰山属地，那么，地处江南的古金陵便翘首可待了。

"凌厉越万里，逶迤过千城。"火车进入江苏地界，车窗外竟是一派春染的新绿了。老百姓说，江南春来早。果然不谬。

抵至南京，正逢满城雨响。仰观弥天而射的亿万条霏霏小雨，暗想，是不是我这个东北佬赶上了南方的梅雨季节呀？

六朝宫阙、十代都会的南京，于今其古风古姿似已失去十之六七，已然是一座大厦云连的现代化都市了。或许这样更好，人类总要开创自己新的生活，旧的生活与旧的生命终然是旧的，新的生活与新的生命应当拥有别于古人的新世界呀。

洗漱之后，我便独自出去一走——雨中漫行，不仅可以让人有畅然玄想的自由，而且也是自家的一分享受、一分嗜好。

雨路上的江南人，大都长得倜然而俊丽，似乎让外乡人分不出他们的个性来了。这真是一桩外乡人眼中有趣儿的风景。

小雨中，我去了金陵的秦淮人家。我依稀记得，秦淮河是古往今来文人墨客的风流跋痕之所在。那篇《桨声灯影里的秦淮河》，使许多看客心迷情醉，慨而击节。夫子庙、江南贡院、桃花渡、李香君的故居媚香楼，乃至风味小吃，花鸟鱼市都让人大开眼界。"青砖小瓦马头墙，回廊挂落花格窗。"秦淮人家的朱漆曲廊中，处处有文人墨客的题诗匾，当我读到"雨观瀑布晴观月"时，方参悟出，秦淮古肆的古情古韵非小雨而不能品出其中三昧的道理来了。

在秦淮人家，也去了那座让我牵怀多年的文德桥。漫步桥上，栏杆拍遍了。小雨中，记得少年时，我在旧书摊偶得一本民国版的短篇小说集，名叫《魂断文德桥》，这本书我读过许多遍，从那本书上得知做人做文当有"率真"二字。后来，这本小说集被朋友借去，竟不慎丢了，十分可惜。但是，在我的少年时代便知道金陵是出才子的地方。

雨中，我撑着一柄玄色的绸伞，去了玄武湖。雨中的玄武湖，一碧如天，开人襟怀。玄武湖曾是六朝帝王的游乐之所，有文字说："四周钟山烟岚，九华塔影，鸡鸣古寺等如画环列。"在玄武湖，我观赏到了浓艳逼人的郁金香、妖娆媚气的小桃红和楚楚动人的西府海棠，古人说得好："海棠不惜胭脂色，独立蒙蒙细雨中。"其情其韵，烟雨中品来好不绵长。

一柄绸伞之下，我又品尝了那里的牛肉绿豆粉丝、小笼包子和油炸藕干。窃以为色味双得，不虚此行。

出玄武湖，即撑伞去中山陵，瞻仰了中山先生的衣冠冢……

回到客栈，回到梦中，倏忽之间，心中竟逸出一缕怀乡的愁绪，所谓"乡梦渐生灯影外，客愁多在雨中生"。

可家乡究竟又是怎样的呢？

竹溪行漫记

1

7月14日上午9点我就从哈尔滨出发了，当时哈尔滨还是个晴天——但是，从这以后我就知道了，哈尔滨晴天并不等于全国都是晴天。只是哈尔滨的晴天无论如何会给人一种错觉，以为全国都是晴天呢。没想到如此之响晴之下，飞机因故障延误，打出一条红字——起飞时间待定。本来非常宽裕的时间，下午四点半到北京西客站，与这次"中国作家看竹溪"的组织者、倡导者、招集者X先生见面（他已经事先给我购好了由北京开往十堰的火车票），如果一切正常，我飞到北京之后，还有三个半小时的时间，从首都机场到西客站时间富富有余，我原来还想在路上买点吃的，如啤酒、香肠之类，犒劳一下在那里屈尊等候我的朋友们、老师们和各位首长。但是，由于"起飞时间待定"，起飞时间很快就过去了一个小时。于是我便到问询处去问，聪明的机场选了一个脾气极好、傻乎乎的小女孩子，我想，她的任务就是一问三不知。等于问道于盲。很快，两个小时过去了，我预感到了危险，马上想到改签飞机，于是，再次走出安检口，到了改签的值班柜台，那里的人居高临下地说，赶快回去吧，飞机马上就要起飞啦。现在我才知道，机场使用的"马上"一词，是指四十分钟以上的时间。结果我在那里被迫又等了四十分钟，这时候我已知道，西客站的火车要坐不成了。

当这架飞机懒洋洋地进入首都的领空时，才发现这里浓云密布、气流滚滚，飞机立刻变成了一只怒涛里的帆船，上下颠跌，搞得乘客们个个提心吊胆。后来飞机终于落地了，一看，仅剩下40分钟的时间了。上了出租车，我问司机需多长时间能到西客站，司机说，就这下雨天最快也得一个半小时。这样，只好打电话告诉在西客站等我的X先生，一切都没办法了。

我只好到一个东北的朋友那里去落脚，吃饭。正在吃饭的时候，X先生的朋友阎女士打来了电话，让我晚上7点到西客站候车室的电梯口那里等一个人，那个人将负责送我上晚上7点40分开往十堰的火车。这真有点绝处逢生的意味。

结果，还差12分钟这趟火车要开车的时候，这个人来了，他倒不着急，中途还和一位女士聊天，感觉他们是世交，后来我实在忍不住了，催他说，快开车了。这他才健步如飞地往前走，后来又跑了起来。我知道这是一个时间观念很强的人。我则拖着行李箱跟在他后面一路小跑。还有3分钟火车就要开了。他找到了这趟车的乘警队长，拿出了自己的工作证。我一看，心想，完了，他们不认识啊。乘警队长看了证件，劈头便问，你什么意思？！他说，这位同志要上车，能不能给他安排一个卧铺？队长说，那不可能，没有卧铺。他说，那，让他先上车？队长说，上车可以，但卧铺没有。于是这位同志对我说，你先上车。我犹豫了，这车上还是不上呢？没有卧铺坐一宿，老汉我够呛啊。没有时间了，火车就要开动了，哨子都吹响了——这像一组非常有动感的电影画面。

火车上连座位都没有了，而且，我很快知道，到十堰不是一宿，而是一天一宿。我要在火车中间的夹道那儿蜷坐一宿。看来我必须做出决定，去找那个乘警队长。这时候，X先生和阎女士也发来短信，鼓励我要"生磨硬泡"。但我知道，生磨硬泡根本没用，而且也不适合老人去做。找到了乘警队长，我和他非常诚恳地说，我昨天晚上就没睡好觉，如果今天晚上肯定没有卧铺的话，说实话，下站我就下车了，身体受不了。或许正是我这样一句话打动了这个人，他想了想说，老先生你先等一等吧，我无论如何给你弄一张卧铺。很快，他给我搞到了一张卧铺，是在乘务员的宿营车里。躺在卧铺上感觉非常幸福，比获得鲁迅文学奖、茅盾文学奖、诺贝尔文学奖幸福得多。所以，朋友们，不要以为没得到奖，没当上官的生活是不幸福的，这是错误的。想想看，阿成被一个卧铺就搞得如此幸福，这难道不是幸福吗？

这一段算是序言，下面我们正式开始。

2

我和X先生认识大约有十几年了，我只知道X先生的家乡在湖北，有一次，我们在武汉分手，我回东北，他回他的家乡。在我的感觉里，在他的表情上，好像从武汉到他的家乡坐火车就有两三个小时的路程，而且我也不清楚他的家乡究竟在什么地方，好像是十堰。但事实上，我这一连串的猜想都是错误的。

火车在第二天的下午3点半的时候到达了十堰，我以为到达了目的地，其实不是。另外几个作家已经等在那里了，我们还要到一个叫竹溪的地方去。我以为到竹溪至多是一个小时的路程。但很快清楚了，还要走五个小时的山路。那里才是我亲爱的兄弟、伟大的活动组织者——X先生的家乡。

司机将车开得飞快。正所谓艺高人胆大，坐车人胆小。我的左边就是秦岭，右边就是神农架。在秦巴山系里走吉普车就像一个小甲壳虫一样。我猛地一想，X先生算这次，一共组织过三次活动，而每一次都和盘山道有关。也可能X先生自己没意识到这种盘山道情结——他只要是走在盘山道上，站在盘山道上，灵魂飞翔在盘山道上，他就像阿成有了卧铺一样，有了许多甜蜜的幸福感和无与伦比的安全感。可是，阿成老汉是来自辽阔的东北大平原，那儿山不是太多，盘山道就更少了。这一下子黑灯瞎火地跑五个小时的山路，要洒家的命啊！后来，X先生给我讲了一个小故事：他带着他的媳妇第一次回家省亲，也是夜间从十堰去竹溪的盘山道上。新媳妇被盘山道吓晕了。于是，他把媳妇的头搂在自己的怀里，不让她看，口中不断地说，宝贝儿，别害怕。可此时此刻并没有人把我们的头搂在怀里，说，老汉老汉别害怕。所以老汉只能勇敢地挺着。

五个小时以后，到达了竹溪。竹溪是一个像古画一样的县城，宁静而清凉。资料上说，竹溪县地处秦巴山腹地，大巴山东段北坡，位于鄂、渝、陕三省交会处。西周属古庸国。西汉置武陵县。哦，这是一个文化名城啊。

我们下了车，纷纷进入自己的客房之后，洗脸，然后吃饭。这时就差不多已是半夜11点了。这时，有人通知我们去参加一个联欢会，大伙儿都面露难色。可主人说，演员们已经化了妆等了大半天。于是，大家都爽快地去了。倒是一个歌厅，小城有如此现代的歌厅，说明小城人的文化生活是很丰富的，小城的群众文化发展也很迅速。另外从歌者的姿态和动作来看，也完全是港台的风度和派头，挺不错的。看来盘山路并没有阻碍现代传媒的迅速普及，人们在文化面前完全是平常的。这些节目当中，给我留下印象最深刻的是山二黄的戏剧片段表演。其唱腔非常的悠扬、轻柔、古朴。为此，竹溪县委还专门安排了一个相关的座谈会。关于这一点，我会在另外一篇里谈我的个人感受，这里不赘。

3

第二天早餐之后（早餐基本上都是辣的，与贵阳、云南、陕西的风格颇为相似），我看到几位湖北和湖南籍的作家如归故里，个个吃得津津有味，而我这个老胃病却有一点不适应。好在我事先带足了药。我知道，并不是这三个省和我过不去，而是我吃辣的不行。但是，东北有很多人都能吃辣的，不吃辣的委屈得很而且很多人也特能喝酒。这一点我却很自卑。的确，美食并不是适合每一个人。

吃过饭以后，我们全部改乘吉普车（上车后通过和司机聊天，我才知道，从十堰到竹溪，那只是万里长征走完了第一步，还有好长的山路等着我们呢），先到关垭。去那里并不远，十几分钟的路，中间还要经过野莽先生过青的故宅——X先生就诞生在这里，并度过了自己丰富多彩的、山道弯弯的童年。现在，他已经在另外一个地方给老爹买了新房子。

很快到了关垭，这个峪口关垭子，史称白上关，即古秦国和古楚国的关口。在湖北和陕西交界的地方，是长达3000多华里、横跨鄂、陕、渝、豫、皖五省市的楚长城关隘之一，已有2600多年沧桑的历史了。正像资料上介绍的那样，这个地方由"两山夹峙，横亘南北，分割秦楚，自春秋始，一直是兵家必争的战略要地"。"秦楚争战后，刘邦、项羽曾在这里兵刃交锋；薛刚反唐时率部经此处打进长安；

城垣里出土过两宋和南朝的刀枪箭矢；李自成、张献忠转战鄂川陕在此安营扎寨；抗战时冯玉祥、李宗仁率部过关垭作战略转移。"由于"竹溪县地处秦岭南麓、巴山北坡，东屏荆襄，西控川陕，南连渝蜀，北枕汉水，因此素有'朝秦暮楚'之称。而且竹溪长期以来就有与陕南地方民间通婚、商旅往来、特产交易的习俗。每天都有许多楚长城那一边的'秦人'，来此贩货购物，如果不是那讨价还价的秦腔楚调，外人一时还难辨秦楚"。X先生和当地的领导也向我们介绍，"朝秦暮楚"并非是患得患失，而是楚秦相争，早晨还是秦国的关口，到了晚上就变成楚国的了，所谓城头变换大王旗。此外还有一说，就是楚国人早晨从这里出发到秦国去卖菜，卖山货，晚上再挑着空担子回到楚国来。将这一行为也称之为"朝秦暮楚"。就是现在，2008年7月，陕西那边的小贩仍然拉着自己的货物到湖北这边来卖。我们经过这里的时候，就看到路边有许多来自陕西的摊贩。看来这"朝秦暮楚"或者"朝楚暮秦"依旧在延续着。这也是成语当中不多见的人文现象。总之，城出有典，天下闻名，可以称之为游人必到之处也。于是，几位作家在这个曾经风云变幻的城头上拍照留念。

然后继续出发。

4

然后开始向龙王垭茶庄出发。资料上介绍，竹溪县龙王垭茶场始建于1966年。地处渝、陕、鄂接合部的大巴山南麓，距县城15公里（自然很近了）。区域内有山峰，名曰"龙王垭"，茶园就分布在这个海拔800—1200米的龙王垭山脉之中，这里雨量充沛，光照时间长，茶园四周群山环抱，林木苍翠，终年云雾缭绕。很适宜茶之生长。早在商、周时期，庸国人（即竹溪人）就发明了茶叶和生漆，并将茶叶、生漆作为贡品。龙王垭是以龙得名，以茶闻名。龙王垭其所在的山状像似一条巨龙，山腰上有龙洞，山顶上有龙泉，其泉凛冽甘甜，滋润着山上的茶园。而且用龙泉泡茶格外好喝。故此，朱元璋留下"长江三峡水，楚地竹溪茶"的绝句。据说，竹溪一带还有武则天饮茶解渴时欣赏并钦定的梅子贡茶。可惜未得一见。

我们到龙王垭茶庄参观，时在七月，早已过了采茶的最佳时节，采茶是看不到了，不过品茶当然没有问题。在茶场上，我突然想起一个人来，这个人是我的老恩师，他就非常喜欢喝茶……

实际上我也是一个特别喜欢喝绿茶的人，因此，每值清明前后，南方的朋友都会寄一点新茶过来。年轻的时候，两袖清风，喝不起好茶，但是，并没有因此放弃。记得在只赚几十块钱的月工资的时候，就花了两块钱买了一两龙井茶回来品，从此埋下了喝绿茶的情结。

在茶庄里，几位作家给茶庄题词的时候，我拿了一杯新泡的剑茶悄悄地走了出来，到了山崖边上，将茶汁款款地祭奠我那爱茶的老师，希望他的在天之灵能够品尝到这如此上好之茶，也算尽了我这个学生的心意。

5

品茶过后，车队继续前进，去标湖林场。标湖林场在偏头山，那里距竹溪县城西南方约20公里，海拔1324米，坐落在大巴山脉东段支脉上。据《府志通论》载：此山有祖师修行所处，至今，留有祖师庙的残垣。这一路上，车是在极窄的山林里穿行，感受十分别致。看到两边高高大大的树林，我不禁感慨起来，我们黑龙江已经很少有这样的林子了，而且我也有几十年没走过这样的山林之路了。过去我也曾经是一名卡车司机，在大小兴安岭转过，虽然那里没有如此的弯弯山道和不断盘旋的崖岭，但当年的黑龙江真是像鄂伦春人唱的那样"高高的兴安岭，一片大森林"，倒是真实的写照。而今，那里已经是光秃秃的山喽，倒是种了一些新生林，整整齐齐，但是，横看竖看，已不是原始森林的气派与模样了。由此可见，竹溪的原始森林之所以保护得这么好，与县上和人民的共同努力是分不开的，这不仅装扮了竹溪的山山水水，也给后代的子孙留下了永续利用的宝贵财富。周恩来总理在世的时候曾经说过，青山常在，有序利用。竹溪可谓其中的佼佼者也。标湖林场的森林面积有4400多公顷，大部分以杉木为主，有马尾松、华山松、榉、栲、杜仲、生漆、红果、板栗、核桃、苹果等多种林木花果。还有全国最大的红豆杉群落、珙桐群落和全国稀有的小勾儿茶、陕西羽叶报春等重要保护植物。此外，这儿的偏头山森林公园还有水草茂密的辽叶湖、飞泉流瀑的"倒溪水"、"寺隐白云深处深"的寺庙遗址和泛舟垂钓的鹰嘴石水库等景点。是玩家的好去处。我也听说这里正在搞合作开发的旅游项目。是啊，在这里的森林憩园里坐一坐，吸吸森林的氧气，品品龙王垭的妙茶，真的有一种神仙之感。这对一个普通人来说当是莫大的享受啊。

我们是在这里吃的中饭，其中可称之为特色者有两款，麂子肉和家养野猪肉，味道不错。

继续前行。

这一带的海拔很高了，差不多有2000多米。盘山路不断地转来转去。路上的村庄不多，我听说要是在山路上贩货得用骡马来驮，一百斤的货物仅付几块钱，这样的价钱对于城里来人说太过便宜，但对于朴实的山民此已足矣。我当时在盘山路上还想，这里的山路如此之多，村乡之间距离如此之长，学生上课，村干部开会怎么办呢？车上的竹溪县的领导告诉我，现在这个问题已经解决了，村乡都配备了车子，很快就到了。学校都安排学生食宿，一切都不是问题。但过去还不行，乡干部要提前一天走山路去县城，聆听党中央的指示，学生参加初中升高中的统一考试也是如此。人间换了，好啊。

在这样的山路上差不多转了五个小时之后，到达了我们的目的地——向坝乡。

6

向坝是竹溪最偏远的乡，资料上介绍说，向坝乡位于竹溪县西南边陲，大巴山腹地，东望西陵、南邻巫山、西接巴蜀、北靠秦岭，是"一脚踏三省，放眼观十县"的好地方。也是省际的边界乡和长江大三峡旅游大循环的必经通道和驿站。在这个乡有一个地方可以一脚踏三省，可惜没得机会去。但是，从竹溪到向坝跑的这足足九个小时的山路，以将旋转着的山景享受了个够。

向坝乡是一个宁静的、充满着浓郁地方风情的乡，也是竹溪县最偏远的一个乡。

乡镇建在山坡上，不是很大，似乎这儿的人口也不是很多。我们就住在这儿的招待所里。向坝乡的领导干部对我们很热情。据说这里已经有半个多世纪没有来过作家了，也有人说，过去倒是来过一位叫碧野的老作家，还写过一篇《竹溪行》的文章。再后来就没人来过，这里太偏远了，路也不好走。但现在一切都没有问题，而且，天南地北，一下子来了八九位作家。

大家吃过饭就休息了，住在向坝的招待所里，我感觉一下子就回到了那个淳朴的年代，一切都是那样清新，那样淳朴，并在轻轻地拨弄外乡人的心弦。外面的风在沙沙地响着，并带来阵阵暗香，月在云层里变幻着模样，我这个外乡人就是在这样的环境中酣然入睡了。

7

翌日晨起，去参观"十八里长峡"。这是向坝的一个重要的风景区。资料上介绍，十八里长峡在鄂渝陕毗邻的巴山山脉东北地段纵横交错的山峦沟壑之中，蔽障着一段幽深峻茂、妙境绝伦的峡谷，那里怪石兀立，古木参天，山泉连绵，瀑布跌岩，溶洞藏幽。十八里长峡有着典型的喀斯特地貌特征，峰转洞现，而且古洞成群，大者可容纳数千人，其洞延伸曲折，深不可测，兼有水洞、内有暗河流泉、舟伐可渡，且有千姿百态的钟乳石。十八里长峡有原始次生林60000余亩，生长着591种植物，以及金钗、石米等几百种名贵药材。主要景观有：独善其身、伟丈夫、千楸万椰、百年银杏、千年珙桐、红豆杉王、小勾儿茶。十八里长峡亦不乏古迹存焉，姑张公桥，该桥据考证建于清道光年间，为一张姓大户所建，距今已有300年。此外还有樟木寨，秦王坟等等。是一个"养在深闺人未识"的大家闺秀，是全国一片未遭破坏的原生态处女地，

的确，十八里长峡风景区在全国的知名度还不高，还很少人知道它。不过，我可以负责任地说，这是天下最美的长峡，这里不仅是十八景，是步步美景，处处奇观，高山瀑布，珍树异花，比比皆是。而且这一带林深嶂远，有不少蟒蛇豹子，很适合探险者之情怀。过去中国人喜欢文化游，很少有自然游。文化游就是寻找名寺名碑，名人故居，这里没

有，这里是神仙的居所，自然人是这里最大的名人。在这里只要款款走上百步便有脱胎换骨之感，人即刻可年轻十岁，老汉也有少年之心。可惜开发还尚待时日，如果能通一个森林小火车，想来也可以满足先足者之愿吧。不过，这个地方很快就要修高速公路了，那样可就便捷多了。

8

当天晚上，向坝乡举行了一个演唱地方民歌的篝火晚会，我称它是向坝乡的"心连心"。到了现场一看，真可谓是人山人海，其声势就是央视的"心连心"也不能与之相比。演唱者全部是当地的农民，既没有化妆，也没有打扮，就是换一件新衣服上来唱山歌。我觉得他们唱的山歌肯定是幽默有趣，在座的那些湖南籍和湖北籍作家听了之后都发出了开心的笑声，而我这个东北佬却一句也听不懂，只能陪着傻笑。资料上介绍，向坝民歌已被湖北省民间文艺家协会誉为中国汉民族文化中的一块活化石。其民歌不仅种类多，如号子、山歌、田歌、小调、风俗歌、生活歌等等，而且调式和腔格也异彩纷呈。据悉，向坝民歌早在明清时期就颇为盛行，其古词与古乐中漫溢着浓郁的神秘色彩。

在晚会开始之前，X先生因为是当地人崇拜的大明星，由他代表我们上去讲话，他很激动，而且他一到他的家乡口音就变了，全都是当地的口音了，他一讲话，乡民们立刻发出了阵阵的欢呼声。整个晚会持续了一个小时，最后，作家们和当地村民们跳起手拉手的舞，很多作家都跳得非常高兴。只是阿成老汉心脏不行，但还是兴致勃勃地跳了一曲。

晚会结束了，许多当地的青年人把X先生等作家围个水泄不通，请他们签名。这种场面，这种热情，这种毫无作秀的举动让我也十分感动。是啊，我们的作家应当经常深入到这些偏远的地方来呀。

玉溪啊，玉溪

在我看来，"秀甲南滇""滇中粮仓"的玉溪，是仅次于昆明的开放城市。记得有一年市政府见我多年也没有机会出国，又写了那么多有关哈尔滨的文章之类，还写了《安重根击毙伊藤博文》，而且眼神儿又那么恭顺，横看竖看，怪可怜见儿的，便让我补了一个空缺，去了一趟韩国。在韩国的清川大学，校董事长是个年轻的冷美人，她问我，您能不能说出去哈尔滨的三个理由。我很快就答出来了。后来那个陪同一旁的清川大学的教务长说，在我的印象里，这是董事长少有的一次迷人的笑容。的确，女人的甜美总是给怯懦的男人很多鼓励的——我指的是有分寸感的男人。

如果说，去巴黎的三个理由是，漂亮的法国女郎、罗浮宫和埃菲尔铁塔，去哈尔滨的三个理由是杀猪菜、二人转和冰灯。那么，我去玉溪的三个理由是什么呢？第一，可口的早餐，第二，聂耳的故乡，第三，迷人的花腰傣。然后才是其先祖的杰作与绝唱的"牛虎铜案"，才是秀山的气壮词雄的"匾山联海"，才是天水一色的抚仙湖的"大铜锅煮鱼"，才是前卫与古典相互争辉的舒心城市，才是笔走龙蛇风情万种的滇国宝卷。是啊，放眼望去，扑到我眼前的大玉溪哟，真是一刻有一刻的变化，一步有一步的境界。

还说玉溪的早餐。

云南米线固然好吃，但是，天天如是，餐餐米线，东北人的胃就会感到一种莫名的沉重。但是，我在玉溪宾馆的早餐当中却发现了面条。我问餐厅的服务员，是面条吗？那个女孩子说，是面条。肯定？肯定。我连着吃了两大碗，那种吃相毫无斯文可言，好像又恢复了三十年前的司机身份了，非常地痛快，满额的细汗。

不仅如此，玉溪的早餐当中还有西餐。这说明什么？是一种时尚吗？表达一种开放吗？当我发现餐厅里的一些洋人食客时，答案才走上正轨。

一大早我就对玉溪有如此上好的印象，如此之好的心情。我就想好好地看看玉溪。我觉得自己的精力很充沛。但是，坦率地说，我并不知道玉溪是伟大的作曲家聂耳的家乡。我不知道在玉溪和我之间究竟是谁疏忽了如此重要的一点。

遗憾的是，整个日程安排，像一支射出去的箭，我无法改变它的方向与射程，使我没有时间走遍玉溪这座城市，我猜想，在玉溪市的中心地带一定有一尊共和国国歌作曲家的巨大塑像。记得有一年我自费去了法兰克福，我诚恳地向导游申请10分钟时间，然后发疯地跑到附近的那个公园里，在德国最伟大的作家席勒的塑像前，请一对当地恋人给我照了一个相。回来的时候，我对那个台湾导游说，这回行啦，法兰克福，从此我没什么可遗憾的事情了。

……

我将聂耳的故居上上下下看了两遍。有许多难以置信笼罩在我的心头。我知道聂耳的母亲就是当地的傣族人。而聂耳创作的共和国的国歌却没有受地域的局限，反而在滇国文艺的滋养下，更加磅礴大气，气势恢弘，奏响了整个中华民族悲愤与果敢之精神的最后吼声。聂耳从此不朽，玉溪也流芳百世。正惟如此，才奠定了玉溪之城的开放精神，大局意识。

……

连续跨过三道红绳，喝了花腰傣的迎客酒，就可以进入生活在哀牢山中麓的傣家山寨了。花腰傣的山寨俨然天国的田园。傣族少年的服饰，便是世界级的时装设计大师也会惊羡不已。其实，民族的创造总是走在艺术家前面的，而艺术家在这样的基础上的再创造，就免不了有些天真和幼稚了。

如果说舞蹈起源于劳动，花腰傣的歌舞尤能说明这点。花腰傣似乎没有彝人的那种火爆与强烈，但是柔曼与轻盈，对捕鱼、插秧惟妙惟肖的表演，让人如醉如痴。

如果说，云南之旅有一种吃与爱情紧密相连，那就得说是花腰傣的花饭了。到了傣族人的"花街节"即情人节的那一天，傣族少女会用平时装秧苗的小竹篓，装上用鲜花染成的糯米饭，亲自炸的小鳝鱼、腌乍肉和咸鸭蛋，去椰林寻找可心的小伙子。那是非常迷人与浪漫的。是汉族青年永远可望不可即的梦。汉族人没有这般的享受，所以汉族人的爱情是残缺的爱情。我的忘年交的老哥哥、已仙逝的老作家林予先生曾写过一部让全国亿万观众倾倒的电影《芦笙恋歌》，便是在中美关系十分紧张的年代，美国人也盛赞这支歌是最具东方浪漫情调的情歌。

倘若傣族少女寻找到了自己的心上人，便会把秧箩饭送给他，而小伙子则会把秧箩饭全部吃光……

其实，这样"妙美"的吃食也是傣家人平常的饭菜，有道是"干黄鳝、糯米饭、腌鸭蛋、二两小酒天天干"。这很像我想要的生活。

吃过有大海一样浩瀚、有天池一样神韵、有众多山泉之水脉的抚仙湖的铜锅鱼后，便结束了云南的滇国之旅了。

多少年来，茶马古道上的马帮，出泰国，过缅甸，翻过崇山峻岭，穿过莽莽林海，涉红河，过玉溪，来到地质丰腴而润泽，来到美女如织的花腰傣，有些年轻的汉子便不走了。可我们这些外乡人还是要走的，那么，就让我们心中的那份美好的情感化作一支情歌，在甜妙的回忆中唱起吧……

印江印象

1

　　贵阳，我去过多次了。年轻时去过，那是借"文革"串联去贵阳，到遵义。回忆的滋滋味味还没品完呢，又到贵阳，然后又到贵阳，此番是四到贵阳了。

　　刚到贵阳，安顿下来，印江县政府的接待同志晚上请我们吃酸汤鱼。据说是贵阳的名吃。与之类似的酸菜鱼，我在东北吃过，里面有各种酸酸的青菜。酸汤鱼多少有一点不同，它的鱼不是黑鱼或草鱼，而是整条的嘎牙子，这种鱼在长沙叫黄鸭叫，在青海叫鳇鱼，在贵阳叫什么就不知道了。酸汤鱼锅的辅菜也很丰富实惠，有豆腐、白菜、米粉，吃起来感觉还行，只是多多少少有一点点不适应，估计是鱼刺太多的缘故吧。主食是炸鸡蛋饼，又脆又薄又香，只是量非常少，不够吃。我们吃饭的时候外面正下着小雨，这本身就具备了某种情调。楼下人喧语洪，很热闹。是有人办喜事。贵阳人结婚是晚上请吃饭，这与黑龙江不同。黑龙江的酒席，无论多少桌，一上午就干利落了。晚上请来的客，都是关系私密的人，各种表情，捅捅咕咕，很复杂的。

向晚无事，华联商厦又在宾馆旁边，就去逛逛。到这个超市里一走才发现，全国各地的商品都有，食品类有东坡肉、糖醋排骨、卤肉、豆制品、腊肉，各种水果、蔬菜、鱼类，只是鱼类非常之贵，其他的还便宜。记得早年我来的时候，这里是一派县城景象，没有几所高楼，几个东北的青少年也吃不惯这里的饭菜，只好到火车站买奶油糖充饥。而且感觉这里的人有些闭塞，国家领导人他们只知道毛泽东、朱德。

当日夜，贵阳下大暴雨，电闪雷鸣，暴雨之前，狂风大作，第一次体验到"山雨欲来风满楼"的景象。感觉这怒吼的狂风要把宾馆十八层的大楼捧走似的。

2

吃乌江鱼，在乌江渡的旁边，那里是遵义地区吃乌江鱼最好的地方。在乌江边上专营乌江鱼的饭店，一家挨一家，我们去的是江对面，有一家颇大的馆子，紧挨着乌江，迎面山壁上有毛泽东手书的"乌江渡"三个字。乌江鱼大若婴儿，胖胖的，厨子用木棒嘭嘭地砸鱼的头，砸晕之后，再开膛收拾，让旁观的吃客多少有点不适应。乌江鱼很贵，40元一斤，近乎天价了，和豆腐在一起炖，肥白相簇，非常好吃。而且是谓童叟无欺，货真价实。吃乌江鱼的配菜是两种泡菜，也挺好的，只是不知如何配吃，不得要领。吃过了，便站在乌江鱼馆的窗前，拍了几张飞速流走的乌江照片。

3

在我们从贵阳驱车去印江的路上，一路上到处都是山。用司机的话说，我们这里是"开门见山哪，一年四季都是山。山是看得够够的喽。"我就问他，如果让你们出去旅游的话，你们想看什么？他说，第一，我们想看大海，我们没看见过大海。第二，我们想看草原，平平的草原。一望无际，一直到地平线上。我们这里看不到地平线。我们这里是"地无三尺平"。第三，我们想看沙漠，无边的瀚海呀……

我听了不住地点头，觉得非常有道理。其实，若想了解对方，换位思考是很重要的。

4

在不断旋转的山路上，一两个小时就可以看到一家路边店。这些路边店是专门招待过往司机的，店主和长年路过这里的司机们都很熟，都认识。并招待他们上好的新茶。

由于贵州的山泉水终年不断，这使得路边店的卫生条件就非常之好，吃的东西也很干净，并有特色，有小炸鱼（我最喜欢吃的），有切成碎末的翠绿色青菜，凉拌魔芋粉儿，炒腊肉之类。主食是大米饭。用木桶装着。一看，风味就出来了。所以吃得很香。

在路边店不远处有一个茶场，于是，便过去买茶。前店后场的茶店卖的均为新下来的明前茶，上等的二百元一斤，略次一点的一百元一斤，于是各买半斤。这种茶如果拿到东北的城市里，新鲜不新鲜就不去说了，至少得在千元以上一斤。

因此，现在不是农村与山区向城市学习，而是城市要向山区和农村学习。

5

印江县，据说，本来是叫邛江县的，由于历史上邛江县呈上去的奏折，皇帝给念错了，将邛念成印，故将邛江改为印江了。你看，当皇帝多好。真叫人羡慕，连错误都是美丽的。

从贵阳到印江，需要走七个半小时的山路，在山路上转啊转，估计这一路得有一千道弯，搞得我们晕头转向的，其实，在临行之前，乌江渡饭店的老板告诉我们，将生姜片贴在脚心上，再穿上袜子，就不晕了。还说，也可将风湿膏或姜片贴在肚脐上，也不晕。可是，还是晕。

在印江，早餐吃的是他们的地方特色——绿豆粉儿。"粉"字后面加一个"儿"音，感觉特别亲切。虽说该店非常简陋，但因为是地方名吃，所以客人很多，人人面前一大碗，碗里有满满的一下子鸡屎状的绿色短粉，配上满满的红辣椒，吃下去之后，浑身是汗，但很煞口。

在这里还吃过一种叫鸭脚菜的菜，翠绿色的，略微有一点点涩，但很好吃。另外一种吃法比较有趣，是自制豆花，是将豆粉冲到一个大碗里，盖上盖儿，待里面的汁儿凝成豆花之后，再兑上辣椒油这样吃。由于太辣，我又加工了一下，将自制豆花加上魔芋粉的汁儿、萝卜丝、葱花，折兑上后再吃，大家都客气地说，好吃。

6

奔印江走时，途中经过蔡伦造纸风俗村。于是，便去参观古法造纸。穿过几乎寂静无人的村巷、田舍，在一条薄薄的河边的稀稀疏疏的林子里，有几间颇为简陋的草舍。那便是古法造纸的民间作坊。及近一看，古法造纸真的非常古老，在草窝棚里，有几个人用纸浆造纸，方法十分简单，将纸浆捞在一个方筛子里，然后筛出一张湿纸，再将湿纸贴在朝阳的墙上，晾干，干了以后就成了。纸张都非常粗糙，质量似乎谈不上。那么，这种纸干什么用呢？有人猜是给学生用，有人猜是手纸。但终是觉得不大靠谱。

7

在贵州的印江，也有傩戏。据说傩戏有两个作用，一个是超度亡灵，希望死者升天享福。这些戴面具的人，就是天上的神下界来超度这个亡灵来了。那些不戴面具的则是一些地方的神，似乎是作为一种呼应——搞不准啊。第二个作用，就是还愿。就是对已故的人有歉疚之情了，请天上的神保佑这些亡灵。同时要烧些车马纸钱之类送过去，作为一种心情、友情和亲情的表达。据说还有第三个作用，就是请个戏班子演戏给神看，请他们保佑自己。我们就在印江的一个祠堂里看的傩戏和其他表演。这个祠堂的主人曾经是写"颐和园"这三个字的人。当年，慈禧太后征集天下人写这三个字，一一看过之后她都不满意，最后，由皇帝推荐，慈禧太后一眼看中，并赏他两方印。认为他的字写得饱满、富态。因此，印江也有书法之乡的美名。

据说，写灵山的作者就是把中国的傩戏和法国的荒诞派戏剧结合在一起，赢得了诺贝尔奖评委的青睐。不知这种推断是否对。据当地的一个文士讲，在1982年的时候，一个美国佬来到了这里，他以每个人五十元人民币的价钱，给当地的农民，让他们给他演傩戏，他一边拍照一边录像，拿走了许多最珍贵的资料。

在祠堂的表演当中，还欣赏到了当地的摆手舞，跳得挺有意思，也很朴实。据说，这种舞是迎接客人的，希望外来的客人在他们这里住下来。因为当地的男女都不善于言辞，也有点不好意思。所以用舞蹈来表达他们的想法。也确实能从舞姿上感到这种意思。

据说土家族和苗族是没有文字的，于是，就将歌声和舞蹈，包括服装上的图案，作为一种交流和表达方式。我还听说，土家族和苗族是崇拜女性的。这很好。其实，大多数男人都是崇拜女性的。

在表演当中吹一种很长很长的长号，不知是什么意思。问旁边的一个当地文人，他告诉我说，长号主要是迎接最尊贵的客人的。在黔地，最尊贵的客人就是舅舅，无论是结婚还是死人，舅舅是最珍贵的客人。当舅舅到来的时候，对方就要吹起长号，以示迎接。他说，有一次他回家给了他舅舅一些钱。他母亲很高兴，认为给她长了脸。

在表演当中还有喷火龙，花杆舞等等。文联的秘书长跟我讲，还有一种当地的巫术，非常神奇，就是将一只活鸡抓过来，用四寸长的大钉子将鸡钉在门上，而且是从眼睛上钉的，鸡一直活着，然后将钉子拔出来，在上撒把米，鸡的眼睛一点损失也没有，照样找食吃。

是魔术吗？

少数民族的舞蹈是多姿多彩的，花灯舞、龙灯花船舞、金线杆舞。还有一种舞叫茅古斯舞，这种舞是戴着面具，穿着草裙进行舞蹈，感觉像非洲的部落舞，据说也是一种祭祀性的行为。因行色匆匆，对此不甚了了。

对于农历三月三晚上放鞭炮，我有些不解其意。翌日，在梵净山宾馆下榻，喝过酒之后，秘书长告诉我说，过去这里青年男女是不准接触的，到了三月三，三天之内，一切开放，唱山歌，谈恋爱，甚至同居都没有问题，但是过了三天之后，再有这样的事情出现，当地的族人，就会挖个坑把女的埋掉。那天秘书长喝多了，反反复复地给我讲这个故事，我感觉他一下子埋了十几个女人了。第二天早晨他才告诉我，他只能喝一两酒，结果那天晚上他喝了七两，我问他为什么，他说客人敬酒，按照土家族的规矩，必须喝。结果喝得胃很疼。

第二天，在印江里他给我们找好看的石头的时候，脚又被石头里的利石割了一个很大的口子，赶紧打电话给附近山寨，很快，骑摩托来了一个医生，在河滩上给他做了简单的处理，并缝了一针，因为没带麻药，就直接给缝上了。我说，主要是你昨天晚上埋人埋得太多了，报应啦。

这个秘书长写了许多小说，用他的话说，他的稿子在不少刊物都入围了，我问入围是什么意思？他说，就是一审通过了。我觉得他很纯洁。

8

入夜，住在梵净山的宾馆里，非常寂静，蝈蝈叫了一宿。清晨是鸟叫，感觉这个世界宁静而清新，是个养心之处。据此，才了解到皇帝的"养心殿"是什么意思。看来人的心是需要养的哟。

本来，按照事先的安排，我们要住到护国禅寺里去，后来一个同行者告诉我说，住不得。他说，寺里头被子、褥子都非常薄，硌得慌。而且寺里洗脸的水的水流也非常细。

我问，为什么？他说，节约呀。他还说，这些都不是主要的，主要的是和尚不杀生，所以蚊子一个也不打，也没有蚊香，一宿能咬死你。一听这样，一行人便吓得不敢去住寺院了。按照事先的安排，还要跟着暮鼓晨钟做早晚功课呢。看来做和尚需要有坚忍不拔的品格才行。

说到不杀生，讲一件趣事。据我的朋友老邱说，某寺院里的果树长了虫子，怎么办呢？也不能喷洒农药啊，于是就坐在树下念经，然后再往树上撒香灰，结果不奏效。没办法，于是，每个和尚拿个小瓶，小镊子，将水果上的虫子轻轻地夹到小瓶子里，然后过了河，扔到河对面的草滩上。世界真是多姿多彩的，人们的活法该是多么的不同啊。

山上的杜鹃花红的、粉的都开了，从山下依次开到山上，山下开得最早。所以山下最烂漫。

在护国禅寺喝茶，方丈请我们题字，我写了"印江净土"四个字。方丈赠我一把伞。方丈是沈阳人，九十五岁，身体非常好，好像五十九岁。

央视的朋友老邱给我讲了一个故事。他说，新疆人玩一种游戏，就是用两块羊骨头分别刻上两个人的名字，一人一块带在身上，当两个人见面时，把骨头拿出来，一对，谁也不输不赢，如果有一个人没带，那个人就要输给这个人一头羊。所以，他们把骨头一生都带在身上，从来不敢忘。有一个人经常忘，所以，一生当中输了五十多头羊。

我就把印江刻在心上了，一生也不会忘啊。

武隆纪行

人间三月天，春风到渝关。人在重庆，看图索骥，毫不犹豫，选武隆天坑一游。这条路线要顺着乌江走，当地人称，这是一轴乌江之天然画卷。果真如此。脚下横流一线，不见首尾。江之两岸，远近总有数峰环峙，或来奇特峰岩，或来纵横老树，青篁翠柏，屑屑历历，人恍在梦境一般。如此狎人景色，如此清气，让旅人顿生飒爽，有脱胎换骨之感。苏轼曾云，"江山风月，本无常主，闲者便是主人"。回环吟诵，不觉十分得意。沿江行，偶见一二香火摊子，祭江或是追思祈祷？这只能由遐想完成了。

渝地武隆，幸得千里乌江横贯全境，气魄雄丽，超凡拔俗。一入境便有不虚此行之感。主人热情，说起本乡本土之江山动容动情，如数家珍，云，武隆是镶嵌在武隆武陵山和大娄山脉峡谷地带的一颗璀璨的明珠。始建于唐武德二年（619年），距今已有3191年的历史。武隆地处世界上最大的喀斯特高原，即中国南方高原丘陵地区，东连彭水，西接南川、涪陵，北抵丰都，南邻贵州道真，距重庆主城139公里……

还是暂置"天坑"为一悬念吧，先随主人去看途中的芙蓉洞。

芙蓉洞，在武隆县之江口镇的芙蓉江边。这个芙蓉洞不俗气，是我之所见最为空旷，奇景最多，洞道最长，洞天最为巨大的一处。初进时，淡情淡面并不以其为然，或有被动之意。窃以为天下溶洞大同小异，不过尔尔。然，再拖步深入之，精神竟得以振作，于清幽岑寂之中，环观洞天360度，但见奥巧石骨，奇石艳卉，或攒青簇黛，回环连接，或秀瘦皱透，崭岩峭卒。施施而行，漫漫而赏。头上尚有巨"笋"簇挂，身旁常有瞬间凝结的石瀑。转过一穴，呀，新一洞天，如误入山大王的古怪宫殿，宫殿中奇诡陈设错置参差，匪夷所思，或是被挪来的海底珊瑚，或是窃来大量造币熔成瀑银以为装饰，或是被魔法移来的几勺西子湖水，并将擒来的瑶池神鱼放游其中。而那些不绝的多疑石壁，如是一页页写满了凸凸凹凹神秘代码的天书，驻足揣摩之中，居然间有讥讽愚者的笑声从石壁中渗出，让人不知今夕是何夕。

在千迂百回的溶洞里虚足而行，人之遐想时时被奇景怪景勾断，又时时将种种新的联想唤起。在诸多的猜测中，疑似虚假的，却全都真实地展示在你的眼前，一时间，灵魂从你的躯体里漂浮而出，在溶洞中缓缓地游荡了，似乎哪个地方都不是栖息地，而每一个地方又都在吸引着飞翔的魂魄。你会觉得这一组幽长的神秘，读不懂也参不透了，无法走进更深邃的历史中去。

两个多小时之后，终于汗流浃背地从另一个出口出来。稍息之中，竟不知如何总结这一洞界里的奇遇，整个的思维和逻辑已被打乱，似乎已分散到各个倒悬或仁立的石笋当中去了。

……

娘亲哎，真的很饿了。

武隆的食俗与贵阳颇为相似，炖土鸡呀，炖乌江鱼，品尝之中，有一种让人难以界定的、生生浅浅的辣。我曾在贵阳界内的乌江边吃过乌江鱼，肥肥的鱼块，淡淡的清汤，嫩嫩的豆腐，此味彼味颇为相似。箸下为之鲢子，细刺多，告诫自己还是小心为妙。此外，餐桌上的那一款鱼腥草，我却无法享用。然桌对面那位当地的文弱书生却吃得津津有味，毫无斯文可言，让人瞠目。其中有趣儿的一道是刀削面。武隆的刀削面，宽宽的，短短的，面片自然不是面片，刀削面似乎也不太像，或者遵遁的就是"不似则欺世，太似则太俗"之法则吧，对旅人强调的是武隆的风格。

饱餐之后，去看天坑。未至之前便听主人说，这个时间，地缝怕是看不上了。闻之颇感遗憾，唯佛说的"求缺"意识聊可自慰矣。听主人说，地缝位于武隆县仙女镇境内，距县城15公里，峡谷长5公里，谷深200—500米。闻之后，我便神驰起来，那参差的地缝中一定是有千丈的绝壁，百里的缝弯，且弯上加弯，曲上加曲，一准是，石上有石，树上有树，直到人间凡界。那么，这猜想中的奇壁怪石，老树长藤的地缝里，究竟会有哪些俗眼所不曾见识的呢？

到了天坑边，须坐那个贴着陡壁而下的电梯才能探到底下。不知是称此电梯为之天梯准还是地梯对。

下到坑底，走出电梯，闯入眼际，第一感受，居然是陶渊明误入桃花源的感觉。虽然坑外天涯乍暖还寒，桃花未吐，可到了这里，才知道古人的字辞创造都有根据的，水帘洞也罢，桃花源也好，乃至那些林林总总侠客隐修的故事，均源自天然，出自天坑。

天坑底下恍如一个地心地界，地面平而阔大，宛似古罗马的斗兽场，花草树木，一如凡尘无二。四壁之石，卓绝如削，猿獐不可攀也。仰头观望，一方偌大透天之光中恰有一队小如青芥的雁阵正隐隐而过。人间地下，暗想这地心世界从何而来哉？正思忖，倏忽之间，大雨滂沱，突如其来，让人惶悚不安。主人解释说，这不是雨，是坑口上的泉瀑。仰面再三审视，信其言也。

沿溪入谷，顺石路而行，但见处处泷湫，步步烟瀑，让旅者无不动魄惊心，啧赞不绝。峡谷之中那追人的溪水始终与我等不离不弃，跳珠溅玉，潇潇不绝。天坑下，嘉树美竹，簇生如发，奇技怪树，翠色淋漓，幽异清爽不可名状。

偌大如城的天坑中，有三座天然石桥，一曰天龙桥，一曰青龙桥，一曰黑龙桥，三者如三进的城门，错置其中，万丈屏立的石桥上下，虽苍穹高远，却封天蔽日，积岚沉雾，袅袅濯濯。又让坑内如蚁的小人儿又感慨不已了。

主人说，这是世界上最大的天然桥群，是"地球遗产，世界奇观"。又解释说，三桥平均高达300米以上，桥面跨度均在500米左右。我却暗想，上天一下子连赐武隆三座夺人魂魄、举世无双的奇桥。足见苍天对武隆的厚爱呀。

三桥过后，又两个小时在不知觉中过去了。登上坑顶，一时间，群峰四来，山光暮色，荡漾入目，那一种陶然泰然之感真是不可名状。

备聊一格，是为记。

奇异的湘西古俗

　　上天子山是乘中巴上去的，及至半山，车道断了，于是，雇脚夫将一干人的行李担上山顶，然后根据个人之意愿，兵分两路，一些人乘缆车上山，一些人爬上山顶。空中、路上，各得其所，各得其妙。

　　我选的是乘缆车，上了缆车之后，发现选缆车的人大多是中老年人。看来，年龄决定选择，并非个性使然。

　　升到山顶落地之后，下榻一个山顶客栈，门脸不大，但进得门去，豁然开朗，一院子的粉色芙蓉，如临瑶池。客房也十分洁净。打开客房的后窗，可以看山，山们依然是一根根的翠色柱子。不同的是，人在高处，与山齐平，更兼夕阳灿烂。但俯而观之，山底之深遂，动魄惊心。

　　我同湖南才子聂鑫森先生同住一室。聂先生是一位书、画、史的多面人才，尤在品烟方面是个高人。遗憾的是，他不可能天天吸"中华""玉溪"，只能频频地向我这个东北朋友甩"白沙"。聂先生不但研究百家姓氏的渊源，也涉足地方文明的史迹。吸烟品茶之中，他款款地将土家族女人放蛊、发苗癫、男人赶尸的事讲给我听，听得我毛骨悚然。

聂先生用浓重好听的湖南话说，过去，土家族的女子不轻松啊，又要耕田，又要砍柴，又要操持家务、带娃子，苦得很哪。天长日久，遥遥无期，人受不了了，崩溃了，癫狂了，就是所谓的"发苗癫"，苗癫在苗寨经常出现，出现在土家人的寨子里，便叫"发苗癫"。发了苗癫的人，疯狂得很，凶得很，通常要杀人的。于是族人把发癫的女人捆起来，扔到山谷里去，摔死了事。

真的？

当然了。

有点残忍了吧？

不是你死，便是她死。你死我活，只能是这样。

不可思议，不可思议。

聂先生说，你听说过放蛊没有？

没有，讲讲，讲讲。

聂先生说，放蛊嘛，很有意思。蛊是一种毒药，家家都会制作，但家家的配方不一样，解药也不一样，一家一个样。记得一个上海来的知青，不懂土家的人规矩，坐在人家的竹椅上，这不得了啦，这个竹椅外人是坐不得的，只有看上了人家的女子才可以去坐。他不懂啊。对方见他坐在那张椅子上，人又长得不错，白白净净很斯文，于是茶就献上来了。小伙子不知怎么回事，当然就喝了，须知，这茶是放了蛊的。女人家说，你坐了这张竹椅就是看上我家的女子了，要留下来成亲嘛。小伙子怎么会同意呢？说什么也不愿意。还没有经过恋爱怎么就可以结婚呢？女人家告诉他，三个月之内，必须给个准确的答复，刚才的茶里已经放过蛊了，不然就会死的。小伙子没在乎，走了。回到上海，两个多月以后，肚子就开始疼，到各家医院也治不好，眼看就到三个月了，命要没了，这怎么得了，不管怎么说，还是命重要啊，就回来了。

成亲啦？

当然。

过得怎么样？

哈哈，那就不得而知了。

聂先生说，土家族的女子在丈夫出门做生意或者打短工的时候，也偷偷在丈夫的茶杯里放蛊，丈夫在外面肚子一疼，就知道女人给放蛊了，赶紧回来。土家族做蛊，是传女不传男的。

我说，还有吗？

聂先生美美地吸了一口"白沙"说，听说过"赶尸"没有？

没有。

聂先生说，赶尸是很奇怪的事。湘西一带古来就巫术盛行。放蛊、发苗癫也属于巫术范畴，而赶尸就是典型的巫术了。沈丛文先生在他的文章中也提到过赶尸。过去，湘西人外出做工、做生意的很多，不幸客死他乡，怎么办呢？死了也要落叶归根哪。于是，就请专门的赶尸人把他们赶回家。赶尸人都是夜行昼宿。这一路上还有专门提供赶尸人入住的客栈。到了晚上，赶尸人将尸体的头用白布蒙好，念念咒语，尸体就站起来了，赶尸人在后面敲锣，一边咣咣地敲，一边念着咒语，尸体便在他的前头双腿蹦着走。这样子要走一夜的路，到了白天再住下来，如果没有赶尸人住的客栈，就找个普通客栈，将尸体戳在房门后面，念念咒语，说"站住！"尸体就站在门后不动了。有时候赶尸人只赶一个尸体，有时候要赶五六个呢。

可能吗？

聂先生说，是啊，我也问过当地的一些老人，有一位老人说，赶尸吗，有，有，多得很。到了晚上，山寨外面一响起敲锣声，就知道赶尸人在赶尸呢。这种事很平常的，就像山寨外面过一辆自行车一样。

现在还有吗？

现在没有了。过去这里很闭塞，经常闹土匪，没有盐，只好吃酸菜，吃腊肉。盖了房子，也只开一个小小的窗子，将养的猪拦腰拴一根绳子，绳子的一头拴在屋里，拴猪的一头放在外面，很滑稽的。主要是这一带的瘴气很重，因此巫术就盛行啊。

聂先生讲的时候，天子山已经被夜色浓浓地裹住了。侧耳细听，仍有隐约的锣声虚虚实实地传进来。真不知今夕是何夕了。

西域记

天　池

新疆干燥，到了旅店之后先弄一盆水，把鼻腔清理干净。

十六年前我曾经去过新疆，清楚地记得飞机在接近地面时，听到秋雨敲打在机身上的声响，那种感觉很奇妙，这种感觉在以后的飞行旅行中从未发生过。这是我对新疆的第一个记忆，至今还能感受到那清脆的雨声，潮湿的空气，甚至还记得下了飞机躲在廊下避雨、看雨的情景。

当年的乌鲁木齐地窝铺机场，在记忆中是很简陋的，然而，简陋有简陋的韵味，简陋有简陋的风情，或者正是这种简陋构成了一种迷人的向往与神秘。记得翌日清晨，阳光如此灿烂，独自一人走在布满残雨的街上，整个乌市静悄悄的，绝少人影，只有做馕的小贩在馕坑里点火。这让我这个初到新疆的人感到困惑。当地人告诉我，新疆与内地有将近

3个小时的时差。我这才释然了。在回宾馆的路上还听到了远处的高楼上阿訇通过扩音器，唱歌似的告诉全城的穆斯林开始祷告了。西域的风情自此拉开了序幕。

据悉，新疆的首府不在乌鲁木齐，而是在伊犁地区，称"老满城"，后改为迪化市，或是对民族启迪教化的意义也未可知。战争来了，被迫将首府迁到乌鲁木齐。新疆的"疆"中的那个"弓"字就代表了5600多公里的边境线，也是中国最长的一条边境线了。新疆有47个民族，主体民族有13个，这13个民族当中有7个信奉伊斯兰教。

新疆也是"古丝绸之路"的必由之路。据说，"一次丝绸之路的往返需要七八年之久。一个成年男子走到长安，就很难返回了，所以到那儿便和汉族女子结婚了……再想回家一次很不容易。受他们祖先经商意识的影响，哪怕只有一百块钱，也会去做生意。所以这里的小商小贩非常多。他们做干果，烤肉，凉皮，凉面。"此言不知准确否。

从新的富丽堂皇的乌鲁木齐机场出来，大巴拉着一行人直奔天山之天池，这是典型的团队旅行的特点。

天山是中亚东部地区（主要在中国新疆）的一条大山脉，横贯中国新疆的中部，西端伸入哈萨克斯坦。古名白山，因冬夏有雪又名雪山，匈奴谓之天山，唐时又称折罗漫山，高达21900尺。最高峰是托木尔峰，海拔为7443.8米，汗腾格里峰海拔6995米，博格达峰的海拔5445米。这些高峰都在中国境内，峰顶终年白雪皑皑。新疆的三条大河——锡尔河、楚河和伊犁河都发源于此山。天山山脉把新疆分成两部分：南边是塔里木盆地；北边是准噶尔盆地。天山的雪峰——博格达峰上的积雪终年不化，人们叫它雪海。天池就在博格达的山腰上，海拔1910米，深约90米。池中的水都是由冰雪融化而成，清澈透明，是新疆著名的旅游胜地。

天山的天池古称瑶池，相传是西王母开蟠桃盛会的地方。池旁边也的确有很多蟠桃树。据说生活在天山一带的哈萨克人（"哈萨克"是逃难者和避难者之意），他们的祖先曾生活在河西走廊，后被驱赶到新疆。新疆的含义即"新的疆土"。是啊，骏马和歌声是哈萨克人的两只翅膀，他们崇尚鹰，会用鹰骨做一种鹰笛，声音传得很远。

唐代佛僧玄奘去印度取经也经过这里。他在《大唐西域记》中对托木尔峰分水岭一带的惊险环境曾进行了生动的描述。据传"一代天骄"成吉思汗也曾登上过天山的博格达峰。

十六年前，去天池的路相当迷人。还记得在山沟里成队的运货骆驼在那里休息，天山的雪水奔腾而下，哈萨克妇女在那里用桶打水，给我们煮手扒肉吃。在山上的草坪那儿摆了几个烤羊肉串的铁箱子，烤羊肉串完全是自助的。我们还到哥萨克人的毡房里做客，吃当地有特点的油炸食品，记得有一个油炸食品像法国大作家的名字一样，叫巴尔扎克。然后喝那种淡藕色的奶茶，欣赏哥萨克女孩给我们跳那种简单而迷人的舞，让看者的心一下子就宁静下来。记忆中的一切都像油画一样存在自己的脑海里，又像画册一样在一页一页地翻阅着。

我们走在去天池的路上，先到那个阿米尔饭店吃烤馕。"馕"是喀什维吾尔族、塔吉克族等群众日常生活的必备食品。据说馕的品种很多，大约有五十多种。自然，旅游点上的烤馕照例很贵，8块钱一个，是喀什烤馕的四倍，但非常好吃。我甚至认为，东北人和新疆人在口味上几乎是一致的，这可能和两地的自然风貌有关。

路边的松树上落满了白雪，此时正是秋季，已经过了白露了，游人很少，这让天山变得异常宁静。我们走在布满冰茬儿的路上，须小心翼翼，听着从远方刮来的风将雪末子撒在行人的脸上，仿佛是来自远古的絮语在你耳边轻轻地诉说着。

天池就在眼前，蓝得像一块凝固的玉。天气很好。天池又像一面巨大的镜子，将天空中飘浮的白云反映出来，有小船划破这蓝色的宝石，一下子让天池和天山充满着轻柔的旋律。

在天山，实际上应该逗留更长的时间，应当坐下来，久久地凝视它，想一些事情，想那些曾经到天池来的人，和从天池离去的人们，想那些古往今来的探险家、文人和勇士们。这一切都看不到了，好像一个空空的只有布景的舞台，让你怅然若失。

大巴扎

大巴扎在维吾尔语当中是"市场"的意思，但我却看到了另一种解释，巴扎是波斯语，意思是"大门外面的事情"，我更喜欢这样的解释，这简直像一个寓言故事的开头，有无尽的故事在等待你了解。也有人称大巴扎是民众风情博物馆，如此生硬的称呼虽然无可厚非，但是，让大巴扎里的热闹与繁华失去了鲜活的感觉。遗憾的是，我们到这里的时候已经是半夜时分，只有彩色的灯光照在大巴扎那个伊斯兰建筑上。我只能简单地看了看，我们还要到喀什去，听说，那里还有一个大巴扎。司机告诉我们，那里的巴扎的货比这里的便宜。

便宜好啊。

导游的故事

导游是一个年轻女人，脸棱角分明，有某种男人的感觉。听她的口音立刻能猜到这是一个山东人。据说，她在这里已经干了十年的导游，虽说她的导游与服务水平差强人意，但因为她是山东人，和她下面的评述，让我对她的某种抱怨淡化了。她像所有的女人一样喜欢讲自己的家事——并非是出于导游的业务。她说她的姥爷就是随着王震到新疆支边的，是第一批到新疆来的人。新疆是和平解放的，王震将军从兰州过来，到了新疆就没有路了。她的姨姥就是粮油关系都不要了来到了新疆，到了这儿就回不去了。那时候别说铁路，就连公路都没有。军垦最早是驻扎在新疆的奎屯市，后来发现这里不适合种植，而且这个地方虽然缺水，但洪水多，都是山上的雪水，七、八、九三个月最严重，把戈壁滩上冲出许多的沟壑。导游说，1998年全国发洪水，这里也照样发洪水。

我曾从车上看到了戈壁滩上被雪水冲出的沟沟壑壑，看到在公路下沿有许多过水后的涵洞。

导游说，这个地方本来就干，雪水过去以后很快就干了，水下渗得很快，根本没法利用。于是又迁到石河子市。因为那儿有一条河流，河流中有很多鹅卵石，所以起名叫石河子市。最早，石河子只有20多户人家。石河子有一个有名的雕塑，就是"戈壁母亲"，是一个女人带着一个小孩子。另一个雕塑是人耕的场面。这三个男士都没有穿衣服，被称为戈壁滩上光屁股的牛。一主要是天热，二是，那时戈壁滩上没有女人。

十六年前。我曾到过这里。她说得不错。

导游继续着她的话题说，后来，八千湘女到这里来开发新疆，她们几乎没经过恋爱的过程就嫁给当兵的了。我姥姥到了新疆之后，组织上分配她给姥爷做老婆。当年，许多夫妻都是由组织安排的，一个大的土房子里，十多个人一个新房，中间用布帘隔开，而且这样的新房只能占有三天，中间拉着帘子。团长级的干部才能有一个地窖子。

导游说，本来这次她想带她妈一起走，但是，她得给她爸做饭，走不了。"当年老爸就在这里下煤井，一个月30多块钱，家里穷，考不了大学，上不起学嘛。老妈来的时候18岁，现在58岁。我本想把这些小老太太，中老太太，老老太太，拉着她们一块儿到喀什和库尔勒转转，四十多年了，她们哪儿都没去过，只和我去过天池和伊犁。后来我想，这是个重要团队，都是领导，就算了。我妈可热情了，可能讲兵团故事了，她要讲，比我讲得多。我妈13岁在县里当妇女主任，说话不打锛儿。"

导游的谈兴很高，滔滔不绝，她说，"我姨姥爷在这里下煤井，被称为'地下工作者'，后来被砸伤了腰。我的另一个舅母就是八千湘女进疆的一个，她老公比她大16岁。当然也有人自己找对象，她的一个邻居就自己找了一个，个子不太高，有雀斑。还有人嫁给了伤残军人。当时她们到新疆来，以为新疆是多么美好，新疆歌又那么好听，没想到，几百公里都见不到人。条件好的才可以到山坳里去挖个地窝子做新房。他们喝的水虽然经过沉淀，还能看见游来游去的小虫子。"

导游说，当年刚到新疆的时候吃不饱，饿肚子，她的父亲曾经看到一个小孩饿得肚皮都透明了，能看到里面的肠子在动。树叶和树皮都吃光了，所以，他一直养成了节俭的好习惯，他家里煮饺子的汤不倒掉，第二天下面条接着用，不浪费。父亲说，你们现在觉得这不好吃那不好吃，是因为好吃的东西吃多了。

导游说，她曾看到过一百多张珍贵的历史照片，这些照片上的小伙子和小姑娘长得都比较水灵，比较漂亮，每个人脸上都洋溢着非常灿烂的笑容。那时候，照一张相片也不容易，所以印象和感触都比较深。最早的时候，新疆生产建设兵团也就只有20多万人，后来成了260多万人。他们放下枪杆后仍然保持原来的军籍。管理还像部队一样，每年三月都要举办一次民兵训练呢。

导游说，她曾经带过一个兵团的专列从石河子出发，去北京。都是一些老兵团人。她看到他们到北京去的时候花钱都非常仔细，还保存着那种蓝色的钱，从包里拿出来，现在都看不见了。"这些老兵和战士都非常和善，跟我聊天像对待自己的孩子一样，包括给我吃的呀。两三个月后，我去回访他们，到他们家里做客，他们的家里都非常普通。没有豪华装修，也没有高档的电器。他们到了50或55岁就会退休，领取退休工资。他们是从1957年进疆，他们修公路啊，架桥，铁路啊。今年国家给了政策，像老妈就能领到3万块钱，然后发工资，每个月520块钱。"

导游说，"我们一些老兵回上海，也会给安排工作，但是他们不习惯那里的生活又回来了。当年他们上海人在兵团的时候，经常会从上海带回点糖啊，小吃啊，叫这些孩子吃，过年的时候还会带回鞭炮，不知道他们用什么办法带来的，我们小时候从来没见过那样的鞭炮。他们家冬天过年的时候布置得非常漂亮，过12点会放点小烟花，小孩子们都跑去看，小鸡后面能吐气球。"

导游说，兵团最苦的是石河子那边，南疆这边，像阿克苏地区，喀什地区啊，在那生活也比较艰苦。这个地方只要是老一辈的人都和汉人相处得很好，都反对暴乱。

导游还说，她的姥姥曾带她回山东老家一次，意思是想把她嫁给老家的男人，但是，到山东以后，很不适应，山东人的规矩太多，吃饭有固定的位置，大人吃过以后，小孩子才能上桌吃。晚上睡觉的时候，老人睡热炕头，而她只能睡在凉炕上，觉得很不习惯。所以又返回到新疆了。

……

吐鲁番

整个团队是按照玄奘大师取经的道路走的。经过当地人所说的"黑坡"，这里又叫"九转十八弯"，是过去国民党残留部队和土匪打劫商队的地方，这两边比较好隐藏。前面有一个准东石油基地。据说，在2007年的时候，狼没有吃的，就袭击石油基地的工人。

吐鲁番为丝绸之路上的一座有两千年历史的古城。十六年前去吐鲁番的时候，是我和另外两个诗人加一个编辑租了一辆出租车去的。当年价格很便宜，200块钱就可以跑一个白天和半个黑夜。那时的路很简陋，现在都是好路了，所谓的一级公路了。只是记忆中的那个吐鲁番已经荡然无存了。我还记得那次到吐鲁番是中午时分，砂石铺就的街道上空空荡荡，没有几个行人，说它是宁静的村庄也毫不夸张。记得我独自一人穿过马路去了对面的那个新华书店，那个维吾尔族女服务员对我说，这里没有汉族人的书。于是，我又从那里走了出来，再次穿过马路，到对面的烟摊儿花两块钱买了一包莫合烟的烟丝。过去看苏俄文学的时候，看高尔基的作品里面常有抽莫合烟的细节。这种烟是需要用烟斗来抽的。记得当时抽的感觉是甜丝丝的。边抽莫合烟边看维吾尔族妇女和赶着毛驴车的男人从街上走过，像一幅水彩画一样，那样的协调。现在已经完全看不到这一切了，它们已经被岁月之风刮走了。虽然仍能看到伊斯兰建筑和穿着民族服装的维吾尔族妇女和男人，但吐鲁番已经变成了一座现代化的都市了。我站在街上茫然地看着，我记忆中的那座清真寺不知道在什么地方，我知道它一定在，也许我所处的位置不对，这种迷路的感觉让我感觉到茫然。

买买提

"吐鲁番的葡萄，哈密的瓜，库尔勒的白杏一枝花，叶城的石榴人人爱，阿图什的无花果甜掉牙，和田的核桃营养大，伊宁的苹果顶呱呱，哈密的红枣大把抓。"这是对新疆水果的赞美之歌，引人向往。

晚上，女导游把我们领到一个维吾尔族的村长家，她一路上给我们介绍了许多维吾尔族人的风俗，告诉我们到了维吾尔族人家应当如何做才得体。我们到买买提家的时候，已经是北京时间晚上10点多钟了。买买提个子长得很高，很客气。我们是他今天接待的最后一批客人。

买买提家的院子很大，后院有他一个占地十亩的葡萄园，他告诉我们，他是这个村的村长。于是，我们按照维族的风俗坐到院子里的地铺上，买买提给我们拿上西瓜和哈密瓜。这里的西瓜很甜。只是吃西瓜和葡萄的季节马上就要过去了。买买提说，他特地留了一个西瓜。看来我们真的是最后一拨客人了。我们看到在葡萄架上还有许多葫芦。买买提说他爷爷活着的时候，葫芦更大，可以装水，也可以装酒，还可以装奶，并且非常保温。

买买提说，如果放进去热的东西，一天都是热的，放进去凉的，一天都是凉的。

我们在闲聊的时候，买买提告诉我们，他喜欢东北人，有许多东北人在这里干活儿。他说，和他们在一起特别爽，他们能喝酒，说实话，很像他们新疆人。

他说，他还喜欢成都人，成都人也很好。

吃过之后，买买提请他姐姐的女孩儿给我们跳舞，并说，她不是专业的，专业的会跳得更好。

接下来就开始卖他的葡萄了。买买提的葡萄每公斤3元、5元到80元不等。他解释说，这些葡萄是他替村上几个五保户卖的。

他感慨地说，村上的事不好管啊，有三分之一的人不满意他，有三分之二的人说他好。

他说，他每年都到市里去学习。

然后，买买提用标准的汉语说，我们大家共同发展嘛。

他还讲到了那些援疆的人。他对这些现象的认识是很健康的。于是，大家纷纷开始掏钱买葡萄。他建议大家不要买3块、5块钱一公斤的葡萄，他说这葡萄是卖给日本人的。大家听了都开心地笑起来，知道这是一句玩笑话。大家问他今年多少岁，他让大家猜。有人猜他今年50岁。他好像很不高兴，他说他只有36岁。

我们上车的时候，他坚持穿过车来车往的马路，跟我们挥手告别，说希望我们再来。

后来，我们在喀什发现，他卖的葡萄特别贵，在买买提那里卖80块钱一公斤的葡萄在喀什只卖到40块钱。但想到他是给五保户卖的葡萄，大家就相视一笑，毕竟这是一个不错的人。

烤全羊

中午，队里的大领导请我们吃烤全羊。大家一听都欢呼起来。我过去吃过几次烤全羊，但从未吃过新疆的烤全羊。据说，烤全羊是喀什最名贵的菜肴之一，它色泽黄亮，皮脆肉嫩。另外，听说喀什的烤羊肉串儿风味特别。外酥里嫩，肉质鲜美。撒上孜然，辣椒面，精盐，在炭火上翻烤，几分钟就可以吃了。还有更讲究的，说是在羊两三岁的时候，把它牵到一个地方圈起来，不给它水草吃，在给它喂草料的时候，在草料里放上孜然，花椒，它又饥又渴，会全部吃下去。这就是在羊的内部进行腌渍的过程。山里的好手6分钟之内能把羊皮剥下来，最多半个小时，就把羊全部分解好了，而且不会破坏羊皮。这里的全羊是用葡萄枝烤的，将羊头朝下，这样羊尾的油就会淋下去。羊油都在屁股上嘛。一烤羊油就会化掉，淋到羊的身上，烤半小时之后，羊的表面就会脆脆的，黄黄的，肉是嫩嫩的。吃的时候先要有一个简单的开羊仪式，会把小羊打扮得很漂亮，头上系上红色蝴蝶结，嘴巴里会含着香菜或是芹菜，不管是小伙子还是姑娘推上来，他会学着羊叫，然后，请这个团队的最高长官来做这个开羊仪式。如果最高长官不方便，或者谦让，那就在这个团队里找个肚子最大的男人（说明这是有钱人，像巴伊，即地主的样子）来开羊。小姑娘会把羊右边脸上最好的一块肉割下来，亲自喂给"巴依"吃。这块肉也不会轻易吃到嘴巴依，"巴依"要反复几次才能吃到嘴里。羊嘴里的香菜或者芹菜就会挂在"巴依"的耳朵里，然后再穿新疆人的长袍，人家会送给你一个最高礼仪的绿色小帽子。接着，"巴依"就拿着刀从羊头一直划到屁股上。然后，再把小姑娘抱起来转一圈儿，直到尖叫为止。吃的同时还可以在这里感受吐鲁番当地的歌舞，像在十二卡姆里的鹅舞，即像鹅一样舞蹈。

　　这个团里有三四个同志是我的领导，但大家还是推举我这个年岁大的当"巴依老爷"。按照当地风俗，必须由"巴依"老爷吃烤全羊的第一口，两个新疆姑娘一边学着羊叫，一边把羊推进来，我被旁边的几个新疆人给装扮起来，穿着长袍，戴上绿色的小花帽。新疆有一句话叫"男人爱把花帽子戴"，我们讲"男人爱把绿帽子戴"。新疆的绿色小帽和我们汉族人理解的截然不同，伊斯兰教认为有水的地方就会有绿洲，就会有人类，就会创造了财富。所以绿色是生命，财富和权力的象征。当地的首领、阿訇都戴绿色的帽子。

接着，我的耳机边被他们夹上香菜，据说这也是一种风俗。在这种情况下再沉稳的人也不免犯傻，我开始傻笑起来。接着，我按照两位维族女孩的指导，切下了第一块羊肉放到嘴里，大家就欢呼起来。接着大家开始吃烤全羊。每一位都显得很兴奋。喝过酒后我的蠢话就开始出现了：胡适先生说，旅行最能看出一个人来，先生说的话果然不假。不过，没什么可遗憾的。然后，两个新疆女孩开始给我们跳舞，接下来，大家集体开始跳新疆那种鹅舞。大约欢乐了两个多小时才结束。

达坂城

达坂城维吾尔地区是新疆最小的一个县级市，面积只有6.9平方公里。达坂城主要的特产是西瓜，还有大豆（我们叫蚕豆），是这儿的特产。此外还有鹰嘴豆，听说有降血脂和降血压的作用。路旁边可以看到沙枣子树，当地人称金银树，金银花，如果腹泻的话，吃它就会好了。吃的时候不用洗。金银树开花很香，几公里外都能闻到。相传，香妃身上的香味就是沙枣花的气味。

新疆的风真的很大，可以把戈壁滩的小石头都吹起来，最厉害的风能把客车车皮上的漆全部刮掉。所以在公路边常能看到"注意横风"的标识。据说，这条公路365天中有280天在刮风，小的三级以上，大的八级以下。公路两边是天山山脉。下了车不要戴帽子了，否则被风刮走追不上，那风一秒钟就走40米。

导游说，如果盐湖起波浪的话，就说明吐鲁番这个地方有三级到五级的风，如果湖面完全泛起白色的波浪，那就说明有大风了，所有的团队火焰山就不要看了，从三点到三点半之前必须迅速往回返。五点钟的时候，吐鲁番一定会起大风，这一点非常非常地准。如果湖面上很平静，能看到湖底的话，就说明天气很好，艳阳高照，是个大晴天。如果是大风的横风，小车稍微快一点就会被刮翻。就在几天前，一个旅游团队的大巴车就遇上了刮大风，车上所有的玻璃都被刮碎了，车也被刮翻了。当时所有的大巴车都躲在避风的地方，停留了一晚上。路边到处是被风掀翻的车。

她说，新疆一共有九大风口，什么老风口哇之类的。新疆有一句俗话，叫"风吹石头砸脑袋"，就是指这个地方。在这个地方大家可以看到风力发电站。

看到大家紧张，导游又打开了话匣子说，1998年之前，兰州到新疆只有单线，后来修成了复线，我3岁的时候回老家，火车的行李架上、卫生间里全是人，光卫生间里就挤了13个人。有一对男女是私奔的，不小心钱包被抢了。当时的火车是可以把小窗户拉开的，男的就跳下去了。那个女的疯了，坐在行李架上发呆。长得还挺好的，手很白。

导游说，那时我才3岁多一点，总看那个女的手。

导游笑着说，达坂城，翻译过来是山口或风口的意思。达坂城的姑娘以维吾尔族为主。当地有个不成文的规定，姑娘不外嫁。为什么出嫁时带着妹妹，是因为在那个环境里生活将来会有很好的归宿。

接着，导游安慰大家说，今天是一半的波浪，三级到五级风是没问题的，可以继续往前走。

这次到新疆来，我一直惦念着十六年前的达坂城，也惦念着达坂城的姑娘。上一次到达坂城来就没见到"辫子长又长，两只眼睛真漂亮"的维吾尔族女孩儿。此外还惦记着达坂城的酸奶，以及路对面那个极其简陋的公厕，那个穿着维吾尔族长褂子收费的老爷子。当时觉得特别可笑，如厕一次要交5毛钱。

那个达坂城的市场还在，但里面的摊贩都不见了。据说已经废掉了，这太遗憾了。我以为这次吃不到酸奶了，但是，在旁边的一个小店里有，原来卖3块钱一碗，而现在卖5块钱一碗，味道还是原来的味道，真的非常好吃。

吃过酸奶后，我看到了旁边烤包子的摊子。他们把包子贴到炉壁上，像蜂窝一样，烤出的包子，皮儿非常的脆，馅儿非常的香。让我们困惑的是，这包子如何贴在炉壁上不掉下来呢？据说是抹了一点盐的缘故。在达坂城我还买了马奶子葡萄和称为天下第一豆的鹰嘴豆，还有西瓜，西瓜真的很甜，但不能多吃，吃多了就会嘴上起泡。

不过，看着达坂城变得越来越破败，觉得非常遗憾，这么有名的地方，怎么会变得如此破败呢？应该把它重新修缮一下才好啊。

人微言轻呀。

从吐鲁番到库车

"戈壁滩"翻译过来则是"寸草不生的地方"。

去吐鲁番的路上，看到戈壁滩上晒着成片的辣椒。听导游解释说，这都是外地运过来的。吐鲁番干燥少雨啊，拉到这儿晒最好，才会变得纯粹与纯正。晒好之后装箱，再拉回去。

晚餐在途中的阿克苏吃。本来应该先到库尔勒，有道是"吐鲁番的葡萄，库尔勒的梨"嘛。但是，到库尔勒就需要通宵达旦地昼夜行驶，而且翌日一早还有整天的日程安排。看看车上的人，年过半百的几乎占一半以上了，想到老同志会吃不消，我一时昏了头，以为伪团长也是团长，便自作主张取消了去库尔勒的行程，在吐鲁番下榻。

但是，第二天照例是要带路餐的。想不到，这里的路餐简陋得让人吃惊，一人一根上面布了泥巴的黄瓜和两个很小的馒头。让人顿生流放犯的感觉。导游很聪明，她看出这个团体如果有人提意见的话，会被同事认为多事，所以她可以蒙混过去了这一关。她甚至开玩笑说，中餐也没有了，和晚餐并在一起。大家都沉默了，没有一个人说一句话。我就更没有发言权了。过去，我始终在生活当中保持批评的立场和坦言的姿态。批评是为了今后做得更好，坦言使自己的人格更加完善。不过，在旅途中能够坚持保持着沉默，也是件挺好笑的事。于是，转过头去看车窗外面的景色了。

路两边用碎石组成的戈壁像是被烈火燃烧过一样。空旷的大戈壁上只能零星地看到些梭梭草，让人在空旷的旅途中有种压抑感。两边的山都是秃山，毫无生气。在干涸的戈壁上有许许多多被雪水冲出的深沟。据说，雪水过后立刻就会干掉，又恢复死寂的干涸。不过，当车子掠过新疆农垦二十四团的时候，却发现那里是一片绿洲，我们居然还看到了水田。我想，那首《边疆处处赛江南》的歌儿，大约唱的就是这里吧。二十四团的景象真像世外桃源，钻天杨，干净的农舍，整洁的街巷，白杨树、柳树围绕着这一片人间的仙境。这就是兵团人在大漠上创造的人间奇迹。

路　上

到新疆来，没想到每天都要走五六百公里，甚至七八百公里的路，真的是吃不消。但我依然保持沉默。这已是事先格式化了的行程无法改变了。这一点颇像人生的旅途，其实你并不想这样走，但你必须按事先规定的程序走路，这就是生活。生活和旅行有十分相似的地方，它带给你的不仅仅是惊喜，也会带给你疲劳和无奈。你或许会希望早餐更加丰富一点，有热奶，有鸡蛋或者热粥。你有充分的理由表达这些，比如你的年龄，你的身体和疲劳的征程。然而，当你看到组织者无奈而果决的眼神时，你便沉默了，你觉得应当去理解对方：在旅游中任何人都不想处在被批评的状态里。

玄奘取经也曾经在这条路走过，纵然有马，有胡人做他的向导，但更多的时候是他一个人孑然而行，披星戴月，风餐露宿。他向谁提出我上面的那些不堪的理由呢？或许他这样的欲望在旅途中也会有千百次的出现，然而旅途也是一种修行，让他看淡了这一切，使他有更大的精神力量和坚定的意志去完成他取经的宏愿。所以他是一个伟大的人，所以，他正像民间传说那样，取得了真经，并且让佛教在华夏大地传播开来，且自唐以来抚慰了难以数计的庶民心灵，让他们在虚幻的精神世界里灵魂得到安宁，获得了信心，规范了自己的行为。所以，当一个人走在旅途上的时候，特别是走在西域之途的时候，你应当想到这一切。或许你认为自己的年岁不算小，但你的认识或许还处于婴儿阶段。

我还想到了出使西域的张骞。对唐朝来说，他是先行者，他背负着汉天朝的使命，走完了这趟旅途，他将这一域的风土人情和天朝联姻的欲望传达出去，又携带归来。所以，他不仅是外交家的楷模，也是每一个喜欢旅行的人的榜样。我们不要让整个旅行变得那样单薄，我们每一个人都应当有所担当。

走在这条路上，想到的人轮番地进入我的脑海，还有乌白辛，他是我们哈尔滨籍的剧作家，当年因为夫人的右派问题，也随着妻子一同来到哈尔滨。他曾经是中央新闻电影制片厂的一名文艺工作者。这条路他也曾走过，和几个战士，一匹马，几支大杆枪，从帕米尔高原走遍了整个昆仑山，一直走到喜马拉雅山，那应当是一个被尘封的伟大壮举，是新闻工作者最勇敢的典范。但是，在那样一个平静的年代里，他的行为变得平淡无奇，就那么默默地走着，完成了那样一段艰苦历程，拍摄了大量新闻纪录片。这让我们想到当今的那些登山的人被央视直播的情景：如此现代化的装备、设备和几个大本营，以至全国的电视直播，同样是英雄，但前者更加让我们肃然起敬，他们没有任何专业装备，只有军大衣，大头鞋，有坚定的意志，更没有直播，也没什么报道。可正是这一条路，让乌白辛写出了震撼全国的影片《冰山上的来客》和电影文学剧本《从印度来的新娘》，以及他的长篇散文《从昆仑山到喜马拉雅》。这样看来，他不仅仅是一个普通新闻工作者，而且他也是一个文学艺术家的楷模。这让我想到了俄国作家契诃夫，他冒着严冬、大雪，坐着雪橇，行程几千俄里来到了西伯利亚，来到了库页岛，写下了著名的《第六病室》等等作品，写了几千张文字卡片，所以，高尔基说他是最有可能成为伟大作家的人。当有年轻作家问他，如何写好作品的时候。他就说了一句话，请你到远处去旅行。像他一样的作家还有索尔仁尼琴，他自动放弃了莫斯科的户口，要一个人走遍俄罗斯大地，写下了震撼人心的长篇巨作《古拉格群岛》，并获得诺贝尔文学奖。这条路如果说是一条充满哲理的路，充满着启示的路，那就是我们每一个作家、艺术家，要变得有出息起来，就应当不断地在生活中，在旅途中行走。

大盘鸡

还记得十六年前走这条路的时候，经常能看到路两边的土坯房上写着"大盘鸡"的字样。这种随意写在土墙上的广告，让我产生了好奇，于是和同行的四个人在一个路边陋店吃了大盘鸡。大盘鸡是用鸡块和两指宽的面条合炖起来的东西，亦菜亦饭，特别适合旅人和过往的卡车司机，相当解决问题，又很香。

这一次我们同样吃了大盘鸡，只是两种分开上来了，鸡是一盘，拉条子是一盘，它们像被强行分开的夫妻一样，隔碟遥望，互不成肴。我端着拉条子，到后灶加了醋、酱油、辣椒酱，自拌成一碗。自问，阿成，吃得还好吧？这种小店虽然与我的记忆中的风格有区别，但它的苍凉和简陋并没有变化。

同样没有改变的是，当我们离去的时候，老板照例出来，为我们挥手送行，这是当地饭店的一种风格。因为在这里过往的人都是旅人啊。你会永远记住为你送行的人。

车继续向前行驶，路过一片胡杨林，这是新疆特有的树种，似乎这里刚刚下过雨，或许是在夜里下的吧，我们没有看到。戈壁滩上那一束束的梭梭草变得纯粹而丰盈，点缀着红色的骨结，像花儿一样。在车上，大家谈论着电影，谈论着那些有名的导演，泛泛而谈，泛泛而赞，泛泛而论，泛泛而批。

晚餐是在库车一个生态园吃的，还不错。

库车大峡谷

库车大峡谷又称克孜利亚大峡谷，位于天山山脉南麓、阿克苏地区库车县（古称龟兹）以北64公里处，纵深长约5.5公里，最宽处53米，最窄处只有0.4米。

据说，库车大峡谷是一个年轻的维吾尔族牧羊人在1999年盛夏放牧时发现的。在距谷口1.4公里处的崖壁上有一处唐代石窟，窟内南、北、西壁上有残存壁画和汉文字。相传唐朝时有12名中原汉僧到西域传经，一路翻山越岭、穿越大漠，历经艰辛来到龟兹，在寻找佛缘圣山时进入大峡谷，再进入通天洞至此，化羽成仙，升入天界。另一个是关于藏宝洞的传说，传说成吉思汗挥师西域时，古龟兹王遭元兵搜捕，便带着财宝逃进大峪，将财宝藏于此洞，并封闭洞口。20世纪60年代，曾有弟兄二人进谷寻宝，发现了这个藏宝洞，取走财宝远走他乡，仅留下至今朽在洞口下方的一段木质软梯的遗迹。

由于是旅游淡季，这里非常清静。进入到峡谷里便开始了与危险结伴而行了，两边的山石垒成高山，压顶而立。山谷里有许多坍塌的碎石，或窄或宽，或高或低，有山水从当中漫延而流。阳光很好，亮处的山壁呈亮亮的黄金色，而暗处则成为深赭石色，参差搭配，构成一种神秘，只是不知道这峡谷是怎样形成的。人在峡谷里，远远地看，只有火柴棍那么大，只有身临谷境，才知道走在这里战战兢兢是什么样的感觉。

　　我和另几个人并没有走完全程，中途就转回来了。开始沿着河水捡了几块河石。我捡了几块鹅蛋大小的卵石，很好看。出来以后，向那个卖石头的老板娘讨热水的时候，将石头展示给他们看。他们问，在哪里捡到的？我说，大峡谷里。那个男老板说，这是水石。另一个开吉普车的男人说，这个石头和你有缘啊，要知道，这石头在这里待了几千年了，被你捡到，这就是一种缘分。我甚至觉得，这个男人也是个旅行者，他的吉普车就停在外面。看上去他和这里的人很熟。老板和老板娘是河南人，操一口柔软的河南话。这本身就是一个旅行者的故事，你不知道这个故事要讲述多长，但是你知道这个故事缘自河南，然后沿着帕尔米高原，一直延伸到大峡谷才停留下来，两口子在这里卖石头，卖旅游纪念品，兼或给那些讨热水的人打热水，在宁静的阳光里聊几句天儿，然后挥手告别。这即是一种愉快也是一种惆怅，它似在某种意义上涵盖了人生的滋味。

千佛洞

　　到阿克苏去主要是看千佛洞。

　　阿克苏小城非常干净，这也是一个有坡路的城市。或者是地域之故，或者是流人之故，这里的川菜馆比较多。在去千佛洞的路上，公路上跑的大多是大客车，小轿车很少。新疆太大了，从此县到彼县跑四五个小时是家常便饭。这让你想到那些骑马、骑驴的和那些徒步者，我们要比他们幸福得多了。

新疆的菜与川菜差不多，很多都是辣的，而它的胡椒与川菜的不同，有一种生涩与新鲜。如果将这种胡椒放在馕里，味道会更加地不同。出于个人的喜好，我喜欢吃这种味道的馕。

千佛洞似乎躲在一个盆地里，四面环山，中间是偌大一块平地。大约是在靠南的一面，佛洞就在那个山壁上。平地上到处都是水田，笔直的杨树。这一天，车跑了二百多公里就是专程到这里来的，关于佛洞的故事有很多，还有许多艺术家也曾到这里来过。遗憾的是，佛洞里的很多佛像都被德国人盗走了。现在每一个佛洞除了壁画之外，几乎看不到一尊完整的佛造像。中国人受的屈辱太多了，我们的文化流失的也太多了。但是，中国人的麻木与慷慨也同样令人吃惊，想到当今社会欧洲和美国人对中国的指责，真的有点不像话了，他们不能因为这件事是他们前人所为就与自己毫无关系。他们对不起的是整个中华民族，他们掠夺的中国民族的宝贵财富。他们在掠夺这些文物的过程当中，从未理会中国人的感受。所以，这个佛洞不看也罢。

顺着陡峭的楼梯下来，继续新的旅途。

新疆的歌曲

路上，大巴车上一直放着新疆的歌曲。在两边的胡杨树和戈壁滩的陪伴下，不断地歌唱着，这让旅人有一种全新的感受，仿佛新疆是有旋律的，景色也是有旋律的。新疆的歌曲欢快，阳光，奔放，热情，节奏感也非常强。即便是那些忧伤的歌曲，听起来也让人感觉一种忧伤之美。比如怀念亲人的歌曲，让人在苍凉中、失望中，享受一种别样的滋味。

大巴上的人也开始唱起歌来了，你唱我唱，有的人唱起了儿歌。现在的儿歌同样像新疆歌曲一样，欢快，阳光，这是对的。而我们小时候唱的，即便是儿歌也苦凄凄的，像"小白菜呀，地里黄呀，两三岁呀，没了娘呀"，真不知道教我们这些歌的人都想起了什么。要知道，唱这些歌的都是有娘的孩子。当下我们汉族人的歌，尤其是港澳的流行歌曲，普普通通的词也让他们唱得痛苦不堪，像得了急性肠炎似的，扭曲着身体，痛苦着表情。这样的歌曲能够流行，天晓得是怎么回事。

路过温宿县，看到一个村子外面写着"走出去一个人，省下一份粮，挣回一笔钱，富裕一家人"的标语。这分明是新式的"走西口"啊。

在小依马斯就餐，大盘鸡、二锅头、铁炉子、盐茶。还不错。

喀　什

喀什是维吾尔族人聚居的地方。

喀什的全称是"喀什噶尔"，意为"绿色的琉璃瓦屋"或"玉市"。还有一种解释，即"玉石集散之地"和"玉石建造的城市"。张骞出使西域时，第一次把这里的情况报告给中央政府。当时称喀什为"疏勒"。

喀什的夜景非常漂亮，以至有些迷人。旁边这条河叫图曼河，是流经喀什市区的唯一一条河流。图曼翻译过来就是雾河的意思（维吾尔语），是一条地下河。因为地下水温度比较高，冬天也不冻也不干，由于地下水温度比较高，上面有一层雾气。往远处看到的是喀什噶尔的一个老城区。到喀什经常会听到这样一句话，"没到喀什等于没到新疆"。还有一句话叫：不到新疆不知中国之大。喀什在塔克拉玛干的西面，楼兰古城就消失在塔克拉玛干沙漠里。喀什也是我国最西边的城市。周边与五个国家接壤：巴基斯坦，塔吉克斯坦，吉尔吉斯斯坦，阿富汗，哈萨克斯坦。有道是"一路连欧亚，五口通八国"。在古丝绸之路时代，这里是南北道的一个交会点。喀什是一个维吾尔族人聚居地，维吾尔族占这里人口的百分之九十。这里维吾尔族仍保持原生态，像服饰，饮食，民族的文化氛围比较浓。

丝绸之路很长，约有7000多公里，加上分支之路，约有8900多公里。能把丝绸之路全走完几乎是不可能的，只能走他们都走的自己熟悉的那一段，到一个地方之后，把货物卖给走下一段的人。也只有玄奘这样的人才能走完它。

喀什自古就形成了一个大巴扎，即贸易市场，是一个商品交换的地方，带着丝绸和茶叶卖给另一拨客人，然后带上当地的货物往回返。往回返，不会空着骆驼往回走。维吾尔族音乐的巨制——十二木卡姆就诞生在这里。清代时喀什一度是清政府"总理南八城事宜"的喀什噶尔参赞大臣驻地。喀什还是"歌舞之乡"和"瓜果之乡"，疏勒舞，波斯舞蹈和印度音乐曾享誉长安。而甜瓜、西瓜、葡萄、石榴、无花果，巴旦木，等等，是维吾尔族人民最珍视的干果。但最早连接西域和中亚的就是玉石。因此喀什是维吾尔民族的摇篮，堪称"新疆历史的活化石"。

维吾尔族是一个比较休闲的民族，生活很放松，没有压力。他们有300块钱，过日子就不着急了，对生活要求不是很高，心放得特别宽。这就是为什么喀什这个地区能够形成长寿这一现象的原因。还有克州，克尔克孜自治州，都是长寿地区。维吾尔族人喜欢镶金牙。他们比较喜欢黄金。维吾尔族人虽然做玉的生意，但有钱就花在黄金上，有钱就镶金牙，这是他们的习惯。打个比方，他们有4000块钱，会花3800去镶金牙，钱多就多镶点，钱少就包门牙，他们只留下200块生活费。用他们的话说：花掉的是财产，留下的是遗产。不知这些说法是否准确。

香妃墓

到了喀什，先去看香妃墓。香妃墓在一个幽静的巷子里，通过这个巷子的时候，会看到那些迎面走过的维吾尔族妇女和儿童，以及骑着摩托车猛地从你身边驶过的男人。但同时可以感受到，维族人是很讲究仪表的，无论是年岁大的还是小孩子穿戴得都很整齐。在这里，看不到高声说话的人，他们都是默默地从我们身边走过去。

宁静是慢生活的基础啊。

香妃在中原地区名气很大，阿帕克霍加墓（香妃墓）在距市内5公里之遥的浩罕村。香妃墓在依帕尔汗的家族墓地里，这里葬有玉素甫家族的五代共72人。香妃只是其中的成员之一。在香妃墓的旁边还建有礼拜寺，信徒们认为在这里可以沾到仙气。还有一种说法就是对这个家族的崇拜。麻扎朝拜的文化在这个地区很盛行。地方政府有规定，女公务员是不能蒙面的，那样会显得男女不平等。蒙面这种原生态在这里保持得比较完整。喀什这地方蒙面有三种方式，一种是将脸全部蒙起来，另一种仅是包上头发。女人九岁时就要包头发，而结婚以后就需要蒙面了。不过现在蒙面的女人越来越少了。还有一种就是蒙面巾上只露眼睛。

真实的香妃是喀什人，先祖是伊斯兰教著名的传教士阿吉买买提·玉素甫霍加。

香妃的本名叫买木热·艾姆，传说自幼身体透着沙枣花的异香，因而被称为伊帕尔罕（香姑娘）。传说她被清朝乾隆皇帝封为妃子，赐号"香妃"。后因不服内地水土而病故，由124人抬运棺木，历时三年运尸回乡，安葬在阿帕克霍加墓中。现主墓室中的那个驼轿，就是当年运尸体时从北京带回来的。而真实的"香妃"伊帕尔汗则是阿帕克霍加的重侄孙女。其兄图尔迪因协助清政府平定大小和卓之乱有功，被封为辅国公，全家已迁居北京。1760年伊帕尔汗被选入宫，后被封为"容妃"，1788年病故于北京，享年55岁，葬于河北遵化的清东陵，现已被考古发掘所证实。

香妃墓是一个纯粹的穆斯林建筑，它的立面既有巴洛克式的豪华，也有哥特式的高耸与神秘。我们来到了墓室里，看到了香妃右手边的那个位置是粉红色的棺椁。墓室里男人的棺椁比女人的大很多。从墓室出来，我又和门口的新疆姑娘合影，她们似乎也很愿意和我们合影。

然后，我们去老城。据说喀什的老城有很多，我们只是去了其中的一个。这个老城是一个维吾尔族的居民区，里面有好几个清真寺。由于这里变成了一个旅游景点，所以家家都在做生意，或者做手工艺铜器品，是现场做的，还有毛皮制品，围巾等等。这里既有巴依式的富豪住宅，也有普通的民居，看起来随意而置，但给我们解说的新疆女孩古丽讲，其实是有严格区分的。她说，如果这家的门开着一扇，说明男主人在家，如果两扇都关着，说明只有女主人在家，女主人在家的时候男人是不能进去的。如果两扇门都开着，说明男女主人都在家，任何人都可以进去。逛老城的时候我注意到，这里的门多是不一样的，或者代表着不同的身份也未可知。说起来，门，在中国是一种文化，世界上也同样如此。门不仅是一种文化的象征，也是这个家庭的象征，身份的象征，职业的象征。每一个门都有不同的文化信号。中国的门文化真是包罗万象。当代中国人对门的讲究并不多，而古人，包括新疆人，世界其他国家的人，对门却是很讲究的。我们在文化的长河中有许多创新，但也丢失掉了许多宝贵的文化，门，就是其中的一个。

艾提尕尔清真寺

为世界的穆斯林所瞩目的艾提尕尔清真寺是必去的地方，这里不仅是喀什的中心地带，也是喀什的一座标志性建筑。艾提尕尔清真寺的浅蓝色寺门高约4.7米，上刻《古兰经》文。据说教经堂建有蒸汽浴室可容百人沐浴。"艾提尕尔"一词，是新疆信仰伊斯兰教和穆斯林做礼拜的大清真寺的通称。"肉孜节""古尔邦节"到来时，艾提尕尔清真寺前伊斯兰教徒云集，敲响纳格拉鼓，吹奏唢呐，集体跳起维吾尔族萨马舞哈梅内伊，伊朗的精神领袖就曾经来到这个清真寺。艾提尕尔清真寺的大殿可供五六千人同时做礼拜。据讲，星期五是穆斯林的礼拜日，这一天来寺中祈祷者比较多。而古尔邦节（宰生节）和肉孜节（开斋节）期间来此做礼拜的人更是不计其数。特别是古尔邦节这一天，一大早整个艾提尕尔清真寺连同中心广场都跪满人，最多的时候可达到十万之众，这也是只有在喀什才能见到的壮观场面。

由于时间紧迫，艾提尕尔清真寺我们没有进去。我们在清真寺的广场上看到来来往往的维吾尔族人，他们也似乎来自不同的家族，穿戴也不一样，有的穿着黑色的长袍，戴着褐色的头巾，有的蒙着脸，有的半遮着脸。在艾提尕尔广场附近，有吾斯塘博依和欧尔达希克巷，在长不过几百米的街道两旁，聚集着大大小小儿百家手工业作坊和摊点，有纺织、印染、金银首饰、皮革鞣制、鞋靴制作、制帽、服装制作、乐器制作，等等，让人目不暇接。

我们在清真寺旁边的擦鞋摊擦鞋。的确，这一路上不光人辛苦，鞋子也很辛苦。擦鞋不贵。擦鞋的妇女都是外地人，她干得很利落，也很快。穿上新擦的亮亮的皮鞋，人的精神面貌也不一样的，似乎变得朝气蓬勃，步伐也变得轻快起来。尽管这种感觉很短暂，但短暂的轻快也是轻快。

喀什大巴扎

近距离接触喀什，最简捷便利的办法就是逛巴扎，看老街，游古巷。

据说巴扎日是在星期五举办，地点在喀什东北角的吐曼河东岸。到了巴扎日这天，人们从四面八方汇集到这里。马车、驴车、自行车，还有骑驴、骑马的人络绎不绝，热闹异常。道路两边摆满了瓜果、蔬菜以及各种精美手工艺品，路边还是各类牲畜交易的地方。步入集市内部，更像误入迷宫。布匹、服装、首饰、地毯、药材乐器：都塔尔、弹拨尔、热瓦甫、艾杰克等生活必需品应有尽有。

还可以看到俄罗斯、巴基斯坦、印度和中亚诸国的进口货，有人称喀什大巴扎为"中亚物资博览会"。此言不虚。

的确，进入大巴扎就进入了喀什的精神世界、文化世界，这里所有的产品百分之九十九都来自于新疆和周边的印度、巴基斯坦。而这里经营的果类却大部分是本地所产，因此价格极其便宜，味道异常干甜，质量完全可以信赖。在这里选择干果几乎是每一个外来人的必选之物。除此之外，就是维吾尔族的挂毯、围巾与披肩，这类的东西高中低档都有，且斑斓夺目，完全的维吾尔族和巴基斯坦风情。这里的毛皮交易也不错，似乎还在沿袭着寒地人的风情，像各种男女毛皮的帽子、披巾、大衣等等，有很多东西与早年的哈尔滨十分相似。在这里还可以看到卖各种玉器、玉石、铜制品、小刀的摊床。最有趣的是交易的过程，几乎类似狂欢，他拍着你的手说八十，你拍着他的手说四十。他拍着你的手说七十，你拍着他的手说三十五。可能双方把对方的手都拍肿了也未见成交。有时候，他会摸着你额头说，你发烧了吧？你也会把手放在他的额头上说，你发烧了吧？在这里，买与不买没关系，交易过程本身就是一种享受，一种愉快，不在于你多花了钱还是少花了钱。出门旅游，买那些旅游纪念品大都不是为了实用，而是购买一种心情，这就物有所值了。我在这里购买了葡萄干、核桃、番茄干、印度红糖、披肩、围巾等等，你以为你买多了，一到家你就觉得买少了。这就是旅游，所以在旅游的过程当中该出手时就出手，无所谓多花了还是少花了。不为物喜，不以己悲，这才是购物者基本的立场。我在这里还买了一盒鹰嘴豆，但是别人告别我，鹰嘴豆在欧洲是喂驴的，而那种瓜子在外国是喂鸟的。看来败家子不光在中国有，外国也不少。

帕米尔高原

《千字文》云："玉出昆冈"。指的就是由喜马拉雅山脉、喀喇昆仑山脉、昆仑山脉、天山山脉、兴都库什山脉与青藏高原统称的"世界屋脊"帕米尔高原。"帕米尔"即塔吉克语"世界屋脊"之意，高原海拔4000米—7700米，拥有许多高峰。帕米尔，古称不周山，屈原在他的《离骚》中就有，"路不周以左转兮，指西海以为期"的表述。《淮南子·天文训》亦有对"不周"的描述："昔共工与颛顼争为帝，怒而触不周之山，天柱折，地维绝。天倾西北，故日月星辰移焉；地不满东南，故水潦尘埃归焉。"因此山域多野葱或山崖葱翠，汉代又以"葱岭"相称。从塔里木盆地的第一大城市喀什乘汽车只需一天便可到达帕米尔高原上的塔什库尔干。但单程到卡拉库勒湖仅200公里。途中要经过一个边境管理区，因为这条路是通往巴基斯坦，塔吉克斯坦，还有阿富汗的。听说从喀什到中巴边境420公里。我们则要提前在市区办理通行证。

沿着帕米尔高原向卡拉库勒湖进发，在大巴进入高山之前，先租了几个氧气袋，因为那里的海拔在3700米左右。在用中饭的小饭店里，还可以免费喝到红景天茶，据说这是防止高原反应的，此外还有一种降血压的茶，大家都争先恐后地喝了起来。有些人在这个旁边买了些中药，价格不菲，但据说在内地很难买到。在这个小饭店的对面，是一个维吾尔族老人的住宅，很简单的栅栏院，几头牛在外面的红柳下悠闲地走着。

红柳被称为沙漠女英雄，八九月份开一种红色的花朵，非常好看。而被称之为"男英雄"的胡杨树并不多见。虽然红柳在地上长二三十厘米，地下是它的上百倍，根挖出来，两卡车装不走。所以红柳对防风护沙非常有作用。据说红柳的根部还寄生着一种非常好的东西，叫肉苁蓉，滋阴补肾，新疆十个男人有八个都在用它泡酒喝。

进入这里就要过一个边防站。边防站很简陋，我们看到几个着塔吉克族服装的妇女从边防站那边的山上走过来，可惜这个小边防站不允许拍照。出了边防站大巴车继续前行。一路上看到这一带似乎正在修建水电站，有工程车往来。路两边全是褐色的石头，也有白色的。有的山壁已经被风化了，在瀑泻着金色的沙粒，有的仍旧是由巨石垒成，山谷中间雪水河从那里流出来。当年乌白辛就曾经骑马从这里走过。这对我来说真是感同身受。路上到处可以看到散养的骆驼和牦牛，还有那种简陋的土坯房。到了喀什就换了一个导游，这是一个年轻的小伙子，毕业于新疆大学化学系，小伙子很精明，似乎还有一种学人的味道，他在介绍这里的风情时常常会谈到自己的立场和观点。他说他是新疆第三代支边人，他的爷爷是第一代，他们是开发新疆，他的父亲是第二代，是建设新疆，他是第三代，是开创新疆。几代人的心血，几代人的新疆啊。

路过布伦口时，已经是海拔3200米的高度了。据说布伦口正在建水电站。大片的水面上结满了冰，正平静地浮在水面上。不过到布伦河河口水大的时候，可以载着一吨重的石头在水上漂。远处的山呈乳白色和淡褐色，西域的风情扑来眼底。我们在这里拍照、休息。当地的维吾尔族小贩则兜售他们的玉石制品。据说，当地人生活得都很幸福，只要他们的钱够花了就不再出去挣钱，而是去享受。这一点和欧洲人十分相似。这与汉族人不断攒钱来看，汉族人就活得辛苦了。在这里还听到一个有趣儿的故事，就是大家所熟知的那个放羊的故事，外乡人问小孩子为什么放羊？他说，卖了羊娶媳妇。问，娶了媳妇干什么？他说，生孩子。问，生了孩子干什么？他说，生了孩子继续放羊。

另外一个更有趣的故事则是这个年轻的导游亲历的一件事，他说他曾带另一个团队经过这里的时候，当那个团长听说这里的羊肉好吃的时候，决定在这里买一只羊。可是，到了放羊人那里，问他卖多少钱一只，他说八百，但是不卖。为什么不卖呢？他说，羊还没有长大。问他，那羊长大卖多少钱呢？他说，卖八百。团长说，我现在给你一千。他说，不卖。团长说，一千二。他还说不卖。团长问，为什么不卖？他说，羊还没有长大。团长问，那长大了卖多少钱？他说，八百。几句话把团长说崩溃了。

但当地人是对的。

雪山渐渐地多起来，虽然我们面前的雪山都有五六千米，但是近在咫尺，你感觉不到它的高。有时候会看到黑色的山鹰贴着山壁翱翔和突然惊飞而起的雪鸡。山下的雪水河肆意而舒展，展现着山和云的倒影。行人越来越少，车辆也越来越少了，即便是那种被称为"驴的"的驴车也很少见了。偶尔会看到几个骑摩托的人从大巴前面风驰而过。这时候，已经可以远远地看到慕士塔格峰和公格尔九别峰。到了这里心情非常激动，甚至有一种神圣感。你会为自己和对面的山峰而感动。

慕士塔格峰被称之"冰山之父"，海拔7509米，是帕米尔高原上的第三高峰。慕士塔格属克尔克孜语，翻译过来就是冰山。听说，早年那个当地的向导就一路上称那个瑞典人斯隆博迪为"阿达"，就是长辈或父辈的意思，是一种尊称。斯隆博迪问这山峰叫什么名字，向导说叫慕士塔格，后来又叫了一声阿达，意思是阿达说的。斯隆博迪就把这句话写在本子上了。回去一翻译，斯隆博迪懂得一点克尔克孜语。把慕士塔格和阿达连起来就是"冰山之父"。我今天来到的这个地方在欧洲是非常有名气的。

慕士塔格山终年积雪，山顶冰层厚达一二百米，主要冰川有十多条，塔合满河、盖孜河、库山河都是从这里发育、融雪，灌溉着周围的绿洲。据说，雄伟壮丽的慕士塔格峰每年都要接待几十支来自国内外的登山队，每年七八月间，两道大冰川之间的台地上那些星罗棋布的各色帐篷以及身着各色服饰、操着各种语言的登山者成为这里一道独特的景观。

眼前的慕士塔格峰、公格尔峰及公格尔九别峰，三山耸立，如同擎天玉柱，屹立在帕米尔高原上，成为帕米尔高原的标志。与慕士塔格峰遥遥相望的是公格尔峰，海拔7719米，是昆仑山最高峰，山顶常年积雪，山间悬挂着条条冰川，十分壮丽。这里的确是冰山与雪山的世界，是神圣的世界，人站在这里，可以净化你的灵魂，让你活得更加纯粹。

呵，终于看到了喀拉克里湖。喀拉克里湖翻译过来是黑色的湖水，但在我们眼里湖水并非黑色，而是蓝宝石的颜色，正反映着雪山之父的倒影。慕士塔格峰、公格尔峰和公格尔九别峰倒映其间，湖光山色，雄秀柔美。在这里生活的民族除了维吾尔族，还有被称为戴皇冠的民族的塔吉克族。乌白辛创作的电影《冰山上的来客》讲的就是塔吉克族的故事。前面的盖兹河是一条雪水河。而卡拉库勒湖是这条河的源头之一。这也是丝绸之路的必经之路，玄奘也曾走过这条路，是通往印度，巴基斯坦也是印度。回程也要走这条路。

到了这里，多少有点高原反应，但并不严重，仅仅是觉得身子有点软，不剧烈的运动就没有什么事儿。

今天的天气特别好，阳光也非常的好，照在身上暖洋洋的。那个年轻的导游说，到这里来的人十次有九次看不到公格尔峰，你们是贵人哪。看来，我们是幸运的。而事先带的那些厚衣服在这里是用不着的，这里的风暖暖的，爽爽的。一个有腹泻的人到这里，瞬间就感觉好多了。这大约就是神暗示的力量吧。

这里的游人非常的少，显然我们是最后一批游客了，这反而让我们静下心来，与雪山之父进行灵魂的交流。在这一瞬间，你会觉得所有的疲劳、辛苦都不值一提。我想，当年的唐玄奘、张骞、乌白辛也会有同样的感受吧。的确，站在这里并不想离开，在这里的时间比较久，可以多待一会儿，这是我们旅行的最后一站，它将成为一个人历史的永恒和毕生的珍藏。有时候，它会像一个慈祥的老人，永远站在你旁边，支撑着你前行。

下山了，这时候还可以看到某些山壁上那些挖土机仍然在工作着，雪山之父将自己的圣水滋润着山川，滋润着新疆人民。

我们回来的时候，天开始下雨，这与我16年前来到新疆一样，同样是爽人的小雨。

去辽西

突然接到通知，27日去辽西的阜新和葫芦岛两市讲课。眼下正是暑期，红尘滚滚，火车票一票难求。但是阜新那边的朋友说，有的学员可是走了三百多里地来听课的。那分明是，我去也得去不去也得去了。但是怎么去，的确是老大一个难。但吉人天相，最终还是解决了。

早就听说子弹头这种动车，实际上这是一种有争议的列车。坐在车上，感觉到头晕、晃动，并不舒服，它唯一的优点就是快，对着急不观景的人当然太好了。只是如同坐飞机一样，让人有一种缺氧感。我觉得我国的动车技术还不成熟。就我个人而言，以后不会选择这种列车了。

从哈尔滨到沈阳速度是很快的，四个小时。阜新文联的人开车过来接我，行驶了大约两个小时到达阜新。阜新在我先前的印象当中就是一个煤城，也从这里的作家白天光、谢友鄞的作品里知道这是一个蒙汉杂居的地方。小城的面貌有点类似早期的哈尔滨，宁静，建筑不高，不过我倒是发现，这个小城的女孩子个子很高，而且私家车也从我面前走过不少。天光老弟对我说，这个地方资产上千万的人有几百个，穷的当然也有。

阜新既是蒙汉杂居之地，也是全国有名的煤城。但是，煤的开采量已经很彻底了，他们面临着第二次创业的整体努力。而且，阜新还是有名的玛瑙之城，这里的玛瑙在整个辽西地区还是很有名的。我到这里参观了玛瑙城，虽然没有什么更精彩的工艺品，但玛瑙随处可见，大大小小，能感觉到阜新是一个矿产丰富的地方。

下榻在阜新招待中央领导的客房里，条件当然是不错了，当领导就是好啊。但平民住进去总有些不适应。不过，这里的吃倒是很有蒙古特点，特别是那种阜新第一美食——蒙古馅饼。据说，烙这种馅饼面要稀稀的，还要包上馅，真是难之又难，但非常好吃，名不虚传。再就是炸牛肉干，这儿的炸牛肉干同样是厚厚的、方方的，会吃的从上面一条一条往下撕着吃，这种吃法才是内行。此外，还有一些菜丸子，差不多完全是菜，也很好吃。这里的荞麦似乎很多，荞麦煎饼、荞麦面条、荞面包子以及黏豆包。但是，我胃不好，不能多用。

到这里来是进行文学讲座。他们希望就地域方面多讲一些，鼓励一些当地的文学朋友。恭敬不如从命，也只能硬着头皮这样讲，但还是把自己准备的讲稿讲了一遍。晚上，天光招待我喝茶，但这老兄身体不好，茶几乎刚沏好，他的肚子就疼得不得了，也只能散去了。

总之，在这里见到了天光这个辽西第一杀手，也很高兴。朋友们异地相见总是有一种亲切感，只是他身体恰逢不好，未能尽述，不过，来日方长。

葫芦岛的建新开车来接我去葫芦岛。原先并不知道到那里还有讲课任务，在路上才知道。和一个搞评论的博士后一同去，这位女博士写过东北作家的论文，事先是不知道的，她写了不少。她因有事，在锦州下了车，我们直奔葫芦岛。

葫芦岛被称为关外第一市，是一个新市，是渤海口的咽喉地带，有道是"前七后八"，就是说，从这里到沈阳七百里地，从葫芦岛到北京八百里地。所以，这里交通很方便。

葫芦岛也头一次来，倒是听说过，但一直不知它究竟是怎样一个面貌。到了葫芦岛才发现，它的新区像宁静的欧洲一等小城，人口不多，车也不多，城市非常漂亮，有海风吹着，感觉也非常凉爽。北京人称这里是"北京人的后花园"，这是一个危险的信号，因为北京人到这里来居住就会打破这里的宁静生活。现在到葫芦岛的人还不多，如果多了，对葫芦岛来说是一个潜在的威胁。

晚上去海边吃海鲜，都是民间的大排档，去吃的人很多，没有排上号，又换了一家。我们找了一个靠海的房间，能看见大海正在退潮，也能看到有人在海滩上拉螃蟹，从远处看收获不少。有不少海鸥在海边飞，据说是在吃海水里的梭子鱼。

太阳将落未落，景色十分壮观。我们坐在这里吃那种十分巨大的蟹子、对虾、小人仙、蛤蜊，真的非常好吃，非常鲜，还有虾爬子馅的饺子。还有东北特色的菜，大豆腐、黄瓜条、大酱。他们怕我们吃坏肚子，劝我们喝白酒、吃大蒜。大家边吃边聊，十分尽兴。吃过之后，又到海边走一走。涛声很响，白色的浪涌向沙滩，的确是一个人间幻境。

这儿的住房也不错，套间很舒服。

上午去兴城，从葫芦岛到兴城大约就二十分钟的路，感觉像一个城市。兴城是东北地区唯一保持很好的明代古城。严格地说，这座城池最早的建立是一座军营。军营一建，老百姓也跟着过来做买卖，因此渐渐地繁华起来。大名鼎鼎的袁崇焕就是在这里用红衣大炮打退了清兵的入侵。

小城很小，城楼不高，到处都是商家和买卖，军事意味已经荡然无存，已经变成了一座商城，这就是历史。

我在建新老弟的陪同下去参观这儿的孔庙。这儿的孔庙比较特殊，它供奉的一律是军人，全都是将军。这里不一一地介绍。然后到周家老宅，就是建新太爷爷的家宅，很不错，已经成为旅游点了。我还和他笑着说，你到这里还用花钱买票吗？他说，还是花。

中午到南海渔港吃饭，这是葫芦岛最豪华的饭店之一，他们选了最好的客房，面对着航天广场，航天广场有杨立伟的塑像，据说，杨立伟是绥中人。饭菜非常不错，很高档、生鱼片、鲍鱼、烤鸭、海鹅蛋、红酒，款款为之上品。

下午讲课，然后晚上去葫芦山庄吃饭。葫芦岛人很崇拜葫芦，葫芦也是福禄的协音，多子的象征，还被称为中国的诺亚方舟。据说，葫芦岛已经被批准定为葫芦文化名城。

山庄里的饭菜都是农家菜，比较地道，似乎比黑龙江做得更精细一些。这是黑龙江的厨子们应该引起警惕的事情。在葫芦山庄看到上千种葫芦，也算开了眼界。葫芦岛当然要把葫芦文化做足。

驱车两个小时去盘锦，经义县到北票，到盘锦的红海滩需要两个多小时。年轻的时候，开车经过北票，一直不知道北票、南票是什么意思。建新的解释说，过去在这个地区开矿，需要皇帝发龙票。给北边的叫北龙票，给南边的叫南龙票。哦，原来如此。

盘锦也是辽河油田的所在地，据说这里的石油储量很大，过去这一带称为南大荒，与北大荒相对应。如今，南大荒已经成为南大仓了。有八十平方公里的芦苇荡，据说这里的芦苇荡是亚洲最大的，这里的蟹子很多。三十年前，蟹子卖一分钱一个，一块钱随便拿。据说，马车从这里行驶，一路上就是喊里咔嚓的响，车轱辘都变成黏糊糊的黄色。这里的芦苇是造纸的好材料，《毛泽东选集》《辞海》的纸都是用这里的芦苇做的。这里有一个金城造纸厂。

如今这里的水稻、养蟹、造纸、石油，让这一地区的老百姓富得很。过去，我只知道辽宁这一带有白高粱米，没想到，这里还有如此好的地方，张大帅的祖坟也在这里。辽宁人对张大帅尊敬有加，倒是对少帅有一点微词。

　　到这里来主要是看红海滩，这是应春平兄的邀请来看这里的"天下第一奇观"，海滩上长着红色的草，一望无际，天海相连，有几艘渔船点缀其间，蓝的海，玫瑰色的海滩，宛如仙境，从来没见过这样的奇观，感觉是在非洲，或者是天上宫阙，不过到这里的人并不多，到这里也比较远。但是，这里一定会成为游览胜地，因为红海滩在世界上只有两处，一处在韩国，一处在中国辽西。

　　中午在当地的饭馆吃饭，海蜇、苞米、蟹豆腐，非常好吃，很有地方的特色。

幸游雁荡

　　驱车过雁荡镇，雁荡山便历历在目了。

　　雁荡山在乐清县境内。车子路过繁华气盛，一派咄咄逼人景象的乐清县时，接上了两位文友，和我们一起去邀历素有"寰中绝胜"之"海上名山"的（这儿离浩瀚的东海只有6公里）。这两位气宇轩昂的文友，一个是诗人，一个是小说家，天下的文士无论在哪里见面，都是一见如故的感觉，彼此对天下事，对古怪不羁的文事，怪话连篇，妙语连珠——这里就不一一地说了，那毕竟是文士间私家的藏品。须知，文士们并不是把自己的一切都奉献给读者的。

　　车子过了雁荡山的山门，便驶入了山下的那条镇街似的小街。因事先有过招呼，车径直去了雁荡宾馆，在那里停下，吃饭——浙江人，在我看来，一定是一日不吃海鲜便觉得委屈的族群。

　　吃过间有小巧海鲜的中饭之后，一干人便散着脚结伴游雁荡。

　　眼前的雁荡山，果然不同于黄山，泰山，庐山，峨眉山，甚至张家界，它天然的山形意态，敦厚稳健，似乎在于中庸，且处处都是一种化险为夷，化凌厉为祥和的样子。再环观四野，座座翠峦，处处峭壁，层叠参差，虚实相顾，这大抵才是雁荡山的基本品格吧。潇洒的是，游人在峭壁之间行走却并无狭隘局促之感，程程都很开朗的样子。

牵连的山山岭岭虽然也有云缠雾绕，但绝无黄山般的云涛似海，秦岭那种喷涌式的博大，更不见庐山之云的诡柔，但是，曼舞轻移，反到有身置瑶池般似的怡然，如此感受，难得哟。虽说雁荡一族，座座山形大都是拔地而起，突然造访，但却没有漓江山色的那种纤细温软、张家界山势的那种圆和老到。不过，雁荡山之韵贵在洒落而不落俗套，虽不张扬，但细品起来如同浙菜，咸不是很咸，甜不是很甜，酸不是很酸，辣不是很辣，但它在灵魂中，款款泊来，余味绵长，是个养心修性的绝好去处。难怪自唐宋以来这里便成了文人骚客的游访的胜地，也难怪一代英才郭沫若，郁达夫，康有为，徐霞客到这里小憩。

所以，到温州，不到雁荡，那是天大的愚蠢，终生的败笔。

其中值得一提的是，即雁荡的魂魄，大小龙湫。有道是"欲写龙湫难着色，不游雁荡是虚生"。身置其中，果然如此。

大龙湫是从连云蒙的峭壁之巅喷雾般地直泻而下的，仰头观看，乳色龙湫却水薄如雾，无论是从上往下看，或是从下往上观，均有轻烟飘摇之感。我想，这便是它别于国内其他瀑布的神奇之处吧。袁枚先生说"龙湫山高势绝天，一线瀑走兜罗锦。五丈以上当是水，十丈以下全为烟"。此言不虚呀。

龙湫之下，是一泓碧色的浅潭，龙湫下落之处，击而成一条鲜活小白龙，腾跳翻滚，煞是可爱。同行人悄悄告我长智妙法，我因天门未开，生性愚钝，闻言之后匆匆到龙湫之下，沐之。样子虽然可怜，但天泽之机绝不可错过。

观过龙湫，几个文士便在不远处的露天茶园喝茶观景。正所谓"坐看青华水，长飞白玉烟"（汤显祖"大龙湫"之句）。同行的年轻诗人陈先生，喜欢古韵，当即赋诗一首："白龙奋鬣过前川，崖壁缠绵荡玉烟。最是无端人入画，醍醐灌顶未知怜！"我感觉写得不错。尤其是"崖壁缠绵荡玉烟"的缠绵和"醍醐灌顶未知怜"二句，真是不入之境不得其妙也。

茶足之后，一个人去游合掌峰。

合掌峰为一笋形大峰，中开一缝，相合成人之二掌，缝中筑有九重天上的观音寺。邓拓先生诗云"两峰合掌即仙乡，九叠危楼洞里藏。玉液一泓天一线，此中莫问甚炎凉"。途中，从同行者口中得知，今恰是观音菩萨的生日。于是，庄容肃颜，紧走几步，甩开众人，拾阶而上，直攀观音寺。

大汗淋漓到了观音之前，立即焚香，表达敬意。复抽三签（警事，指点，前途）。足见我佛大慈大悲，爱我如子矣。对于救苦救难为己任，为品格的观世音，三拜，六拜，九拜亦不为过。人世间，崇拜如此的品格无论如何是一种高尚的吧。

　　……

　　夜色袭来，钟声便响了，山门关了，转身下山。一干人选在山下的一个茶肆喝茶，等待观雁荡山之夜景。

　　雁荡的夜景，其实是个故事会，说来话长，不说也罢。

　　此雁荡之行，今之大幸也。恐日后或忘，笔而记之。

昆明的味道

　　去昆明，是担心地势高原的云南海拔过高，会承受不了。其实，过去是走过高达三千米的日月山的。居然还有这样的担心，实在是不能解释清楚。

　　此番到云南的"邀请"，是建功先生通知我的。当时我正在人声鼎沸的手机大市场购买新一款的手机——我对手机有一种病态的爱好。我总觉得自己除了写作，总该再爱好点什么吧？不然，生活的好滋味到哪里去享受呢？人总要幼稚一点，小孩儿一点的好。叠声谢谢建功先生之后，便到云南来了。

　　飞机在状若惊涛之势的雨云中穿行，感觉有点像战斗机，一如侵略者，有特种空降兵的感受。一连气剧烈地颠簸了三个多小时之后，飞机才降落在杭州机场，而此时的我已经彻底晕掉了，"武功"亦废。在略微有一点旋转的杭州稍事休息之后，再踏上舷梯，又飞行了三个多小时才抵达昆明空港。

　　昆明并没有我想象得那么热，历代文人称昆明为"春城"是准确的。

昆明的吃

沾贯通和关仁山兄弟的光，跟着他们品尝了一顿云南的味道。印象中好吃的菜似乎叫"豆渣"。感觉有点像东北乡下做的"小豆腐"，但昆明的此菜不同，在舌上很清爽，很细腻，也很"谜语"。尤是令人吃惊的是，里面居然很奢侈地拌有腊肉丁，吃起来，口感很滋润。而东北的"小豆腐"很粗粝，适合土匪似的壮汉。另一款树菇与青椒合起来炒的菜也很好吃，值得东北人借鉴。东北毕竟是一个野生蘑菇的高产区，不少很优秀的蘑菇品种都吃瞎了。此外，还有一种"荞麦拔鱼儿"——这名字是我给起的（当地人叫"凉虾"）。这种"荞麦拔鱼儿"的汁中放了红糖，似是冷饮，用碗勺舀着吃，吸吮，甜甜的，香香的，有一丝初恋的感觉。但最令我惊奇与喜欢的是凉拌的"过桥米线"。这还是第一次吃到，配料有碎花生仁儿、辣椒和胡萝卜丝儿，等等。拌在一起凉凉地吃，太好了。

被装饰成民族风格的庭院式餐厅的外面，是一片片大的草坪。草坪上点缀着一种开紫色花的树，树上的那些微微泛着诡异光泽的紫花让人有一种梦幻感、太空感，也让我这个外乡人有点不知所措……

沪西的吃

走过一段红土路，经过"石林"，中巴到了沪西县。听说，这一路本该是潜艇走的路，而今已成陆地。邓刚说，沪西县很像北京的王府井。我在行驶中的车上遥巡了一遍，觉得他说得很准确。补充一点，沪西很干净。我喜欢干净，干净让人有一个好心情。

中午吃鱼。沪西的鱼烹饪方法似乎很简单，大抵属于清炖的一种，浓汤是可以眼见的，作料有翠绿色的香叶、姜、盐。当然，肯定还有其他的什么作料。吃起来除了有一种中药的味道，还多多少少有一点点淡。是故意少放盐，还是古来云南的盐比较紧缺？记得在我很小的时候，看过一个电影，叫《山间铃响马帮来》。依稀地记得，那个山寨里的盐是很金贵的。只是，那个电影讲述的是云南山寨的故事吗？

令人难忘的一道菜是一种叫作"炸树虫"的食品。被炸的虫子条条都有手指一般粗，长约4—6寸，它们活着的时候一定能柔软，很健康，就生活在树干里面。这样的虫子农人卖20块钱一条。岂能不吃？有人是不吃的。我得吃。夹一条放在嘴里脆脆地一嚼，感觉有点像炸大米花儿的味道，挺香的。云南人可真会吃呀。女主人风趣地劝大家吃，并说，吃这东西对男人特别好……与炸树虫相似的是炸蜂虫。究竟是不是炸蜜蜂我肯定不下来，但模样、身段儿都很像。只是吃的时候难免有一种残忍感。

主食中有一碗荞面粥，甜甜的，喝过之后有不足之感。佛家讲，人要有一种"求缺"意识，那就按佛的意思办吧。酒依然是荞酒。在昆明喝的也是荞酒。云南是一个盛产荞麦的地方吗？有趣儿的是，餐桌上还散放着几小堆"菜叶"，我以为是东北的蘸酱菜呢，还是随便放在餐桌上体现别一种潇洒呢。险些没抓来吃。后来才知道，此菜叶会发出一种特殊的气味，用来驱苍蝇的。

……

吃过后去参观土撑房。曾作为营盘的古民居的土撑房，层层叠叠地建在山上。奇异之处，在于土撑房的房顶是一村居民彼此勾连相通的街道，也是小庭院，走路，吃饭，串门儿，与恋人约会的地方。人在土撑房顶上的"街道"上走，那种感觉像神仙，似乎生活在天上人家。

一个普通人家的门联上写道："春风新燕子，秋月古梅花"。

如果口袋里的钱凑够了，沪西的古洞一定要去看看。沪西的古洞原为阿古人居住的地方，里面的石林、石柱、石树、石花、瀑布之类，好景不断，奇观迭出，丰富得有点奢侈，像古罗马贵族的宫殿。也是一条瑰丽的彝族历史隧道，千迁百回地展示着先人的浪漫生活，强悍的体愧，震慑魂灵的宗教魅力。

溶洞里有一条地下河，须撑船过去。水途之中，偶有玄鸟儿翔过，其宁静，其神秘，似乎可以和印度的恒河媲美——

从洞中出来，见远处的山峦处有成群的白鹭在飞。若是李白在，一定会有好诗出来。

弥勒的吃

到彝族的山寨了。由于雨漫群山，山路并不好走。不好走好哇，这才是有眼力的外乡人的追求。

中巴车在雨云、雨雾、雨风中，终于驶上了海拔1700米的山顶。快到山顶的山门了，一旁山顶上的土楼上有彝人吹起了过山号。

进山寨有一套规矩的，过火堆呀，喝那种用小竹节制成的小巧的酒杯里的酒。这种彝人的迎客酒到了21世纪，主人并不勉强客人必须一饮而尽，浅尝辄止也可。山寨里的彝人，无论老幼（除了个别的村干部），一律保持着本来的民族服饰，并非迎客式的乔装打扮，或者客人一走，立刻把这种啰里啰唆的"戏装"全脱了，改穿汉人的时装。不是这样的。

"阿细跳月"是山寨彝人生活中最动人的一面。"嘎斯比"，意为跳欢乐。由寨子里的三四个差不多赤身裸体，"文"着脸面与皮肤的巫师钻木取火之后，彝人姑娘便开始跳起了"嘎斯比"。姑娘们跳得非常自由，非常欢快，非常活泼，跨动着双腿做着"踏火堆"的表演。舒展、高兴、欢乐、纯粹，特别是那种发自内心的欢乐呈现在脸上，让外乡人非常感动。我在德国的巴伐利亚看过类似的一幕民间舞蹈，觉得中国这种舞蹈已经消亡了。现在身临其境，不由得感慨万千——城里人不会活呀，城里人的欢乐已经异化了，可疑了，甚至需要花钱去购买。欢乐在城里差不多就要沦为一种商品了。

姑娘们边跳边唱，一开头便十分高亢，起承转合实在别致得很，完全没有某些汉族人歌曲的古怪章法，她们的歌唱肆意而自然，常常戛然而止，有无穷的回味，不尽的感动。

山寨里招待外乡人的八大碗与城镇之彝人酒家里的八大碗有所不同。彝人酒家的八大碗是：烤羊肉、清汤牛肉、头人肉、彝味牛肉丝、彝家头碗、跳月饼，瓜锅鸡、青菜烩萝卜。而山寨招待我们一行人吃的八大碗中，有适合汉人口味的炒鸡蛋和炒土豆片，这反而增加了乡土气息，让外乡人觉得自己真正在彝人之家，而不是彝人酒家。这是有很大不同的。在山寨的八大碗中，我觉得有趣的是用芸豆和腊肉炒的菜。这个结合在东北人看来有些匪夷所思，可事实就在面前，不由你不佩服彝人在饮食上的创造力与想象力了。

吃过了，用巫师点燃的火把去山寨的小广场跳欢乐。而且寨上的主人给每人赠送了一件彝族男人的小坎肩，有了这样的打扮，便可以围火堆与彝族姑娘一块跳欢乐了。寨子上的一些彝族小孩儿和我们一块跳。人家的孩子是天然会跳，而我们则是半路插入，一生一熟，一美一拙，彝、汉两家的有趣显示得十分充分。

恰是农历的十五，天上的那轮朗月正圆，阿细跳月赶上这样的好月，真有点不知今夕何年了。

吃在普者黑

中巴穿行在红河的河谷山路，翻过了多少座山已经不知道了。但普者黑这样可以望文生义的有趣儿之名，却让人过目不忘。

普者黑的山形与山色酷似阳朔。

一行人乘船游湖。喜欢游泳的人，可以下湖游泳，喜欢打水仗的人，可以彼此打水仗，喜欢唱山歌的人，可以放声高歌。湖光山色，几近仙家。主人说，这里是一个度假的所在。在节假日里，城镇上的"城里人"可以携妻带子，到这里的桑葚园吃桑葚，到桃园吃桃，到葡萄园吃葡萄。如果想住下来，有类乎世外桃源的农人"家庭旅馆"，住一宿才20块钱。更有悬挂着的丝瓜，陪衬着缅桂花、三叶梅、辣椒花，远山近树，亭台楼阁，妙美得很。但是要把这一切品透，三五日的逗留怕是不行。

普者黑的晚饭因为临着一域荷花大湖，水煮小虾和清蒸鲫鱼是饭桌上不可或缺的一种。不过，最能突出当地风情之美的，还数那个由"三七"的根须煨的鸡汤最好喝。三七的根须煨鸡汤，在云南是颇有品位的菜肴。特别是汤里三七的根须是一定要吃掉的。三七的根须"乱草"似的，吃在嘴里有一种极为霸气的苦味，倘若再苦一点点就咽不下去了。我似乎知道"苦"是百味中的一味，也知道这苦是对身体有益的，但是，吃嚼起来还是控制不住一脸的苦难。这是很惭愧的事。有益之苦都难以下咽，那生活中的苦涩又将何堪呢？

花饭很好。花饭的样子就让人赏心悦目。所谓花饭真的是以花儿染成的苞米加糯米饭，吃起来虽然有一点不大适应，但味道不错。

喝的酒叫"腻脚酒"。这个名字起得有些让人皱眉头。其实就是苞谷酒。浅尝一呷，哇，度数不低呀。

晚上，有歌舞表演，其阵势有点类似《云南印象》，是专业团体的演出。由于领导的人数不够，我也成为到舞台上去点火把的一个"贵宾"，本想忸怩不去，但一想，古来滥竽充数者就不在少数，洒家又为何不可一为呢？演出的云南民族歌舞是颇有特色的。在演出当中，突然暴雨骤至，于是，这场演出在雷雨闪电的陪衬之下变得凌厉而有声势起来。

……

这一夜，大雨雷电，浓浓的缅桂花的花香一直如美女般温柔着外乡人的灵魂和浪漫的梦。

吃在蒙自

到了类乎于欧洲小城的蒙自，才知道所谓的云南"过桥米线"，蒙自产的才是正宗。早餐吃的是正宗的过桥米线。每人的面前摆了一个偌大的白瓷平底盘子，上面有薄薄的、生的火腿肉，一大堆烧鸡，一小堆菊花瓣儿及油渣等等，另有一个略小一点的平盘，摆放着几个小碟，里面有肉丝、香菜、豆芽、辣椒以及叫不出名字的"配菜"。旁边有一个中碗，里面是干乎乎的米线。紧接着上来一个头颅大小的大碗，里面荡漾着满满一大碗滚烫的鸡汤。当地人教我，将白瓷盘子里的各种配菜依次放到热汤里烫熟，然后再将中碗里的过桥米线放进去，我之性急，一股脑儿全倒进去了，东北人就是讲"乱炖"嘛。不过吃起来也很好吃。呼噜呼噜，边吃边想，古代的书生吃这种高级的米线，看来他们的生活还是挺好的。由此推想开来，蒙自这个地方在古代必定是一域富庶之地。只有富庶之地的民间小吃才会如此的讲究。

在蒙自，及正在建飞机场的文山，还有一种很普遍于民间的小吃，烤豆腐块。被烤的豆腐块类似麻将牌大小，听人介绍做这种豆腐的大豆是从我的家乡黑龙江运进来的。但是豆腐的制作却有他们自己的一套方式方法。吃起来同东北豆腐的那种肥、白、大、嫩，颇有不同。它很小巧，很紧凑，很结实，放在铁箅上烤。村寨里的某家的门口就有这样的情景。三四个老妇在烤，一二幼童围坐一圈儿，中间是一个个不大的铁箅，铁箅下是无烟的炭火，上面烤着凝脂似的小豆腐，然后蘸着一些辣椒、豆豉之类的佐料吃。我哈腰凑过去，她们立刻请我吃，很热情。我拿了一块，像压缩饼干那样吃,吃的时候心里一直在苦苦地思索,用怎样的言辞才能准确地评价这种民间的小吃呢?两个字,好吃。

后来,在热闹的商业街,在县里的居民区,到处都可以看到烤豆腐的小贩,其"设备"更好一些。一些汉族人,彝族人,哈尼族人在烤着吃。

在晚上表演的歌舞节目之中,居然有一个节目就是用说唱的形式赞美烤豆腐的。

而文山的特色小吃,在我个人看来,那种加了茴香末的小豆腐倒很合我的味口。除此之外,文山的炸蜻蜓,文山的甜醋饮品,文山的"三七",文山的现代化水平,都可以单独成文,另文介绍。

……

蒙自一域是哈尼族人生息的地方,闻名世界的哈尼梯田怕是一定要看的。无奈的是,天正在下着小雨,中巴顺着雨雾蒙蒙的山道开到山上的观景点,雨依旧没有停的意思。不过,在雨雾的笼罩之下,站在山顶上观看哈尼梯田,别有一番神韵。美则美矣,不过,在如此的梯田中劳作必定有不尽的辛苦在里面吧。美与辛苦怕是一对解不开的孪生姐妹。

顺着山路走,铺在山路的石子与石块拼成的路有些硌脚,恰在雨中,走这样的路就须小心一点。路走得不长,偶尔从荡着雨雾的浓林里悄没声地走出一个赶着水牛的哈尼族人来,其情其境还以为与仙人相遇了呢。

晚餐是在元阳的新城吃的。其中有一种炸虫子，有人以为是蟑螂，其实是一种树虫。吃起来口感也不错。让人开怀的是，这埋藏在大山之中的小城，居然还有一种类似西餐的吃食"炸面包"，无疑是用鸡蛋裹起来炸的，然后再蘸炼乳吃。此外，还有一种"臭菜"，翠绿纤巧如同发丝，吃起来味道说不清，不过蘸酱油还是挺好吃的。

晚上，在一个俨然宗庙的院落里听洞经古乐，虽然乐曲的节奏有些缓慢，但是曲名很有些霸气。个中的滋味，因是外行，终是品不出那种棉里藏针的个性出来。白瞎那么好的古乐了。

吃在建水与石屏

建水与石屏是两座同样喜欢吃烤豆腐的城市，看来，沿着红河谷的这一路，自古以来吃烤豆腐已经蔚然成风。听说这条路还是一条东部的茶马古道（经玉溪，峨山，新平、过镇沅，景谷，澜沧，出缅甸，抵泰国）。烤豆腐之风是不是从那个时代就开始了，并一直沿袭到今天。在建水的豆腐品种当中有一种叫干炸豆腐干。手指宽的豆腐条被炸成干儿，没有咸淡，就那么吃，感觉像一种民间的小吃。我看到有不少当地干部就把它抓来吃，边吃边谈工作。但是，建水有一种国内闻名的名菜"汽锅鸡"。或许是这道菜太有名了，反倒体味不出云南的地方特点。真是令人迷茫。

　　吃过之后，到建水的朱家花园去看了看。我过去是写过建筑方面的随笔集的。在我看，朱家花园完全可以和苏州园林相抗衡，而且还有几处特别让人舒心之处，教人认真欣赏。整个庭园看上去落落大方，有别样的风度存焉。而这些正是苏州园林所缺少的品格。

　　而今的建水，城里的那如火如荼的凤凰树，依然灿烂着一街的仿古建筑，这是在"现代建筑"泛滥的城建理念当中令人吃惊之处。

　　建水是一个颇有自己个性的城市。

吃在通海

　　不知道为什么，总觉得通海是一座宽容的小城。比如说烤鸭，这在云南其他的小城就不多见。一路走来，沿着红河谷走也好，循着茶马古道行也罢，最为强烈的印象是，云南的百姓自始至终在坚持着自己的口味，自己的喜欢，自己的愉悦，自己的个性，自己的爱恋。他们不是在适应你，而是希望你像那句成语说的那样"入乡随俗"。而且你喜欢不喜欢吃他的饭，是检验你是不是朋友的一个格外的、严肃的标准。一句话，你尊重他们的饮食习惯，你就等于是尊重他们的人了。如此这般，怎么不会是朋友呢？

　　但通海似乎不是这样，在饮食上有兼融的智慧与改良的姿态。比如烤鸭就是一个带有这种曙光意味的菜肴。当然通海的烤鸭是有通海特色的烤鸭，不似北京的烤鸭那样，过于精细，过于苛刻，过于讲究，过于昂贵。通海并不挑剔，只要是通海的鸭子就成，烤鸭的方法虽然几近北京烤鸭的方式，但是更突出"原生态"的做法。吃烤鸭也有卷饼，也有葱酱之类的配料，但吃在嘴里，如果没有先前吃过北京烤鸭的经验干扰，是一道很解决问题的美味。其实，文坛上的事情也大抵如此，倘若没有类似的"干扰"，其实每一个不出名的作家的作品均有可圈可点之处的。所以文坛与菜肴，美味与精神食粮，品咂起来，只要嘴不歪，心术正，品德好，有境界，不拿无知当个性，是有相通之处的。

那么，通海特色的烤鸭的突出特色是什么呢？就一个字，辣！这就是通海烤鸭的特色。吃过通海的烤鸭之后，你会感到某种疑惑，就是，不辣的烤鸭怎么吃呢？真是想不出。

铜锅饭也是通海的一个地方特色。这种发灰色米饭是加猪油煮的。有一点点类似我小时候偷偷自制的那种猪油拌饭。一熟一凉，各有千秋。

之所以说通海是一个宽容的小城，还在于通海的那个叫兴蒙的蒙古乡。这个五彩高原上的蒙古乡的先祖是曾经平大理国的忽必烈的"附带产品"。生活在这里的蒙古族人是当年驻守杞麓山后卫蒙军的后裔。我看到他们供奉的成吉思汗、蒙哥、忽必烈，能感到蒙人之后裔对其先祖的无尚崇敬。当然，而今的后裔者，无论其活动、服装、发型、饮食，多多少少都有一点云南特色了。二者兼有的呈现，给人的那种温暖感，使外乡人在瞬间完成了从悬心到放心的心理路程。

蒙古乡招待的晚餐当中也有烤鸭，另外的一种则是炸鳝鱼。据主人介绍，是将活鳝放到油锅里去炸，这样，挣扎后在油锅里的活鳝最后被炸成一个太极图的形状，故曰"炸太极"。同时也要放相当数量的辣椒末。吃的时候须用手撕着吃，剩下的内脏就不要再吃了。此种吃法多少有一点麻烦，但很快就可以学会，并乐此不疲。

吃过之后，去参观秀海的园林。进入园林，颇有跳出三界之外，不在五行之中的感觉。可谓是一块世外的净土。园林里的亭台楼榭，多有古代官员与名士的题字，能感到中国的官员、文士与寺庙有很好的感情。不过，尽管那些横额竖匾上的题字是一副将世事看得很透的样子，其实骨子里终究是参不透的。

在园林里，偶尔可见有休闲的老人将半张脸埋在粗大的水烟管里咕咕地吸着。我知道，这是云南民间最寻常的风景，只是让人猜不出如此吸烟者有怎样的一种情绪。

去重庆

飞机要飞行3小时40分钟才能抵达重庆。由此我想到，在二战期间，美国的飞虎队飞往重庆协同作战，大约就远不止这样"短"的时间了，足见他们对中国抗日战争的支持是下了多么大的决心。抗战时期，重庆作为国民党政府的"陪都"令世人瞩目。但是，毫无疑问，这样的安排绝不是考虑重庆迷人的人文景色，而是因为重庆处在大后方，是山区，是一个相对比较安全的地带。尽管后来的情况并非如此。总之，抗战与重庆，文化与重庆，名人与重庆，火锅与重庆，雾霭与重庆、山峦与重庆、纤夫与重庆，等等，重庆是一座拥有多重历史与文化的城市，就像一条多股的绳索一样，紧紧地缠绕在一起，构成重庆的力量。

其实，坐在飞机上的时候，我就开始从头脑里寻找以往对重庆的"印象"了。说实话，多少年来，我一直没有机会到重庆来。是啊，一个人有了欲望才会据此制订自己的"行动计划"，难道是因为没有这样强烈的欲望，重庆才没有纳入我的"行动计划"之内的吗？重庆并非远在北极呀。

但是，我仍然对重庆会有一些零星的、片断的记忆。"记忆"中的重庆是一座山城，而这座山城又为什么在脑海里是夜的山城？万家灯火的山城？飘渺在闪烁着的灯火之中的山城呢？或许，这大抵是重庆之于全国和世界最有名的标志性景观的吧。的确，只要有文士写到山城的灯火，那必然说的就是重庆了。

除此之外，在我的记忆中，还有抗日战争时期日军对重庆的狂轰滥炸，这是重庆最惨烈的一段历史了。日本侵略者对重庆的轮番轰炸几乎让重庆全城瘫痪、血流成河。对日军，这是他们最卑鄙的"光荣"，对平民，则是他们最惨痛的记忆。从这个角度看，重庆又是世界上最不幸、最无辜的城市之一。

我还知道，在重庆聚集了许多三四十年代中国最有名的文化人，这些文化人在重庆期间写了大量的对日军进行笔伐的诗文，从重庆传遍大江南北，传向海外。还有《红岩》中所描述的为民族捐躯的共产党的抵抗力量——重庆又是一座不甘屈服的重庆，坚强的重庆，值得仰视的重庆了。

我还知道重庆的嘉陵江。尽管对于嘉陵江的印象是从图片和影像上得到的，但是，只要嘉陵江从头脑里流过，那纤夫的号子不仅响彻在云雾弥漫的山城，也萦绕在我的耳畔了。

还有重庆的火锅，川剧的传统表演特技之一"变脸"，蜚声中外的重庆大足石刻，等等。但是，即便有这样的印象，也并不敢轻易地下笔写重庆——因为我从未来过重庆，我没有这样的资格，所以在我的几百万字的文学作品当中，从未有过"重庆"二字。这无论如何是我笔上生涯的一个不大不小的遗憾。

在上飞机之前，看天气预报，重庆的气温仍然高达35摄氏度以上，而我所在的东北城市哈尔滨，秋意醉得正浓，仅仅有20摄氏度，树枝的叶子都开始一层一层地飘落了。飞机停稳之后，舱门一打开，一股热气便迎面扑来，而此时已经是夜里十点多钟了，竟然还这么热，我心里不禁有点叫苦喽，在重庆要待好多天呢，这日子可怎么过呢。

车子向重庆市区驶去——是在设施完备的、名副其实的高速公路上行驶着。是啊，阿成你来晚了，这一路上，看到的是和你先前的记忆与想象中截然不同的新的重庆了。我是司机出身，我想说的是，每一个在山城走高速公路的人都应当心怀敬意。要知道，在平原上修高速公路相对容易得多，但是，在山城修高速公路就难上加难喽，汽车轮子每转动一次，都需要筑路工人付出万千的勤劳和血汗，何况你是驱车飞驰在这条路上呢？你心中的敬意不仅是刻骨的，也是沉重的。在车子和公路一起飞翔的途中，我突然有一种觉悟，那就是：一座城市无论经历过怎样的苦难，任何人都无法阻挡她前进的步伐。

当车子接近重庆市区的时候，记忆中的一景豁然出现了。我又看到了山城的灯光——先前是从图片中看到的，从影视中看到的，而今却是亲眼所见。不过，坦率地说，我亲眼看到重庆山城的灯光，其实并没有记忆中那样的扑朔迷离，让人心镜高悬，并潜伏着那样一缕淡淡的感伤，而眼前山城的灯光，太整齐，太明亮，太真实，太现代，太咄咄逼人了，这与我记忆中那种零零散散、断断续续，参差地散落在山上的灯光完全不同。在这一虚一实当中，让我的心倏忽生出一种莫名的失落。其实，我并不特别喜欢"现代化"这几个字，但是，现代化就在你的面前，你有什么办法呢？你总不能让一代代新人永远生活在传统的、古老的，甚至落后的年代里吧？是啊，烛光不可能永远亮下去，灯光总要代替烛光。

2

下榻在雾都宾馆。其对联颇具古风。足见重庆不愧是一个有文化的城市。文化迎面扑来哟不免有几分温暖的感受。我下榻的这个地方即曾家岩。一位自来熟的记者跟我说，你就住在重庆文脉的龙头上呢。我问，怎么讲？他说，这就是曾家岩，你旁边就是周公馆，再往前走不到200米就是戴笠的故居。我听了不禁有点感动，有时候人们魂灵中的约会，要跨过几十年，甚至半个世纪、一个世纪才能得以实现啊。想不到，而今我就下榻在周公馆的旁边，与总理先生不过几步之遥。这种感受很特殊，似乎时光在倒流，周公还在，他就在附近散步或者与人谈话，你还会看到周公馆进进出出的各种各样的人，一切都是那样的鲜活……

由于只有我一个人提前报到，所以等候在这里的记者便轮番地来采访我，仿佛我是著名中的著名，重点中的重点。他们采访的题目不外乎是对重庆的印象，你过去是否到过重庆，你觉得重庆和哈尔滨之间有什么区别，等等。我首先说重庆的美女之多令我吃惊。重庆的美女身材窈窕，不像东北女人那样人高马大，满嘴时尚，让人看了之后不住地叹息，有一种绝望感。这儿的女孩子个个纤秀、文静、和善，颇有文化，颇有素质的样子。我反过来问记者，知道为什么吗？记者只是笑。我说有两点，一点是吃辣椒，这儿的孩子生下来就吃辣椒。我曾听湖南的朋友给我讲过一个小故事，他说湖南的小孩子一生下来，只要哭闹，大人就给他一个尖辣椒让他吮，他一吮就不哭了。所以从小就开始吃辣椒，想长成个胖子也不容易。不过，重庆女孩儿比湖南女孩儿还纤秀，还苗条，道理是什么呢？我说，是重庆的女孩子一生下来就要走山路，重庆是开门见山哪，所以要走一生的山路，这就等于是天天到健身房去锻炼一样，所以，她们个个身材窈窕。再加上重庆有丰厚悠久的文化历史，此地的女孩子的神态岂能不"文化"？

问到重庆的火锅，我说我刚到重庆来，还没有吃到重庆的火锅呢。重庆的火锅，我们是在客人爆满的巴渝食府吃的。这顿火锅吃得可谓痛快，随吃随添。对重庆人来说，红油火锅主要是涮鸭肠和毛肚，外加血豆腐和鱼，羊肉反到很少，也没人要。红汤火锅吃起来又麻又辣，你无法说是好吃，是香，还是什么，但你的灵魂却无法抗拒，也许你在吃的过程中几次不想吃了，但你过一会儿不由自主地还会拿起筷子继续吃。吃这种又辣又麻的火锅，吃得嘴唇像过电一样麻酥酥的，你完全被这种个性十足的饮食所征服了。当地的朋友讲了这样一个故事，说是有一个重庆小伙子找了一个东北媳妇，一开始东北媳妇坚决不吃辣的，两个月之后，这个东北媳妇比重庆人还能吃辣的了。

说到重庆的吃，还有一家外地人必去之地，就是"陶然居"。到陶然居去吃饭，开始并未感觉怎么样，但其中的一盘菜引起了我们这一桌人的注意，就是田螺。这里的田螺丝是用辣椒炒的，有点类似北方辣子鸡丁的做法。田螺丝有鸽子蛋大小，被红红的辣椒埋着，开始是不敢吃的，但是，在彭建明的劝导下，终于吃了起来。一人戴一只透明的塑料手套，持一个六寸长的竹签，像修理钟表的样子挑着吃。结果这一吃却一发不可收拾了，几个人开始抢着吃起来。很快就将一大盘田螺吃光了。余兴未尽，于是，又把邻桌的田螺讨要过来。吃过了仍有不足之感，又把女士一桌的那盘几乎未动的田螺端了过来，接着吃。很快，三盘子田螺"造"光了。一干人这才觉得吃了个痛快。后来才知道，这道菜曾经是获得过中国餐饮最高奖"金鼎奖"的。其实，早在1997年，重庆就掀起了陶然居辣子田螺旋风。就从我们吃掉了四盘子田螺来看，称之为田螺旋风，不过分。而陶然居女董事长严奇，竟被当地人称之为点亮一条街的女人。

陶然居面临嘉陵江，这使得辣子田螺又有了某种别样的风韵。

3

人在重庆，最难忘的要算是夜游两江了。坐在一艘硕大的游轮上先是逆流而上走嘉陵江，然后掉转船头游浑黄的长江。白天的时候，一干人站在朝天门的码头上，便可以清楚地看到长江和嘉陵江交汇的情景，长江水是浑黄色的，而嘉陵江水却极致的清冽，两江交汇，一清一浊，甚为分明，那的确是一幅绝妙的景观。江对岸，是沿岸而置的高楼、田舍，因被薄雾萦绕，宛如在飘动之中。难怪有人称重庆为雾都喽。开始我入住雾都宾馆还有些不理解，当看到被云雾缠绕的山城时，才知道"雾都"二字果然名不虚传。

游江之始，天就下起雨来，雨声、灯影、水声、汽笛声，构成了一种奇妙的组合，让人有一种蓬勃的非凡感受。硕大的船在江心徐徐地行驶着。我低头观看时，发现嘉陵江的水十分湍急，很像东北山林中飞流而下的山水。旁边的一位当地作家告诉我，小孩子到这样的江里游水会出不来的。

在重庆的城市宣传口号中，其中有"城市与自然"这样一则——毫无疑问，这是重庆天然的优势，是上天赐福予重庆的。

沿江而行，或逆流，或顺水，看两岸崭新的高层建筑，看这些长阵似的高层建筑所散发出的万千种灯光，以及远处被灯饰着的跨江大桥，连同拉响了憨憨汽笛声的缓缓行驶过去的客轮、货船，那种感受像有一股历史之风迎面吹来一般，把你的思絮吹得很远，很远，让你的魂魄逆江而上，飞到江之源头，历史之源头，然后缓缓地回转过来，经历一个朝代又一个朝代，这一路上，你会见到许多文化名人，李白、杜甫、刘禹锡、郭沫若、臧克家、艾青、柳亚子，等等，你会在这嘉陵江与长江的游走当中，逐渐升起对重庆的某种尊敬，对重庆历史的某种尊敬。有一个记者曾经问我，你对重庆的文化人怎么看？我说，重庆将来一定会出现大文豪！

4

到瓷器口去，竟也是下大雨天。我那双忠诚的、曾伴随着我走过亚太市长峰会会堂、龙溪街道、龙湖花园、樟林别墅、人民广场、三峡博物馆、华岩寺、南滨路等地的廉价的皮鞋哟，已经灌满了雨水了，和着天上的雨声，每走一步，我脚下的那双可怜的皮鞋都要发出咕叽、咕叽的声音。

瓷器口是一个古色古香的巷子，据说当年有很多文化名人就在瓷器口居住过。走在这条巷子里，两边迎客的店铺一字排开，各展风情，卖着那种颇为有名的重庆炸小麻花，面炸的小鱼儿，炸小螃蟹，看起来像工艺品，觉得炸得非常有趣，充满童心。

瓷器口一直通到嘉陵江边。我在瓷器口给两个女儿一人买了一个披巾，加两袋小麻花，心想，对得起瓷器口了。其实，还有一件东西我是很想买的，就是巷子里一个老太太用糖稀做的凤凰。我在旁边看了半天，实在是因为没法拿，也因为在下年纪大了，就放弃了。那个老太太一直在笑眯眯地看着我。

在瓷器口临江一侧，我们在一家茶馆喝茶，体验一下茶馆的感觉。这家茶馆应当说不算小了，一张一张的八仙桌上边摆着小麻花，瓜子和花生。给我们用大铜壶倒茶的小伙子，技术颇绝，倒茶竟类似武术的动作，赢得同行人的喝彩。然后，当地的一位艺人给我们表演说书。重庆的说书真了不起，说得声情并茂，让人目瞪口呆，天下的事，经他的嘴一说，那就是了不起，那就是多姿多彩，个性纷呈。生活让他这样一总结，一勾连，你才知道，你原来生活在故事里、传奇里。感觉特别地过瘾。

到这里来喝茶的大都是老年人，这倒是不错的。青年人也说喜欢传统，但只是说说而已，是一种敬老行为，骨子里终是不喜欢的。我坐在茶馆一边听书，一边看着台上变脸和喷火的表演，心里不胜感慨。在哈尔滨就没有茶馆，哈尔滨只有酒吧，那哪里是老年人去的地方呢？进去一回，没有三五十元是下不来的。哈尔滨没有像重庆这样的茶馆，即花个三元五元消费的地方。哈尔滨也有茶馆，叫茶艺，这茶上加个"艺"字就贵很多，到茶艺去喝茶，少则一百，多则几百，去那里的大都是一些做生意，互相欺骗的人，绝不是我辈可以问津的。所以，现在有一个新词叫"城市流浪"，指的就是我们这些无处消闲的人。重庆的瓷器口有这样一个供中老年人集会、聊天、喝茶的地方，真是一个有人情味的善举呀。

在茶馆逗留的时间尽管不长，却让我恋恋不舍。从茶馆出来的时候天色已晚，明天还要去看湖广会馆。据说湖广会馆是一个楼台亭阁加上两三个戏剧大舞台的古代建筑群，在如此现代化的重庆，还保留着这样一块传统之地，真是有点让人想不出。

……

此番人在重庆，时间并不长，但是，多种的印象纷至沓来，三言五语怎说得个明白呢？

宁海行

1

六月到浙江去，是参加"第四届中国著名作家走宁海、写宁海"的采风活动，通知我的时候，我听错了，我以为是镇海，镇海去年我已经去过一次了，是《E报》组织的，心里还犯嘀咕——再走一次镇海？这一阵子写东西有点儿累，正好借此机会休息一下，也难得朋友们还惦记着我。

由于飞机习惯性地晚到，没能赶上开幕式，可赶上了晚餐，赶上晚餐就好，之于我个人，这比开幕式重要。废寝忘食的观念是属于上一代的，虽然我也是从上一代的途中走过来的，但我从来就不欣赏"废寝忘食"这四个字，我觉得这很不好，不尊重生活。

晚餐不错。值得一提的是前童豆腐。前童豆腐也称"前童三宝"，据载"前童豆腐的历史可以追溯到1400年前的南北朝，相传梁宣帝避难于梁皇山，随行的御厨把豆腐的制作工艺也带到了前童，并流传至今。"当地的官员戏称此品为"老中青三结合"。一种是"前童空心豆腐"，是超大型的蚕蛹状，炸成黄色，称它为老，大约是虚怀若谷，或者已经被炸干了汁水，抑或是一过油后显得老奸巨猾，且没有棱角的意思。吃起来感觉还可以，但我个人认为，如果蘸一些椒盐儿吃味道会更好。第二种就叫"前童豆腐"，和东北豆腐差不多，一大块上浇上生抽（或者是老抽），这种吃法在东北的农村比较盛行。吃到嘴里感觉还行，不很失望。要知道东北是豆腐的故乡，品豆腐的品质我是有发言权的。奇怪的是，浙江这个地方也产大豆吗？此款谓之中年。第三种是"前童香干"，这东西在东北被称之为五香豆腐干（没简称），但形状不同，这里是方块的，每块相当于一块大豆腐的八分之一大，油光光的，熏鸡的颜色（东北也称"素鸡"），感觉似是熏制的，谁知道呢，但它非常好吃。这种豆腐被称之为"青年"，青年者，显得很有弹性，有朝气，比起白白胖胖的中年豆腐还别有一点韧性，吃起来口感不错。借此，对宁海的印象也渐次地好了起来。

餐桌上另一种有特色的食品是"生蟹"，这个准确的称呼我不太清楚，好像是腌渍的蟹子，生的，被切成四块，就那么用手提起来吃。大家胆怯而贪婪地看着，略呈踌躇不前状。服务员说，还有泥螺，如果您的胃肠不好还是少用。说白了，就是怕您吃蹿了。然而人到宁海无论如何也要品尝一下。于是选了一块儿放在嘴里压呷吮吸，居然鲜咸可口。单是勇气有限不敢多享。泥螺倒是知道的，在哈尔滨有一家上海餐馆，其中就有泥螺这道菜，卖七十元一盘，我大哥就非常喜欢吃，反正是我这个傻笑着的弟弟花钱，他吃得津津有味。可我当时就没觉得怎么好吃，估计是心理原因。事实上虽同为泥螺，哈尔滨的泥螺是罐头里的，味道上自然会打一些折扣，而宁海是新鲜的，我吮吸了一只，味道别样，鲜嫩可口，其中夹杂着一缕缠绵的海泥味道，认真想了一下，这种味道不可无，不然就不是泥螺了。我听说泥螺还有一种称呼叫"吐铁"，不知道为什么，不好望文生义。

　　说起来，我最喜欢的是宁海汤包。在东北这种汤包就叫蒸饺，但在这里不仅叫汤包还裹着一段故事，故事太长了，恕不赘言。我一边吃一边仔细地研究，里面的馅都有些什么，饭后好追记下来，回东北陋室做一次。我发现，汤包里面似乎有雪菜，海米，香干丁，人说还有豆芽，但我没看到。为此，我专门地了解了一下，得到的回答非常有趣儿，"汤包就是'捏斗皮'，拿个镜子对着自己耳朵形状凹汤包造型。里面放什么随便你，哪怕唐僧肉都无所谓。"因为吃的是海鲜，都说还是喝红酒好。据说美国人刚刚研究出来，说喝红酒对男人的心脏有好处，对女人的作用没说。

　　吃过饭，出来散步，沿河而踱，路上的人也不多，感觉舒服。宁海虽然为浙江的一县，但却有一种都市的派头。我们得承认当代中国县城的建设，由于人口少，大工厂少，大机关少，绿化天然就好，山也青，水也绿，再加上近几年的建设，相当疏朗明快，反倒让大城市的缺点毕露无疑。途中，看到有一幢被灯饰亮化了的古代阁楼悬在半空，当然不是真正地悬在空中，这个古式的阁楼只有上面的灯亮着，下面与夜色相融，这便让人有一种阁楼悬在空中的错觉，心情好，也觉得颇为神奇。而和我一起散步的大作家不屑地说，这没什么，日本就这样。

2

从东北启程的时候，就听说这里有雷雨大风。翌日侵晨，拉开窗帘一看，哗啦响的正是大雨。今儿又是星期天，车少，河对岸有两个妇女正冒雨洗衣服，江南的情致果然沁人心脾。我很俗，人老了也不成熟，依旧喜欢在雨中散步，撑一把伞出去走一走。街上已有几把彩伞在飘，这也是江南的味道吧。

早餐当中也有汤包。我一连拿了六个，因怕同行者和组织者笑话，只能点到为止，按说我可以轻松吃两屉，六个自然略感不足，有愧美食。

每一天的活动都有安排。第一天去看"十里红妆"的展览馆。所谓"十里红妆"，去年我在镇海是看到过的，参加了当地破吉尼斯纪录的那个活动。然而，到了宁海才知道，十里红妆源自宁海。展览馆里有许许多多嫁妆的展示，床、衣柜、桌子，要排十里之长，乡党们一定很乐，也很辛苦吧。我猜测那大约是战争年代，沙场征战几人回？乡下的男人少很多，贵者，少也。女儿家倘若没有丰厚的嫁妆大概是嫁不出去的。所谓"十里红妆"当然是富家女子的嫁妆。所以，当地有这样一句话"富人嫁女，穷人卖女"，但究竟是怎样的卖法，没卖过，故不知。不过，看到馆藏的那些精工雕成的木床，百种的图案，千般的技巧，觉得真的是不容易啊。据说这样的床雕成需要三年的时间。我发现床大都很短，由此推断，宁海的男人个子不高，要是超过一米七五恐怕就要睡不下了。我到韩国的小旅馆儿（大旅店则不同）也是，小桌子、小澡盆，矮手盆，仿佛到了小人国。当代宁海人要大气得多。我想跟南北交流，和吃得好一定有关系。

宁海也是柔石的家乡，这位热血青年的故居就在这里。故居旁边有一所柔石中学。关于柔石，我所知道的其实也不多，资料上说，"柔石（1902—1931），浙江宁海人。原名赵平复，曾以'柔石'、'金桥'为笔名。代表作有中篇小说《二月》《三姊妹》、短篇小说《为奴隶的母亲》。1931年1月17日被捕，2月7日深夜，被国民党枪杀于上海龙华警备司令部。终年30岁，为左联五烈士之一。"为此，鲁迅先生奋笔疾书：

惯于长夜过春时/挈妇将雏鬓有丝/梦里依稀慈母泪/城头变幻大王旗/忍看朋辈成新鬼/怒向刀丛觅小诗/吟罢低眉无写处/月光如水照缁衣。（《为了忘却的记念》）

柔石的故居是一个很典型的江南庭院，木质的二楼环状而制，书房、卧房、中堂，一应俱全。环视而思，穷人绝对不是，富豪也不太像，为殷实之家是没有问题的。看到他的书、文章，包括鲁迅先生在他死后写的那首被忘却的记念，十分地感慨。特别是柔石先生写的那首长诗《战》，让我震撼：

尘沙驱散了天上的风云，尘沙埋没了人间的花草；太阳啊，呜咽在灰暗的山头，孩子呀，向着古洞深林中奔跑！陌巷与街衢，通事实高冠大面者的蹄迹，肃杀严刻的兵威，利于三冬刺骨的飞雪！真的男儿呀，醒来罢，炸弹！手枪！匕首！毒箭！古今武器，罗列在面前。天上的恶魔与神兵，也齐来助人类战，战！火花如流电，血泛如洪泉，骨堆成了山，肉腐成肥田。未来子孙们的福荫之宅，就筑在明月所清照的湖边。啊！战！剜心也不变！砍首也不变！只愿锦绣的山河，还我锦绣的面！啊！战！努力冲锋，战！

读后让人热血沸腾，仰天长叹了。我想，一个富家子弟却有如此的担当和正义感，有如此的一腔热血，为民族，为国家，为人民，慷慨捐躯，真是值得当代那些贪腐者子弟学习的。而今许多某些贪官污吏的子弟，不仅不以父辈的劣迹为耻，反而洋洋得意，招摇过市，与柔石一代的热血青年真是有霄壤之别。

3

驱车去前童古镇。雨中的前童古镇，小桥，流水，人家。据说该镇是八卦阵布置，有道是"前童古镇，是一座不凡的江南明清时期的民居原版，是一幅古韵浓重、古色古香的乡村画。'家家有雕梁，户户有活水'，八卦水系，流水哗哗，碧水幽幽，流遍家家户户"。在流水当中，尺把长的红鱼随处可见。古镇还保持着明清时代的风格，无论是房子还是石板桥，孵石垒积的墙基，都投射着那个年代的百姓对生活的热爱。

在一个弄堂的拐角处，我看到了香干和空心豆腐。随我们同去的宁海县里的工作人员还特意去买。我也想买，但千里路程不好带啊，只能扼腕叹息。说来，人生的痛苦是多样的，有一种吃食你带不回去，那就是一种痛苦。我认为，人生这样的痛苦不要多，但也不可以无。

镇子里有个戏台，据说这个戏台属于一大户人家，戏台的左右柱子上有一副对联，不知道是前人所写还是后人所为。即使是后人所为，姿态风格还是颇有前人遗风的：

> 不大天地可国可家可天下/平常人物为将为相
> 为名臣。

晌午吃农家菜。

农家菜馆确实有一种农家庭院的感觉，走了一上午，且是雨中行，难免饥肠辘辘，身上凉寒。没想到先上来的竟是两大钵热热的豆浆，大家惊呼起来，不及款述夺钵而饮，高声叫好。农家菜毕竟是农家菜，其中的麦饼最好吃，这样的麦饼东北是没有的，分甜、咸两种，麦自然是新麦，而且里面是掺了菜的，一定是干烙而成，很薄，但不是极薄，吃起来很筋道。炒菜也颇合我的口味，最让我欣赏的是青菜炒海米，这就是我个人的口味了，觉得好吃。还有一种炒豆腐丝，不知道在当地叫什么名字，炒得很嫩，吃在嘴有点发飘。另一盘子是当地的土鸡，据说是有名气的，吃起来不错。这种鸡在东北叫"溜达鸡"或"笨鸡"。现在喜欢吃和研究吃的人都不情愿吃那种养鸡场里的鸡，总觉得心里不踏实。还有一大盘子"黑猪肉"，块很大，吃起来有弹性，瘦肉当中的纤维丝并不很粗，不塞牙，但也不是入口即化，有嚼头，既像湖南的红烧肉，也像东北的红焖肉，老年人喜欢吃，忍不住再来一大块儿。这里的农家菜有几种颇为古怪，比如土豆、地瓜、花生、洋笋。奇怪的是这几种东西都是紫色的心儿。那么，为什么同样的品种到了这里都成紫色的了呢？在这里还吃了一种西瓜，黄瓤的，恍惚间觉得悠闲后宁海有一种变色的功能。

4

饭后去看浙东大峡谷，很有名的。只是因为天下着雨，爬山恐有危险，所以主人建议我们坐船游一圈儿算了。我说过我喜欢雨中游，我倒不是反对晴天去看景，只是觉得晴天人多，有点闹，以至有点俗，那种宁静是不存在的，而雨一下，将人间的噪音全都过滤掉了，恢复了山谷本来面目，十分难遇呀。船开得很快，江风亦快，冷嗖嗖。站在船舷上侦察员式地看，两边的峡谷高过几百尺，山腰处有空空的栈道。由于没去登山，所以写不出。不过倒是可以想象，走在栈道上或者登山的那种艰难，想象和身体力行的实践虽然有差别，但还算靠谱。

接下来去参观潘天寿的故居。

想不到，潘天寿也是宁海人。潘天寿的画在我念中学的时候是见过的，是在一个挂历上，似乎是一个扇面，里面画了一个很狰狞的样子古怪的鱼，那种鱼松花江里是没有的，所以不知道这是画家的创造还是他乡的异鱼。到了这里才知道，是鲈鱼，而宁海的鲈鱼分为两种，我吃到宁海的鲈鱼是海鲈鱼，我后面会说，这里先放下。

5

翌日去宁海湾，此为江浙旅游胜地，要坐船过去。即时小雨初霁，海风亦不凉，烟波浩渺的海面上有几艘大龙船泊在那里。船到的小岛当地人称之为"小普陀"。下船往山上走，有翠竹，有香樟，细汗凉凉的，感觉很好。一直走到大雄宝殿。我是个信佛之人，当然见佛就拜。这是居士的功课，在下的必需。

中午在峡山的海鲜坊吃饭。这也是个有名的地方。海鲜坊吃海鲜。其中有一种被称为"唐僧肉"的海鲜，"唐僧肉"就是蛏子，也有人称它为"西施舌"，但我觉得还是叫唐僧肉比较形象，想想，如果西施有一条白色的舌头，怪吓人的。古人说，舌送丁香，我想，称它为西施舌恐怕是食客在吮吸当中得到的快乐与生发出来的联想吧。此外一种是被当地人称之为"海牛奶"的海鲜，这个称呼有趣儿，即牡蛎也，我在辽宁省瓦房店的一段野海滩赤脚挖过它，吃过它，称它为海牛奶觉得行，的确有一种很鲜的牛奶味。再一种就是八爪鱼，长长的须子切成段儿放在酱油里。当地人特意介绍说，这是当地的一个特色，很鲜。但韩国人并不这么吃，韩国人是将活的八爪鱼的须子切断，放到碗里，碗里抹上油，被切成的八爪鱼的爪子还是活的，努力地向上爬，想爬到浩瀚的大海里去，那里是它们的故乡呵。但被韩国人夹到嘴里生啖了。

再一款就是前面吃的海鲈鱼了。海鲈鱼和江河的鲈鱼有些不同，且白且嫩，而且夹起来不碎，不像江的鲈鱼，夹一筷子总会掉下来一些，而海鲈鱼夹多少是多少，有一种小小的满足。还有一种凉粉似的东西，主人说这是海鲜做的。于是大家一顿吃，感觉和凉粉几乎差不多。此之外就是菜包饭了。一位女作家说，我要菜包饭。于是大家都要菜包饭。我以为菜包饭像黑龙江少数民族吃的那种"伐克"，就是用菜叶子包着二米饭吃的玩意儿。上来一看才知道是粥，里面有碎菜末。我说这就是菜粥啊。同行者纠正我说，菜粥的米是很黏的，但这个米是硬的。我一吃，说，对对。菜粥在广州要多一些，皮蛋粥、瘦肉粥、菜粥，黏黏糊糊，常年吃人就会疯掉。而宁海的菜包饭像是用开水冲的大米饭，再加上碎菜叶，究竟还是放了一点盐的，还行，毕竟是当地的特色，不必要考虑我喜不喜欢。其他如蟹、虾、鱼之类，满满一桌，不在话下。

吃过饭后，去看方孝孺的故居。这位就是当初被燕王杀了十族的文化人，因燕王要当皇帝，请方孝孺仿造一份先皇的遗诏，方孝孺不写。燕王说，你要不写，我就灭你九族。方孝孺说，你灭我十族我也不写。于是，燕王就杀了他十族。大家就猜第十族是什么。其实我是知道的，但不能说，因为有些东西你抢先说出来，大家也会瞧不起你。所以，这里我也不说——活着很不易呀。

实际上没有什么方孝孺故居了，连房基地也看不见了。我走了一半就退了回来，因为我觉得方孝孺虽然是大义凛然，但是因为他一句话，九族加上亲朋好友被杀了一万多人，残忍的不光是燕王吧？领我们看"故居"的那个企业家，被介绍说是方孝孺多少代的后人，大家纳闷儿，不是被灭了十族吗？怎么又冒出后人来了呢？人家说，是方孝孺的管家把自己的儿子顶了方孝孺的儿子去死，是这样子的。故事是好故事，只是不知道真假。

去看石太村。石太村所有的房子，包括牛棚在内，巷道在内，祠堂、庙宇，一律石头垒就，的确很奇特，或很普通，间或从石墙之中探出一枝枇杷，生机盎然，开得正好。据说宁海的枇杷也是一绝，专有一个宁海枇杷节。这个村子有七八百人，但大部分人都出去打工了，现在剩下二百人。我们先到村委会，其实没到村子之前，路上就拉起了条幅"热烈欢迎全国著名作家"云云。村子里的村长很老实，不善言辞，准备了许多水果，大家正好饥渴，水果一上来，大家就开始吃。由于我和另一位作家坐得比较远，水果是最后才端上来的，我对那个女孩子说，他都有些等不及了。而这个女孩子却说，用我们宁波的话说，应当是熬不住了。

一路上，最为奇特的是伍山石窟。我看这是人间奇迹。当地人采石是从山顶上开始挖洞采石，按照当地人的说法，石头在山里面是软的，像豆腐一样，人先在里面将软石切成块，再一块一块地吊出来，软石一见到阳光就变得非常坚硬了。当然将信将疑。我们进去一看，所言甚是，石壁到处都被切得方方正正，而且大小洞有无数个，资料上介绍说，"伍山石窟系古人采石遗景，历经宋、元、明、清达800余年，由30余个洞窟群、800多个形态各异的洞窟组成，洞洞相连、洞洞生奇、曲折回环、幽深莫测、形成了一个个气势雄伟的洞窟奇观，堪称'海湾洞天'。是一处集山、海、石之精华，融海洋风光、远古洞窟于一体的洞窟胜景，被誉为'中国奇美的石文化风情园'"。据说，这里最深的潭有二百多米深，迷宫一样。有趣儿的是，这里所有的石雕，百分之八十都是洋人。其中一尊石雕是一个像美国西部牛仔式的洋人，正在喝啤酒。我觉得这应当是哈尔滨的雕塑。

6

晚上县委县政府宴请。因为明天是"开游节"。

徐霞客在游记中的开篇就是在宁海开始的。徐霞客是我国明代著名的地理学家和旅行家，"游圣徐霞客两次到宁海。《徐霞客游记》开篇写道：'癸丑之三月晦，自宁海出西门，云散日朗，人意山光，俱有喜态……'"描述他从宁海西门到达梁皇山的游历过程。现存的徐霞客故道古迹还有，像"暗岩茶廊与双水泉、梁皇古驿道与岔路口、上金路廊与松门岭、大路下客站与筋竹庵、弥陀庵与仰天湖"等等，"开游节"据此命名。

招待的晚宴据说全部是纯绿色食品。特别的是，餐桌上的"唐僧肉"是放在石筒里蒸出来的，用筷子抽出一支，非常好吃，有一种清香味儿。后来上来一份"天下第一汤"，很小的碗，里面有一只蛤蜊，味道也不错。不过吃到半途我就溜走了，因为我想跑出去买点那种密封后的香干、茶。只是天色已晚，路又不熟，香干买了，茶没敢买，出租车司机告诉我，不要晚上买茶，看不清楚好坏。我在一个食杂店里看到杨梅不错，一问十元、十五元、二十五元不等，我买了十五元一斤的。女老板很朴实，应当是二十一元五，少要一元五，完全可信，没有欺诈之嫌，足见这里民风朴实。

　　翌日，凌晨起来，乘国航返程，这是宁波的第一班飞机，因为起得早，没有吃早餐，飞机上供有早餐。空姐问我，要中餐还是西餐？我问，中餐是什么？她说，是粥。我说，那好，中餐吧。结果，中餐盒里的粥只有一厘米厚，或者一厘米半厚，但绝不到两厘米，没有咸菜。西餐倒不错，大概是觉得洋人会吃，又是鸡蛋又是香肠的。我用小勺舀着碗里的粥喝，觉得我已经从桃花源回到人间了。

去哈拉海湿地

H兄在请我吃饭的时候，就介绍哈拉海湿地（原军马场），那一片湿地如何的好，鸟儿如何的多，特别是大清早，鸟儿叫声一片。我记不清什么地方曾经约我写一篇湿地的文章，于是，决定去看看，特别是"鸟声叫声一片"。在这个世界上能到一个"鸟儿叫声一片"的地方去，值得。

从省城到齐齐哈尔市坐火车两个多小时，并不远。刚上火车的时候，收到小宋的短信，让我们带上雨伞，说那面正在下雨。我心想，带什么雨伞，小媳妇回娘家呀。我这个人很怪，只要踏上旅程心情就好。看到外面雨后的草原，深深浅浅，一直绿上天涯，心情十分的畅快。真想再年轻三十年，这样可以背个行囊独自去草原上旅行，何必要坐火车呢。现在人老了，只能是灵魂在草原上走喽——

中午抵达齐齐哈尔市，小宋已经开着他那个旧松花江微型车在出站口接我们了。他的这个破微型车，如果马上出手卖的话估计不会超过一千元。但毕竟有车比没车强。在车上小宋就说，H已经打过好几次电话了，他很快就要调动了，到别的地方去当官了，希望你抓紧来。

哈拉海湿地是五十年前部队的一个军马场，八十年代交给地方。据说，最早的时候，这里到处都是芦苇荡，到处都是成群的骏马群，到处都是狼群。开拓者们在这里经常被狼群横着堵在路上，无法前进。而且，这一带还有熊、鹿、狍子等等，鸟就不用说了。H曾经跟我说过，大清早的时候，到芦苇荡里，鸟叫的声音特别洪亮，两个人站在对面儿，只有大声说话才能听清对方说的是什么。这就更增加了我的必去的决心。

途中，小宋的车开锅了，必须停下来晾一晾。小宋说，要是个轿车就好了。我说，坐轿子看外面的景色有点不配套，你坐在凯迪拉克里看外面的草原，感受就不是那么回事了。所以，只有坐你这种破车才能凸显出草原之美。为此，我还特意在开锅的车前照了一个相。我们的行程并不是那么一帆风顺，但心情好，开心。

车子继续前进，很快又下起雨来了。一个小时以后抵达哈拉海农场。进入这个农场让我想起我六十年代军垦农场的那种状态，高高的杨树，丰满的松树和柳树。小城非常的宁静。雨下得越来越大了，我们先到招待所。这个招待所至少有三四十年的历史了，一走进客房，就让我们走进了时间的隧道，闻到了老招待所的那种气味。四张木床，硬硬的床垫，窗帘用铁丝穿着，有的环已经掉了，木头凳子，黄军被褥，眼前的这一切和我在三四十年前开车跑长途所住过的那种招待所差不多，而且这种招待应当算是比较高级的招待所了。

H见了面，一脸愁云，他说，要是下雨就进不了湿地了，路根本进不去，拖拉机都得陷进去。看看今天晚上还下不下吧，如果今天晚上不下，一夜的风，吹一吹，或许可以在湿地边儿上看看，也能听到鸟叫声。咱们这样，明天早晨3点钟起来。我们一听，面面相觑，心想，这么早啊。H说，只有这个时间才能听见鸟叫。我说，好，就这样。

晚饭，H事先已经杀了一只羊，他说，草原上的羊肉不膻。大盘的手扒羊肉端上来，看着真不错。再看H的身体像蒙古人一样健壮，难怪当年的蒙古人一直攻到欧洲，健康的体魄就是重型武器。照例是有大鹅蛋，非常的香。而且他给我们拿出了已经绝版的"哈海春"酒，这种酒是纯粮食酒，是他们派人专门监制的，现在已经不生产了，剩得不多了，由于密封不好，每瓶都有不同的挥发。瓶子陈旧不堪，商标也褪了颜色。打开喝一口，的确如H所言，比五粮液还好，比茅台还香，喝了不上头。大家吃得非常高兴。

吃过饭，往招待所走的时候，H已经让他的下属放当年一些老歌，像《边疆处处赛江南》《北国江南黑龙江》等等。他说，我就是要天天放这个，早上放，晚上放，让他们记住，我们都是屯垦战士，我们的上一代人就是将文明之火在这里点燃的，犁下了这里的第一片土地。

睡梦中，依稀听到窗外下雨，但不是很清晰。

辑三

哈巴罗夫斯克

坐在旅游大客车上我不禁感慨了：哈巴罗夫斯克，哈巴罗夫斯克，您也太简单了呀。城市建筑也太一般化了，其规模竟不抵上黑龙江一个县城好。街上行驶的汽车老少三代绝少新式样。一些在中国国内早已淘汰、早已看不见的旧汽车，如吉尔130，苏式旧吉普，这里随处可见，排气管冒着呛人的黑烟。

城里的公共汽车似乎很少，站台上散散地有一簇人在等车。

我不禁糊涂起来，哈巴罗夫斯克的俄罗斯风味，比之哈尔滨的俄罗斯风味居然要逊色得多。哈尔滨中央大街上的俄式、法式建筑，包括东正教的教堂是哈巴罗夫斯克无法媲美的。这究竟是怎么一回事呢？

哈巴罗夫斯克的供应还可以，只是价格昂贵（听说莫斯科的市民已有五天喝不上牛奶了），穿着大衣的普通的、低工资收入的市民，只能提着空袋子用愤怒的眼光盯着苹果、牛肉、蔬菜、面包、果酱的价格表。

在市场内常可以看到一些人排着长队买瓜子儿。

在市场的大厅里卖鲜花的一大长溜。冬天里居然有这么多的鲜花，多美呀！这就不能不让人赞叹俄罗斯民族如此之动人的、优美的民族秉性了。鲜花在咱们中国就比较少。送礼讲求实惠，古代开始是送鹅呀，酒呀，或者直接送银子。送花的少，偶尔有，也是在特定的环境里，恰好脚边有鲜花开着，掐一朵给女友戴上，姑娘家羞羞的。特意买的少。如今才多了起来。

在市场大厅内逛时，另一个让我吃惊的，是那些俄罗斯籍的朝鲜妇女（完全是苏联人的打扮了），她们正在兜售朝鲜咸菜。该品种的制作方法同哈尔滨城里的朝鲜族人卖的此类不差分毫。我们团的一个朝鲜族人告诉我说，她们已经不会说朝鲜族话了，她们是二百多年前来到这里的。后来我查了一下地图，觉得不像，若是从日本那边来，经过库页岛倒是方便多了。

不知道为什么，我总觉得她们当中有一半是日本人，或是在日本客居不下又转来此地的。

哈巴罗夫斯克建于1858年。有130年的历史，人口60万。它就在黑龙江边上。俄语称黑龙江为阿穆尔河。

1643年远征阿穆尔河的哥萨克头头波雅尔科夫，从雅库次克出发时还闹了个笑话，他曾把松花江口当作阿穆尔河了。

俄罗斯大作家契河夫说过，当年的阿穆尔河"像大海一样，波涛卷滚，令人惆怅"。阿穆尔河从这里流向鞑靼海峡，"如果没有所谓的萨哈林岛横在前面，阿穆尔河就直接流入太平洋了"。

黑龙江正冰封着，呈乳白色，朔风凛冽，朔风刺骨，一派苍茫，气温至少在零下30摄氏度，视线所及，无一行人，十分荒凉，有一种被遗弃感。在历史上，这一域曾是沙皇流放罪犯的苦役地。契诃夫写的《萨哈林岛放行记》对此就有过较为详细的介绍。据讲，流放中的妇女均患有程度不同的性病。女人像牲口一般被当地的官员分来分去，强奸与卖淫现象屡屡发生。再加上严寒，这些女人都很能喝酒，寿命都不长。听说，先前在那里生活着许多中国人和朝鲜人，想象不出她们是怎样的一幅生活图景。

我在黑龙江即阿穆尔河边照了张相片，穿着那件棉的牛仔服上衣，戴着眼镜，脖子上围一条颜色极为绚丽的俄罗斯风格的围脖。

翻译告诉我们，从哈巴罗夫斯克的列宁大街向南拐可以去海参崴。

又说，在哈巴罗夫斯克有一家名叫"哈尔滨"的饭店……

访问团在哈巴罗夫斯克逗留期间，"任务"是唯一的，即"抢购洋货与兜售国货"。在"互市"贸易活动中，只有我和那个老画家常常溜出去参观市容，参观城里的那些食品店、机关、电影院、书店。

多欣赏宁静的美吧。

同时我也注意观察了一对新婚的夫妇、士兵、狗、孩子、老人、无轨电车、教堂、通缉犯人的布告、乞丐等等。

　　在雪路上我得不断地停下来，等那位气喘咻咻的老画家。

　　在一家书店，我意外地花了800卢布买到一本私人收藏的集邮簿。里面的邮票多为珍品。我觉得有意义。

　　那位老画家给他的老伴儿、女儿买了一些花衣裳、裙子、领带。并不断地问我行不行，好不好，样子非常天真。我甚至能想象出他归国回家后的一些欢快场面。

　　华灯初上，旅行车开始往回返了。

阿穆尔湾笔记

俄罗斯阿穆尔湾的海滨浴场（即"旅游者中心"），离着蔚蓝色的，或者蓝宝石般的，或者翠玉般的海参崴城，有一个多小时的路程。

浴场还是不错的，很博大，海水一直蓝到天边去了，让人觉得痛快。用沈从文先生的话说："奇景当前，有不可形容的瑰丽。"好！

进入海滨浴场的旅游者中心，须先过挺大挺长的一个扁形的电动大门。

大门是铁栅栏式的。

旅游者中心里面是一片白桦林。其间有几幢单体式结构的别墅（感觉有点像日本风格的民宅——真是奇怪）。林子里还有狗，各种狗。

同行的中国女同志一律怕狗。大抵是当年的中国城市里不准养狗的缘故。为此，还专门配备了打狗队。一是考虑女同志（尤其在领导岗位上的）害怕。二是，中国人同狗的关系一直没有搞好。也可能是狗在中国受到了传统武打遗风的熏染，蕴成了一种好斗的性格。另外，狗在中国性格多疑，觉得谁都不像好人。弄得行人特紧张。

俄罗斯的女人，包括小孩子都不怕狗。她们都特别喜欢狗，爱狗，简直是太喜欢了，太爱了，让中国游人吃惊。比方说，有一只狗从桦树林里跑出来了，这位或者那位俄罗斯女士，或者小孩子就蹲了下来，把手伸向狗，说一些俄语。旁观的人马上能感觉到那只狗的羞涩与忸怩。

衬景是油画般的白桦林。

一行旅游者到海滨浴场正是黄昏。浩瀚的海面之上有一轮将浴的壮观。几个人便纷纷地拍照，指导做各种姿势（中国人的姿势）。一女士侧身，头往后仰，然后用一手虚虚地托住后颈，出一舞蹈动作，咔嚓，拍了！恰好（没办法，只能用"恰好"了），两条纯种的俄罗斯大狗踱入镜头，是逆光的，绝棒！

阿穆尔湾是世界上不冻港之一。白天，中方的导游小姐向中国游人介绍三个流向日本海的海湾时说，当她第一次站在金角湾时心里可难受了……

导游小姐只有19岁，俄语说得和汉语一样好，是位很负责任的小同志。小同志（实际上她还是一个孩子），晚上睡觉爱说梦话："集合了，上车上车，走了……"

白天，她帮助中国游人购物与易物时是"寸土不让"的，总是一张很愤怒很激动的脸，好像卖方做错了什么，搞得俄人商贩只好收缩双肩，摊开两手，说"好吧，好吧"。

这位导游小姐特别喜欢布娃娃，一有空闲就拿出来玩，稚声稚气地同布娃娃说些话："听话，要不我生气了。嘻嘻。"

一行中国游人到这里正是冬天。路两旁的草地覆盖着很干净的白色雪被。海的边上结着厚厚的冰。景观有诗一般的情致。

夜上来了，白桦林里的朔风凛冽起来了。海空上朦胧着一钩橘色的月。宇宙的空旷与博大再次威慑着游人的心。

夜的阿穆尔湾荒寂了，似乎可以同外星人对话了。

……

几位中国游人（包括那位女导游员）正在海滨酒吧里，坐在鸡蛋壳式的沙发里喝咖啡，或者用塑料管吮呷鸡尾酒，或者吃彩色冰淇淋，边吃边听着俄罗斯低沉的轻音乐，同那位俄方导游聊天。

俄方导游员，是远东大学汉学系的学生，干导游，有点像中国的勤工俭学。他给自己起了个中国名字，叫"张德龙"。他也是19岁。他的眼珠蓝得迷人。他的汉语说得不错。

他解释说："德龙，就是'阿兰·德龙'的意思。"

说完了，自己就哧哧地笑了——很像中国人的笑。

他也很能侃，是位有趣儿的洋侃爷。

一位呷着热咖啡的中国人问："你们国家现在是什么制度呢？"

他开玩笑说："你们建设的是具有中国特色的社会主义，而我们建设的是具有俄罗斯特色的资本主义。"

大家都开心地笑起来了。

在白天的时候，德龙帮助中国游客H先生买了个小宠物——一只精巧玲珑的小鹿狗（H先生正抱着它喝咖啡）。小鹿狗极小，八寸长而已。是当今新潮与新贵世界流行和崇尚的那种"玩物狗"。这种狗是长不大的，永远那么大，大概其珍贵就在于此。小鹿狗毛色极佳得令人难以置信，不是玩具胜似玩具，是狗类中的绝活儿与奇迹。H先生已打算把它偷渡到中国去。这行动的本身就很刺激，给人一种莫名的快感和无法抗拒的跃跃欲试。这很像某些国家用于解决"特殊"情况的特种部队（比如"雷电行动""迪亚罗峡谷行动""第9部队秘密出击"等等）。倘若H行动成功，保守些说，他至少可以净获4000—5000人民币的纯利润。

阿成给这只狗起了名字叫"赖莎"。和前苏联国家主席戈尔巴乔夫的夫人同名。一般地说，动物一旦有了格外的名字那就是人的名字。当然，这里只是开个小小的玩笑，是别一种亲爱，一种健康的幽默心理。

"赖莎"跟H先生很熟。H先生在酒吧里走到哪儿，它就像弹钢琴似的跟着跑到哪。酒吧里的一位俄国妇女见了"赖莎"，伤心的表情毫无掩饰。她蹲下来，用手抚摸着小鹿狗，说一些俄语。小狗的眼睛里立刻充满了哀伤……

阿成问："她在说什么？"

德龙说："她说，'小可怜儿，别伤心，到哪儿都是你的家，在中国也是一样的，别难过，别想家……'"

几位听了不觉黯然神伤。

看得出，"阿兰·德龙"也很难受。

只有那位中方的导游小姐，表情平静，颇为轻蔑地淡淡一笑。

那是一种居高临下的样子。

飞往西伯利亚

在伊达机场吃完一份俄罗斯风味的快餐，才发现中国考察团的不少团员吃过以后把杯子和碟子扔在餐桌上就走了，并不知道应当退两卢布的押金。这时候，过来两个苏联年轻人，把这些杯子和碟子一一收起来，并冲我眨了一下眼儿，去窗口退押金了。我愉快地冲他们微笑起来，也眨了一下眼儿。我觉得他们很聪明。

还算幸运，一个小时之后飞机就可以起飞了。又是极为麻烦的一套，安全检查，过安全门，吱吱地响，口袋里的东西全掏出来，手提袋打开，真是毫无办法。

上飞机，照例是苏联乘客先上，"外宾"后上。

经过三个小时漫长的夜间飞行之后，飞机终于抵达新西伯利亚机场。从舷窗俯瞰下去，真美呀，真是一座闪光着的五彩城市，用"流光溢彩"一词形容它毫不过分。

下了飞机的舷梯，嚯！此地真不愧是西伯利亚啊！酷寒煞人，锋利的朔风直割人的脸。天仍是极黑，整个机场均在厚雪的覆盖下，机场的清雪车正在工作着。

聚光灯下，一位很漂亮的小姐等在飞机的舷梯处接我们。这位小姐个子不高，身材窈窕，在我们前面引路，她像时装模特那样优美地走着，很动人。我发现这一团所有的人都在欣赏她走路的姿势，以至忘掉了西伯利亚的严寒。

这位小姐把我们带到候机大厅，就算完成了她的任务了，下班了。

前面迎接我们上旅游大客车的，是新西伯利亚市旅游公司的一位老同志，叫维克多，有六十岁。胸前佩戴着好几枚勋章，中等个儿，提个鼓鼓的大皮包，一身的激情，说话时辅助的手势很大，像一位诗人在朗诵。一团人立刻被他的魅力吸引了。

上了大客车，他首先告诉我们，现在新西伯利亚的时间是凌晨一点，请同志们对表。到了这里居然才是半夜，我们还以为是早晨呢。好在都是黑天里的勾当，无所谓。

去旅馆的路，据维克多讲还很远，须走40分钟。

外界黑黑的，月光之下皑皑白雪茫茫无际。

一车人都听维克多讲着，讲一段，由半吊子翻译彼得翻译成汉语。

我一直望着窗外，窗外的夜让我的心情忧郁起来。西伯利亚，西伯利亚，在我的记忆里这是个痛苦又令人神往的地方啊。曾记得在少儿时我就迷恋这蛮荒的地方，这原始的魅力，这里有探险家、罪犯、驿站……这里冬天苦长，太阳淡而无光像一张薄薄的纸。小的时候，我看过一部苏联电影，叫《漫长的路》，说一对年轻恋人的故事，他们如同嫩花蕊一样娇嫩美妙的爱情遭到了意外的扼杀，小伙子被沙皇政府流放到了西伯利亚。几年之后，这个小伙子在西伯利亚同另一位女人结婚了，在一个驿站干活儿。他已苍老不堪，毫无青春时的精神与帅气了……他是大胡子了，在驿站里呼噜呼噜吃饭、喝茶，来回行走，步履蹒跚。这一天的夜里，驿站接待了从远方的城市来的几位妇人，其中一位就是小伙子当年的恋人。只是物是人非，亲人对面不相识了。然而，这位妇女却认出了自己当年的恋人，但她没有说破。翌日，她们换了马，坐着雪橇，盖上厚厚的毯子走了。这时这个男人才突然发现，走的这位妇女就是自己当年的恋人啊。于是他推开柴门追了出去，外面风雪正弥漫，雪齐腰深，他每迈一步都十分艰难。那只雪橇已经在茫茫的雪野尽头了，由一个小黑点儿而消失了。这个男人一脸的泪水和霜水，他还在雪地里做无望的追赶，嘴里嚷着他恋人的名字……

在这令人伤感的西伯利亚里，还曾流放过十二月党人，他们在煤炕道里传颂着普希金的诗……

旅游大客车一直把我们送到新西伯利亚旅馆。

新西伯利亚旅馆，18层。可谓大旅馆了。均为两人一个房间。

客房不错。有冰箱，彩电。在我个人看，电视里的某些节目比之中国的某些节目的艺术水准要高一些。不过，到了半夜11点多钟，警匪片、打斗片、恋情片、荒诞片们开始播了。其中有不少男男女女光身子的镜头，还有床上戏，一些姿势叫人吃惊。与我同住在一个房间的老李同志看了，气愤极了，脸都青了，骂起来。

我立刻光脚下床，态度和蔼地说："要不，关了？"

老李立刻说："别关别关。"

然后，还看，还骂！

后来，我就先睡了。

早晨，电视播放宗教节目。有教堂的教士在讲经，一行男女信徒站成一排，手端着歌谱唱圣诗。他们的眼睛忧郁得让人心酸。一个老教士一额的汗水在他们面前打拍子。此外的节目就是介绍一些美术绘画作品。坦诚地说，依在下之愚见，宗教题材的作品在艺术上是很精的。无论是采用象征的艺术手法，还是朦胧或者毕加索那种艺术手法（多侧面地表现人的精神、肉体状态），包括存在主义，超现实主义手法，都不错，都好！看得出画家们对其圣父圣母纯洁弥失的虔诚。这使我想起席勒的一篇小说，说是一个画圣母的画家，他开始画的一幅不好，圣母的眼睛里似乎鬼气森森的。遭到了批评。他很难过，决定去无人烟的荒野过很苦的生活，在那里来来回回地搬石头，磨练自己的意志。三年之后他又回来了，封闭了画室，又画了一幅圣母像。画成之后村民都来观看，天哪，画中的圣母活了一样，那眼神是那样的慈祥，叫人们落泪……我国国内也有一些画东洋或西洋画的，这样的画家或是为了得奖，或是为了盈利（是啊是啊，除此之外，难道还有什么别的目的吗？！），看着还行，挺好玩的，画得也还可以。

　　新西伯利亚是苏联的第四大城市（莫斯科、列宁格勒、基辅、新西伯利亚），仅有百年的历史，人口1000万（包括40个地区）。有一条河，叫沃比河，在市中心穿过。

　　新西伯利亚这座城市也是很美的。

　　虽然城市人口很少，但城市里的路却很宽，大雪铺地，非常寂静。城里的松树很多，很高，须仰视方能及顶。

　　城里的小鸟和鸽子也很多，看来这是一个很有情调的城市。

　　在街上常见扛着滑雪板的俄罗斯人。感觉这座城市中的人们对于生活有着初恋般的热情。让人肃然起敬。

　　……

逛西伯利亚

俄罗斯式的早餐虽说别致，但同时也叫人糊涂：两个煮鸡子儿，一厚片火腿肠，奶油，像咖啡一样颜色的黑面包（这种面包太难吃了，我把这一感受讲给我的一个在大学当过俄语教员的朋友时，他说："热着吃行，好！凉了可不行。你吃的是凉的吧？"他这样说。还有酸腿渣烙的小油饼，还有一大玻璃罐——凉水（怎么回事？这样吃容易拉肚的）。还有草莓酱、果汁儿，还有咖啡，还有茶，说是印度茶末，再加上糖，很淡。每人一副刀叉，一块很硬的餐巾，怎么吃呢？简直是一个工程。

吃过早餐，所有的团员坐上大型旅游车去"考察"，上一个个的自由市场和"马卡金"（商店）去了。团员们到俄罗斯来对俄罗斯的商店和自由市场有着初恋般的热情，一个个简直像一匹匹欢快的儿马。

新西伯利亚市内人口很少，一条街上几乎看不见几个行人，全是厚厚的雪。常见清雪车在清雪，像联合收割机在收获的季节里扬场一样，扬起很大的雪雾。街道两边到处都是高入云天的松树，松树上托着白雪。

西伯利亚市的民宅建筑一般化，大都是楼房，阳台像中国的民宅一样也很少。城市里的俄罗斯民族色彩总感到不如东北的哈尔滨市。我单独出去走了一遍，这些感受是很清晰的。

在雪覆盖的街道上，一位年轻的俄罗斯士兵拦住了我，做了一个吸烟的姿势，于是，我送给了他一盒烟（其中，我已吸了两支）。我还跟他照了相。他给我行了一个军礼就走了。我就觉得难过，依我看，这位俄罗斯士兵至多十八九岁，一脸的稚气。

路上，我还同其他一些俄罗斯公民照了相。说到这里讲一趣事，老李也很希望同俄罗斯人合一次影，他说回家好给家里人看看，不然好像没到俄罗斯来似的。苦思之后，他便找来一位旅馆女服务员——一位很年轻的姑娘。老李拿出一个中国造的钥匙链儿（挺好玩的，是一条鱼），女人式地用两个手掐着在这位姑娘面前晃，样子与姿态俨若逗猴。并做了一个与她合影的动作。女服务员一脸的讨厌，不断地摆手，说："涅，涅。"但她却邀请我同她合影，让老李给照。照完就走了。

我为此感到愉快。

晚上躺在床上，老李不断地叹气说："妈的，人老了，是不行了。"

我没吱声。

深夜，新西伯利亚市又飘开了弥天的大雪……

两个人的火车站

晚餐在宾馆的餐厅用。

这是一个极大的环形餐厅，可以同时容纳上千人就餐。气氛与模样，有点像苏联电影《两个人的车站》里的就餐镜头。在一角有乐队，一奏响，男男女女就上去跳（大都是男的揽着女的柔腰去）。俄罗斯人舞跳得太美了，很甜美很深情的样子，嘴里嚼着泡泡糖，哼哼着舞曲。舞曲里有新潮的，也有传统的，更有俄罗斯风味的舞曲，脆快，明快，痛快，愉快，畅快，节奏也快，活泼……真想上去跳（这不像国内的一些舞，太严肃，或太猥琐，有的就像太极拳，如同武术中的一路拳脚。你不可能产生跳的欲望）。但不敢去跳，害怕团员们讥笑（再说我也不咋会），就坐在餐桌旁的椅子上瞅，喝伏特加。

……离我们餐桌不远，有两位小伙子在喝酒，看样子是外地来的旅客，是在这里经过，他俩的眼神儿有点胆怯。这时候过来一位女服务员，同那两位小伙子说了几句，然后，朝远处两位穿超短裙的、正在吸烟的妙龄女郎招了一下手，她们就走过来了。服务员大约又问他们再加点什么酒菜，其中的一个小伙子做一个请那位姑娘点的手势。点过了，服务员就走了。他们四位吃了起来，其中的一个小伙子慢慢把胳膊搭在一位女郎的肩上。于是，另一对，起身去跳舞了，跳的是贴面舞，贴着脸悠着。

俄罗斯风味的晚餐不错：牛排、色拉、土豆条、西红柿、豌豆、樱桃、煮苹果、火腿肠、果汁、苏波（汤），还有咖啡，冰淇淋。如果想喝酒，花22卢布可以买一瓶伏特加。只是这种酒很不好喝，像医用酒精兑了水的那种味道。凡是买酒的，都剩了大半瓶。

老李已经吃不了西餐了，他说一见奶油味就头晕恶心，于是花10卢布买了一个大梨，两手捧着啃，样子很粗野。邻桌的几位苏联人笑着看着。我便悄悄地告诉他用刀子切成块吃，他白了我一眼，说，干啥？！

我的脸便红了。

西伯利亚的鲜花

在俄罗斯，我遇到这样的一件事情。是一个关于妓女的事。是在新西伯利亚市。

如果，一个人可以去西伯利亚了，最好是在雪天去。寒冷与雪是西伯利亚市的灵魂。

去的时候我是有幻想的，大约是自卑感派生出来的"幻想"，总觉得别国必强于吾国。身临其境到了西伯利亚，失望了。原以为这种很错误的"失望感"只有我，只有到了西伯利亚才会摊上。想不到，我的那些去过美国、英国、法国和日本等国的朋友，居然也有这种令人沮丧的失望感。

我想，是不是人类对不尽如人意的事太敏感、太在意了呢?

我住在新西伯利亚的一家站前旅馆里。这家旅馆并没有什么特色可言。坦白地讲，这里的服务质量一般化，俄国人似乎瞧不起中国人。

女服务员的脸上没有热乎气儿。

我是在上电梯的时候见到那位俄国妓女的。

见到外国的妓女是有一种新鲜感。

她不算年轻，30岁或者还要多一点。外国女人的年龄常让中国人猜不对。这位妓女看上去颇为性感。据说，在俄罗斯性感的妇女容易被黑社会"侃"去当妓女。她们要是不同意，他们就打她们，她们就同意了。

这位妓女是黑眼睛、黑头发。

上升的电梯间里就我们两个人。她冲我微笑。微笑的含义在世界上是多种多样的。她微笑的含义当然不言自明。

她讲话了，说的不像是俄语（念初中，我学过几天俄语），估计是英语。

我绅士着脸笑着说："我听不懂您的话。"

她倒懂了，不再说了，采用含情脉脉的眼神瞧我，眼神儿特野。我觉得我有点难堪。尤其在外国，遇到这种事我不可能表现得很老练。于是就干咳起来，并偷眼看看她。

开始，我还以为是外国式的爱情呢。

真相大白，是电梯在半空中突然停止之后。电梯先是一耸，然后就停了。

坏了？停电了？

她很有内容地冲我一笑。我这才觉得事情不妙了。

接着，事情"开幕"了。

她当着我的面脱下了裘皮领的大衣，她里面只穿了一件很单薄的连衣裙。

她说："30美元。"

她讲的是汉语。

情况明了啦，我出30美元，就能和她在电梯间里春风一度。我曾在哈尔滨城里看过一部颇有名气的美国影片《危险的关系》，其中，就有男女在电梯间里做爱的镜头。我懂这种事。

接着，她很快把自己脱得很光。又说："30美元。"并有力量地捉住了我的眼神儿，让我的眼珠转动不得。

我很小丑地说："对不起，我没有美元。美元，涅豆。"

我觉得我整个的形象特可耻。

她说："卢布里——5000。"

我说："不不，对不起……真不行啊。"

她用生硬的汉语解释说："你的中国同志，不会知道。"

我开始乱拍电梯间上的各种电钮，希望它升或者降下去。但嘴上还在说："谢谢，谢谢，我不行。"

电梯依旧纹丝不动。

我绝望了，靠在电梯间的墙壁上，像一个可怜的小孩子那样望着她。

这位妓女笑了，一页一页地翻看着我的脸。我觉得自己的脸皮，被她揭走了一张又一张，直到里面的骨头时，她脸上的笑才消失，即化成鄙夷，啐我道："中国猪！"

我立刻将啐到脸上的唾沫用手绢擦了。我能忍。这种事，若叫我的上司知道了，能饶了别人也饶不了我。我心想，您就啐罢。

　　而后，这个妓女还有很粗野的动作。为了保护自己，我这里就不说了。总之，她发现我的确是毫无冲动后，才穿上大衣，拿起电梯间的电话与外界通话。

　　她说了几句俄语后，电梯就立刻启动了。

　　我松了一口大气，真诚地说："谢谢您。"

　　这位俄国女人听了，竟理解地笑了。她将我在中国的个人之环境看透了。她是一个聪明的俄罗斯妇女。

　　电梯停了，门开了。

　　我们一同走出电梯。我还发现电梯间外面有几个不对劲儿的俄国男人。

　　我很感谢她。我觉得她是我的大救星。

　　当晚，我在旅馆餐厅门口，又碰见了她，她正和一个中国男人在一起。那个中国男人正在付钱为她买一束鲜花。在俄国，旅馆的餐厅门口，专有卖鲜花的，都是用水桶养着，有许多品种。

　　鲜花是专门为那些向女士，也包括向妓女致意的男士准备的。

　　应当说，卖花女最能读懂男人或女人的心了。

穿过阿尔卑斯山谷

阿尔卑斯山是欧洲最大的山脉，也是最让欧洲人引以为骄傲的山脉。

从意大利的首都罗马出来去佛罗伦萨，去威尼斯，去奥地利，车子差不多都是要沿着阿尔卑斯山脉走的。

现在，欧盟的国与国之间并没有森严的边防，只是在高速公路上的两国之界有一个十分简单的牌楼，说明着你已经进入了欧盟的某一个国家了，或者是奥地利，或者是德国，或者是荷兰。车子经过这些十分简单的国门时可以不必减速，直接开过去就是了。

公路不远处的阿尔卑斯山脉平均海拔在3000米左右，它的最高峰勃朗峰也不过海拔4800米，宽度有130—260千米。但是它却非常宽阔，从1096年到1270年，前后8次，罗马帝国的军队就是沿着这条阿尔卑斯山谷进军耶路撒冷和信奉基督教（东正教）的东罗马帝国的。

现在，车子正行驶在宽阔的阿尔卑斯山谷之中。

阿尔卑斯山像似一轴巨幅的画卷在不停地展开着。

据说，挺拔的阿尔卑斯山是由于上古时代的冰川冲击才变得如此立陡立崖，如此地有个性。我还看到山坡上的植被很厚，郁郁葱葱的，像无比巨大的蓝宝石一样。雪色的山顶上被云雾笼罩着。

它的气度真的不凡。

在朝阳的山坡上有许多葡萄园。

欧洲人对待葡萄酒像中国人对待茶一样，需求量是很大的。我看到，凡有葡萄园的地方，就能欣赏到巴伐利亚风格的民舍、古堡和教堂。就像亚洲没有庙宇不成亚洲一样，没有教堂也就不成欧洲了。

阿尔卑斯山脉上的教堂总是矗立在那些房舍当中的最高处，即与上帝最近的地方。

这时，车上正播放着欢快的巴伐利亚民间音乐，相伴之下，使得阿尔卑斯山脉变得风情万种起来。

我觉得好的音乐产生从来都是与生存的环境有关，与人的心境有关的。像我国的西藏和陕北，那儿的歌唱总给人一种辽阔、苍凉的感受。只是，一个时期以来中国城市的新音乐，新歌曲，不知为什么总是显得那么忧郁，颓废，以至苦森森的，好像掉到泥潭里的甲壳虫，无论怎么爬也爬不出来了。这真是太糟糕了。

在欢乐的巴伐利亚音乐的陪伴下，车子轻松地穿行在阿尔卑斯山谷之中。这种欢乐、轻松、奔放、热情、健康的音乐，无形中对我构成了一种挑战，使我想到了很多，当然不是那种枯萎的学问式的联想。我想到的是道德。我觉得一个国家的道德观是很重要的。过去，我们把传统的优美的民族秉性破坏掉了很多。这无疑是一个民族的失败。须知，道德观像一个易碎的花瓶，一旦在瞬间被打破，重建它少则50年，多则一个世纪。因此，我们应当像保护眼睛一样保护我们曾经拥有的、遍体鳞伤的、优美的道德观。

道德是一个民族的根哪。

这大抵是我穿行于阿尔卑斯山谷中的一个意外的收获吧。

佛罗伦萨

在人类的历史上，特别是在欧洲的历史上，佛罗伦萨是一座伟大的、不朽的城市。早在公元一世纪，这里就是古罗马帝国的军事要塞。那条美丽的雅诺河，使这座城市的皮草业受益匪浅，并蓬勃发展起来。

佛罗伦萨是欧洲文艺复兴的发祥地。这之前的欧洲是哥特文化的世界，这之后，欧洲才进入了浮华、快乐、糜烂、堕落的巴洛克时代。巴洛克时代可以提供给人们多种解释，比如中庸与浪漫，比如矛盾与怀疑等等，但是在骨子里，毫无疑问，那是人类历史上的一次重要的灵魂觉醒。达·芬奇、米开朗琪罗、布埃·乔托、伽利略等等，都是这个时期的代表人物。是他们破天荒地开始在普通的死人和普通的活人当中寻找神的模特，是他们在神的星空之下探求宇宙的奥秘。用他们的新古典主义的艺术作品，用他们伟大的科学试验，唤醒了人们对自身价值和生命品质的重视。那是一个令历史、令人类难以忘怀的、充满欢乐与激情的、充满着美与浮华、充满着复古与创新的伟大时代。

多少年来，我一直向往着这座城市，希望有朝一日能亲自到这座梦之城看一看。

佛罗伦萨也是我最崇敬的意大利作家——《神曲》的作者——但丁的故乡。

穿过一幢幢的楼房，穿过一条条方石的巷子，我终于站在了但丁的故居面前。

但丁的故居在一条中国式的巷子的方石街上。这条方石巷子里的每一幢楼的窗子上都安装着乳白色的百叶窗，使得路人无法知道百叶窗里面的故事。

但丁的头像被浮雕在故居外面的砖墙上。我站在那里久久地凝望着他。虽然我们是同行，但这毕竟是小巫与大巫之间的对视。然而，这终是别一种形式的文化交流。

马克思说："封建的中世纪的终结和现代资本主义纪元的开端，是以一位大人物开始的，这就是意大利人但丁。他是中世纪的最后一位诗人，同时又是新时代最初的一位诗人！"

可惜，我的许多同行者对但丁还所知甚少，疑惑地看着这个雕塑在墙上的头像。

但丁就出生在佛罗伦萨。

但丁的那部不朽之作《神曲》，全部是用意大利的方言写成的。一直到今天，每一个普通的意大利人还喜欢诵唱《神曲》中的诗章。但丁不但是一个划时代的伟人，还是意大利的语言之父。正是由于他的《神曲》问世，才统一了意大利的语言。

这是但丁之所以不朽的原因。

……

　　我由于身患重感冒，躺在圣母百花大教堂的石阶上休息。灿烂的、和煦的阳光铺在了我的身上，也铺在了我的心上。许多游人的脚从我的身边走过去，广场上拉着世界名曲的乞讨者的演奏声不时地传过来。此刻，我心静如水，病痛似乎也于瞬间消失了。

　　我知道，从14世纪开始，欧洲人的精神生活就发生了翻天覆地的变化。那一代的天才艺术家追求罗马雕塑，崇尚人体美，并不顾禁令地解剖尸体，拉近了人与神的距离，造就了人本主义、人文主义，使得绘画、雕塑、建筑，这三大艺术走向了人类文明的顶峰。须知，在14世纪，欧洲的宗教是很强势的。不像现在的人们想干什么就干什么，接吻、拥抱，随你的便，只要你不妨害别人。在太阳落山之前，我们驱车去山丘上观赏米开朗琪罗的杰出雕塑大卫像。大卫是《圣经·旧约》中的一个人物，他代表着没落不畏强权，光明必然战胜黑暗。毫无疑问，这座雕像是人类文化史上的经典之作。

　　站在山丘上，便可以将佛罗伦萨尽收眼底了，天堂之门，圣母百花大教堂，维其奥古桥，受洗堂……过去，中国的作家徐志摩将佛罗伦萨译为"翡冷翠"，这样的笔译，使得佛罗伦萨那种充满诗情与感伤的意味一览无遗了，甚至也把文艺复兴的伟大与颓废淋漓尽致地表现出来。

　　在我的身旁，一个欧洲人问另一个当地人，"你是佛罗伦萨人吗？"那人犹豫了。

　　我知道，从中世纪开始，佛罗伦萨就出现了许多同性恋者，达·芬奇、米开朗琪罗等等，都是同性恋……

　　佛罗伦萨真是一座谜一样的城市啊。

因斯布鲁克

奥地利在19世纪曾是欧洲的领导者（当时的奥匈帝国曾称霸着欧洲）。在15世纪的时候，因斯布鲁克还是奥地利的首都所在。

而今的奥地利虽然是中立国，但却是欧盟的成员国。所以，外国人到这里来很方便。

这都是没有办法的事，历史既然是活的，总要发生一些变化，或是在行为上，或是在舌头上。

因斯布鲁克早在13世纪形成了。现在她只有20万人。

小城干干净净的，走在小城里，只见车，不见人，用我过去写小说的叙述方式说，"正好天上正爽着小雨"。感觉很舒服。

远处的阿尔卑斯山也在似有似无的小雨的浸润之下。给我这个凡人的感觉就更不同了。

因斯布鲁克的城市很小，所以我没看到出租车。或许这里根本不需要出租车。

听说，奥地利的国鸟是家燕。真是太美了。仅两个字就把因斯布鲁克的恬静展示得淋漓尽致。

我觉得站在因斯布鲁克任何一个地方都是照相的最佳景点。包括有着浓郁奥国风格的房子，那简直是情人贺卡上的一景。房子在树丛的包围之中，二层的房子有木制的凉台，凉台上摆放着一盆盆鲜花。一种浪漫便从房子里流溢出来了。所以说，到欧洲来购物不必成为你的首选。你不妨细想一下，更多的时候，你缺的不是商品，而是一种全新的感受。

德国有名的新天鹅城堡在福森市，17世纪建在阿尔卑斯山上，是巴伐利亚路德维希二世建造的。车子顺着浪漫大道便可以来到新天鹅城堡。

路德维希二世是个年轻人，我在新天鹅城堡里看到了他的画像。我觉得他英俊得很是出类拔萃。为此，我特地买了他的一本画册。要知道那本画册价格并不便宜。我搞不懂他深爱着的茜茜公主为什么离开他远嫁他国。

我猜，年轻的路德维希二世是因失恋才沉迷于建城堡的。他在位的时候花费了大量的人力、财力，甚至不惜贷款，一共建了三座城堡，其中就包括被称之为梦幻城堡的新天鹅城堡。

我站在城堡下的时候，天仍在播洒着似有似无的小雨。我甚至看见这个失恋的国王带领着一些少年郎在这里骑马游戏。他根本不理国政。但是，这个失恋者却非常崇拜罗马神话中的天鹅武士。传说中的天鹅武士总是在人们有难的时候，降临人间，帮助人们摆脱困境，然后他又默默地离开。失恋的国王觉得自己就是那个孤独的天鹅武士。

因此，当你走进富丽堂皇的新天鹅城堡时就会发现，每一个大厅，每一个房间都有天鹅武士的绘画与雕像。

我们哈尔滨也有一尊凌空欲飞的天鹅雕像，很小的，略感遗憾的是，它没有故事。

没有故事的雕像是没有灵魂的雕像。

为了使天鹅武士更加形象化，鲁道夫二世还特地把在瑞士负债累累的瓦格纳请到这里来，并帮他还清了所有的债务。在新天鹅城堡里，他和这位剧作家一起研究创作天鹅武士的戏剧。正所谓是一个老不着调，一个小不着调。但他们真的非常可爱。后来，他们闹崩了。这是很正常的事。

要知道，只有人和狗的关系不会闹崩。

由于失恋的国王不理国家的政务，加上财政上的危机，大臣们几次请他回去他就是不回去，于是大臣们就商量：立他的一个亲戚当国王，并宣布路德维希二世脑子出了毛病，疯了。当失恋的国王听到这个消息赶回去的时候，立刻被关了起来，第二天，人们在湖里发现了他的尸体。

新天鹅城堡真是太美了，像梦幻一样矗立在阿尔卑斯山上。

© 阿成 2017

图书在版编目（CIP）数据

放松／阿成著 . -- 沈阳：万卷出版公司，2017.2
ISBN 978-7-5470-4389-9

Ⅰ . ①放… Ⅱ . ①阿… Ⅲ . ①散文集—中国—当代
Ⅳ . ① I267

中国版本图书馆 CIP 数据核字 (2016) 第 303966 号

出 品 人：刘一秀
出版发行：北方联合出版传媒（集团）股份有限公司
　　　　　万卷出版公司
　　　　　（地址：沈阳市和平区十一纬路 25 号　邮编：110003）
印 刷 者：北京汇林印务有限公司
经 销 者：全国新华书店

幅面尺寸：145mm×210mm　　　　装　　帧：软精装
印　　张：10.25　　　　　　　　字　　数：220 千字
出版时间：2017 年 2 月第 1 版　　印刷时间：2017 年 2 月第 1 次印刷
责任编辑：王亦言　　　　　　　　责任校对：李志宇
封面设计：徐春迎　　　　　　　　版式设计：张　莹
ISBN 978-7-5470-4389-9
定　　价：34.00 元

联系电话：024-23284090　　　　邮购热线：024-23284050
传　　真：024-23284521　　　　E - m a i l：book_light@sina.com
腾讯微博：http://t.qq.com/wjcbgs　　网　　址：http://www.chinavpc.com

常年法律顾问：李福　版权所有　侵权必究　举报电话：024-23284090
如有质量问题，请与印务部联系。联系电话：024-23284452